U0137911

假装是一棵桃树

蔡测海 著

JIAZHUANG SHI YI KE TAOSHU

湖南文艺出版社

图书在版编目 (CIP) 数据

假装是一棵桃树 / 蔡测海著 . -- 长沙 : 湖南文艺出版社 , 2023.10
ISBN 978-7-5726-1195-7

Ⅰ . ①假… Ⅱ . ①蔡… Ⅲ . ①短篇小说—小说集—中国—当代 Ⅳ . ① I247.7

中国国家版本馆 CIP 数据核字 (2023) 第 108766 号

假装是一棵桃树

JIAZHUANG SHI YI KE TIAOSHU

作　　者 蔡测海
出 版 人 陈新文
责任编辑 杨晓澜
封面插画 蔡　虹
内文插画 何立伟
封面设计 杨发凯
内文排版 钟灿霞

出版发行 湖南文艺出版社
（长沙市雨花区东二环一段 508 号　邮编：410014）
网　址 http://www.hnwy.net
印　刷 长沙鸿和印务有限公司
经　销 新华书店
开　本 880 mm × 1230 mm 1/32
印　张 10.75
字　数 215 千字
版　次 2023 年 10 月第 1 版
印　次 2023 年 10 月第 1 次印刷
书　号 ISBN 978-7-5726-1195-7
定　价 58.00 元

序：时间是小说中的河流

何立伟

蔡测海吸口烟，他吸烟是不吸到肺里去的，口腔里打一转，喷出来，镜片一闪，几乎是不容置疑地说：立伟，我要出小说集了，你给我写篇序！又吸一口烟，喷出来，更不容置疑地说：还有，你要插几幅画！啧啧，说得这么掷地有声，呛着我了。

我说我不是不愿意写，我是觉得某某先生更适合来写，会要更权威，更恰当，更高屋建瓴。他一摆手：要不得要不得，他没有你懂我！

又被呛着，只好说：那好吧，我试试。

他说我懂他，一半是抬举，一半也是实情。上世纪八十年代初，我们同时出道文坛，算起来，摸爬滚打好歹也有四十年了。这期间，我们争争吵吵，意气相搏，拂袖，甩门，掀桌子，是经常的事，然从不伤感情，过两天，又在一起，吃饭，打牌，打哈哈，聊文学聊女人。聊到女人，他一口他恩师沈从文先生一样的结结巴巴湘西话，竟也喷玑吐珠，妙语横生，惹满堂哄笑，一众人快活。蔡测海平素讷于言辞，但是聊到文学，聊到女人，常常蹦出一两句话，有手起刀落，五步杀人的精准锋利与狠辣，同时，又还幽默，幽默且是加冰的。这时候，你会明白，他对世事的洞明，他理解事物的智慧，对人生的透视，远在你之上。在他言辞讷讷貌似笨拙的外表下，其实藏着一颗玲珑剔透的心。我的懂他，就是懂得无论怎样，他都是你一辈子甩也甩不掉的朋友。他根本不给你理由来恨他。

早前，我一直认为他做事无长性，太贪玩。我们一起搓麻将，半夜里他裤兜里手机一阵响，小他二十来岁的太太小聂电话打过来：蔡测海，我都一觉醒来了，还不回，你在哪里？他幽幽地对着免提说：在哪里嗳？我在台北！说完就把手机挂掉，问上首，刚才你出的是么子牌？幺鸡？幺鸡我和了，七小对！脸涨得通红，仰头大笑，椅子已倾成了四十五度角。

他似乎很忙，又不晓得他忙什么，神龙见首不见尾，夹着个巨大的文件包，里头天晓得装的是什么秘密。通常他电话打来，兀然一句你在哪里哦？我刚把一个完整的句子汇报到三分之一，他那边就挂掉了，剩我在风中凌乱。他性急，不耐烦。我们在作协开会，他从来坐不到十分钟。哎，人呢？我比他略好，要多坐五分钟。我们都是逃会的专业户。

四十年真快，蔡测海同我林林总总做过许多事，回过头一看，又什么事都没有做。时间不会倒流，但会白流。他比我年长，今年七十古来稀了。不承想，忽然，近几年，他老夫聊发了少年狂，拼命写起小说来，一改贪玩不长情，并莫名其妙地忙，坚起意志，坐稳板凳，长篇、中篇、短篇，热气腾腾，接二连三，揭屉出笼，而且好得出人意表，每每令人拍案惊奇，真是顽夫立志，庾信文章老更成。

蔡测海早年的小说就好，再经历四十年的时间沉淀，生活积累，阅人阅世，读书思考，现在，他的好，他的深沉，他的升维的境界，他对土地、人类和世界并历史的关照，还有对自己文学审美标准的要求，已迥异从前。他的小说的品格，文字的质量，作品的意涵，完全是鹤立鸡群，另标一类。你会觉得奇怪，一个人脱胎换骨，是怎样做到的呢？这期间，又经历过怎样的彻悟并疼痛呢？

我们几个要好的文友有个微信小群，蔡测海近年写的新稿，经常先发到群里。都是些上年纪的人，手机看文字，万分吃力，但是群里的文友，必定每一篇都看，看完了，一齐点赞。而我除了点赞，每每要发一段读后感，而且，语多赞美。一来是朋友间的相互鼓励，二来也确是真情实感。他的小说，值得赞美。

他要我写序，并配图，晚上叮叮叮叮，我手机里接连一阵脆响，他发来了一串 Word 文档的小说文本，计有二十三篇。我的天，我今年驾照审核，视力过不了关，几百大洋配了副眼镜，才勉强应付过去。手机上看完这二十三篇动辄几千几万字的小说，岂不又要换镜片？我于是大声骂了两句话，按鲁迅夫子的说法，一句是国骂，另一句也是国骂。

但我还是慢慢慢慢，饶有兴味地把这些小说一一读完，眼睛难受，心中愉快。这是一批水准一致的小说，远超从前的他自己，也远超当下髦得合时的好多作家。这些小说，有些已在群里读过，有些是新章，尚未发在群里，当然都是近年的新作。不长的时间，居然创作出了这么一大把高质量的作品，说明他的状态是爆发的状态，他的山花烂漫的文学第二春，也迟迟地扑面而来。陈年的普洱好，陈年的蔡测海并他的新作，比普洱更好。一读之后，清香留颊，韵味深长。

我讶异的是他的近作，虽然多为短篇，却越来越具有明显的史诗性。比方他写《假装是一棵桃树》，是写一座名叫“古树村”的山村，他写《河东街市》，是写一条名叫“河东街”的老街，无论山村，还是老街，都超越了狭小地域，穿透了时间，仿佛让人看到历史长河中人类生存变化的场景同身影，那些活着的人，死去的人，在看得见的时空同看不见的时空中出没，那些承载着过往生活同岁月的传说、故事并歌谣，在小说中穿插，也在读者的记忆或想象中穿插，唤醒着读者浩大的时间感知力，明白着人事有代谢，往来成古今。蔡测海的史诗是湘西的史诗，也是大地上人类的史诗。他在《假装是一棵桃树》中写到了土地上的虫子，这虫子在小说中形成了文学意象，暗喻着人类也是大地上的虫子。我们都向着生活的远方慢慢爬行。蔡测海在《河东街市》里写道：“一个人有了自己的历史，就有了时间。”是的，山村也好，街市也好，那里面的每一个人都有自己的历史，而他的小说从头至尾，时间都是一条漫无尽头的河流。把中短篇小说写出一种史诗性来，意味着蔡测海小说观念的蝶变。他不再把作品中的人物看作在具体时空中存在的人，而是看作在一望无边的历史场景中活动的人。人物的时间属性使小说突破了文字篇幅的物理长度，使有限向无限延展。也正因如此，蔡测海的小说有了一种气象。他把小说写大了。

蔡测海的小说，也越来越倾向散文化。作为湘西作家，他延续了乡贤沈从文公的传统。沈公的小说，就是非常散文化的。哪怕是他作品中故事性最强的《边城》，读起来，也像是在读散发着诗意的长篇散文。蔡测海小说的散文化，比起前辈沈先生来说，更天马行空，更如东坡居士所谓，行于所当行，止于不可不止。可以说，蔡测海近年的小说，是一种获得了文体自由的小说。他越写越自由，越写越放松，越写越随性，处处驻足，处处流连，春城无处不飞花。他有一种不怕你读不下去的自信。也由此，他的叙事风格越发具有个人性，越发肆无忌惮，越发彰显着与众不同。自由需要无畏，意味着对传统小说章法堤坝的冲决，也意味着对小说叙事新的可能的探求。“文无定法”，你读了蔡测海的小说，会对这古训有新的理解。

蔡测海的近作，在叙事上有一种独特的仅仅属于他的语气，有一种缓缓的从容的语感，这不只是来自口语，同样也来自书面语，他的语气中隐含了剥落的老树皮一样的粗糙的沧桑，时间的沧桑，世事变幻的沧桑。这是一种老禅师参公案的语气，白云苍狗的语气，从容不迫，自信满满，产生着言说的磁场吸引住你。在《父亲简史》中，他就是用这种语气同语感，讲述了父亲的一生，如同山谷中的长风，吹拂了生命枯荣的林木，引发着寒暑易节同岁月更替的回声。一个湘西人，经历着战乱，兵匪，政权更迭，城头变幻大王旗，遇到迎面而来的好人同坏人，男人与女人，并逃不掉的厄运，当过土匪，也当过志愿军，又娶妻生子，让识字的儿子帮自己写新朝里的检讨书，一生像《假装是一棵桃树》里的虫子一样，朝着岁月同个体生命的尽头艰难爬去。以至最后："酉时，太阳落山。父亲走了。我叫了声爹。我没爹了。"

我读蔡测海的小说，每每不是被情节，而是被他这种叙事的语气迷住。这种语气是呢呢喃喃的，苍老而亲切，深沉而磁性。我仿佛突然发现，小说的迷人处，可以不是故事，不是峰回路转的情节，跌宕起伏的命运，而仅仅可以凭着话事人的语气，产生阅读牵引力。蔡测海的小说，仿佛不是看完的，是听完的。他的小说也仿佛不是写的，是讲出来的。哦，你明白了，唠叨也可以有至美。

蔡测海的小说，体现了文学是语言的艺术这一特质。他的叙事语言，有时候是生活化的，有时候是笔记小说化的，有节奏，有韵律，长句短句，起伏交织，释放出汉语言本体的魅力。他并没有用什么方言，但是他的语言有着鲜明的地方性，浸透的是湘西的地域文化。

时间是小说中的流水。蔡测海在《红风筝》这篇少年情事的小说中写道："流水洗出石头的童颜。它们安静地散落各处，听河流的故事。"

我们呢，我们在听蔡测海以石头的青苔般的语言讲述的故事。

每次听完他的故事，总有一脉时间的烟云笼在心头，久久挥之不去。

湘西青少年时期的生活，是蔡测海一口文学素材的深井，井里的水，怎么也取之不尽。于是我们源源不断读他的新作，也对他不断地深抱期待。

但是这么好的小说，读的人也许并不多，够不上热闹，也根本惊不起文坛一滩鸥鹭。我有点忧伤，不是为自己，也不是为蔡测海，是为中国的读者，为他们的阅读审美选择。我想起一位朋友的诗：满山啼小鸟，抬头看大鹰。

真是这样。

目录

Contents

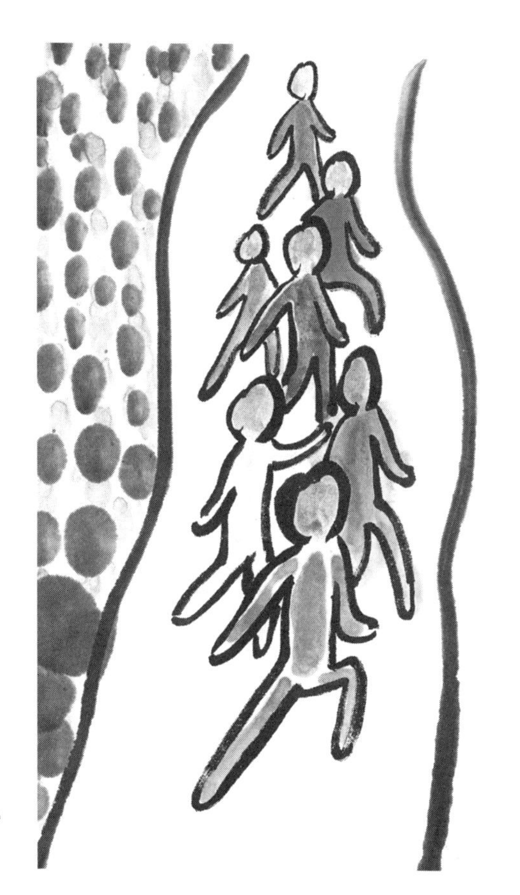

人在路上来回
光和阴划出界限

红风筝

古铜色的木楼，原本金色的。二楼南头，南风叩壁。黑板档头，无门之门。溪流入眼。燕轻飞，叶薄翠色。柳枝上有一朵红色。纵有千万枝条，也不会开一朵红花。

有心望那一朵红，自是发呆。有心右眼观景，左眼看黑板。粉笔字擦过几遍，仍是黑板。有心双目直视，目光如炬，热流烧着了前排的后脑勺。诚然回过头来看他。那张脸遮过那树枝头的那一朵红。于是，两朵红花叠起，一朵花移至眼前。他本来是只等下课铃响，要爬上柳树，看个究竟的。

这是第一次，有心看清了一位姑娘的脸。眼睛、鼻子、嘴唇，还有睫毛和鼻息的可闻。诚然也就是这样近地被一个男孩看了。

诚然大哭，把课本扔在有心脸上。她好像在做一个仪式，让有心好好记住所有功课。

一堂课就这样毁了。

姐姐走过来。姐姐就是漂亮的女老师。每当她走进教室，学生们先说姐姐来了，然后全体起立：老师好！

老师问：有心，你这是？

有心如同梦醒，老师的话像是远处的回音。

有心回答：我看她的脸了。她要不扭头，我不会看见。

老师拾起课本，无缺损，只是沾点儿灰尘。她放在诚然的课桌上。问：是这样？诚然袖子擦眼泪，然后说：都怪他，就是就是。

漂亮的女老师没有再问什么。一堂课的意外，只是在教室里发生，不算什么。女孩子扭头的事，也有过。梦里也会有。

下课铃响，有心直奔河边，爬上柳树。一只粉红色的风筝，挂在柳枝上，像一只很大的燕子。阳光照耀，这粉红变成火红。风筝完好无损，像有人故意安放。只是断线。要一根线，最好的麻线。

诚然说：这风筝是我的，风筝是我用红墨水染的。

有心说：我取下来的。风筝也没你的名字。

诚然说：你翻过来，看有我的名字不？

有心翻过风筝，见诚然风筝记几个字。

诚然说：你费力取下来，就是你的了。

有心说：给我？

诚然说：反正不是我的了。

漂亮的女老师总能够安排课堂的四季。一切完美都来自编织和精心刺绣。有个必然，就是草木旺盛，繁花似锦。三月，四月，五月，她的课堂就是一架手风琴，有秩序，有韵律，有香有色。

有心和诚然，是黑白键。调一下，诚然坐有心后边。那些日子，有心从后脑勺到颈背，有灼热感，背上现白色汗渍。他好像父亲犁田一样费力，又好像父亲走南闯北一样辛苦。那白色的汗渍，本来要等到犁田或走南闯北才会有，才会把苦、咸写在背上。父亲常常讲起，你妈嫁我的时候，我胡子还没长成青苗，这青苗就叫牛吃了。老爹是讲《西游记》穿插这个话的。他讲，男人都是肉货，女人都是妖怪、吃货。唐僧肉不好吃。人肉是酸的。人肉要是好吃，就不会有人了。

诚然后排是男生，再后排还是男生。她没再扭头。课堂秩序良好，没发生任何事故。

有心想着，课桌往前移，移出教室，然后落在溪流上，像一片树叶。男孩的念头落在树叶上，它就是一只船，往远方漂荡。有阳光。好像很远，好像回家。

阳光，万物生长。从阴影里长出鲜亮的枝叶，开出艳丽的花。所有的鸟从阴影里飞出来，对阳光欢唱。人在路上来回，光和阴划出界限。

在明晃晃的日子里，山的倒影，如河床的锚，鱼和鸟，在明亮中游动，水无阻，山无碍。白云流水，季节有递，岁月无痕。

流水洗出石头的童颜。它们安静地散落各处，听河流的故事。

漂亮的女老师爱唱歌。放一场露天电影，她就会唱电影里的某一支歌。有心把电影里的人物用小石子画在石头上，配上一些错别字。他走过的山路，茅草地的风光，都是露天电影。

一个人的四季，都是他的电影故事。

女老师的夏天，暑假将至，她一个人在树荫下，身后是一蓬绵竹或一棵柳树，在一块干净的石头上，把脚伸进河水，她开始歌唱。蝉鸣就一齐停止。

有心在河里捉鱼，听到歌声就站在水里，捉住的鱼就从手里跑掉了。

那个时候，诚然在河湾那洗澡，她警告有心，不准在那儿摸鱼。你藏到石头后边，我要上岸换衣服。他藏到石头后边，脱下褂子，把头脸包起来，确定自己什么也看不见。又好像看见了那棵柳树，树上有红风筝。

诚然扯下他的包头布褂子：好啦，你可以摸鱼了。明天这个时候，我还来下河洗澡，不准蒙头。要帮我看着，见有人来，你就大咳一声。

那个夏天的约定，是阳光写在石头上的誓言。青山流水一样的美好与神圣。摸鱼的男孩，是藏在石头后面的哨兵。哨兵听到有树枝咔嚓的断裂声。他猛地站起来，没忘记大咳一声。接着一个人从树上摔下来。跑过去一看，是王傻傻，那个一直读三年级的留级生。他留了多少级不清楚，只知道他十五岁或者十六岁。他爹是公社武装部长，等王傻傻十八岁就送他去参军。没摔死，在地上喊哎哟。诚然穿好衣服过来，看了王傻傻，又看有心。她对有心说：人都爬树上了，你没看见啊？不早点咳一声？有心说：我藏石头后边，什么也没看见。

他正在想那红风筝，咔嚓一声，风筝摔在地上。它怎么会折断树枝？怎么会摔出重重的响声？

王傻傻站起来，踩倒了几棵草，踢开一块石头。他说：你们俩，胆子真大。他一拐一拐地走了。屁股上的泥巴，不肯掉下来。

暑假，一学期结束，意味着这一册课本过期。只把没写坏的笔和残墨留下，去写往后的作业。有心的暑假，要下河摸鱼。手伸进石头洞里，捉住岩花鱼。鱼在手里挣扎，心就怦怦地跳。还要采山货，麦冬和五倍子可以卖好价钱，攒足下学期的学杂费。还有放牛，在石头上画电影。

漂亮的女老师叫过有心，还有留级生王傻傻。

老师问王傻傻：他，有心同学看女同学洗澡？

王傻傻说：是的。晚饭后，他看女同学下河洗澡，有好几天了。

老师问有心：是这样？

有心说：是这样。

女老师让他俩带路，去看女同学洗澡的地方。让有心藏在石头背后。王傻傻藏在树上。

女老师在诚然洗澡的地方下河。她脱下穿在外边的蓝色碎花衣服，只穿了球衣球裤。然后再穿好衣服，把他们两个叫到一起。她问有心：

你看见我洗澡穿什么？

有心说：蓝碎花衣。

女老师说：你在石头背后，什么也没看见吧？你呢，在树上，什么都看见了。

有心讲了，他只是在石头后面，见有人来就大咳一声。等我大咳一声，他就从树上掉下来了。

王傻傻哭了。女老师叹了口气，说王傻傻快成年了，这书真没读下去。再留级，人总是在长大啊。

女老师调走了。有心看女同学洗澡，学校让他退学了。那时候，还没有义务教育法。王傻傻十八岁那年参军了。他人真不傻，各个器官也发育得好，他当了海军，几年后回来探亲，穿蓝色的海军装，他特地回学校打个转，很英俊的样子。高年级的女生在远处偷偷看他。

诚然考上县城中学。

子规去来，把清明叫明，把谷雨叫湿。

岁月经过了的人们，在彼此的记忆里流连忘返。

一九七九或是一九八〇的春雨，不觉间，有心到了扶犁年龄。读过几天书的人，犁耙匀称。一行一行，把土地写成篇章。然后，一个人朗读播种和秋收。

他在石头上画满了画。用坚硬的燧石刻画。用红石墨染红，用黄粉石染黄，用绿松石染绿，用蓝晶石染蓝，用黑晶石染青。要在某一天，农闲下雪的时候，用雪的颜色在崖上画一匹白马。

那一天，大雨如注。有心脱掉湿衣服，脱得一丝不挂，往床上一滚。两脚稀泥，把竹凉席的床滚成秧田。那一夜，灯不灭，油不尽。板壁上的日记，木炭和粉笔写的。一支粉笔写完用木炭，一块木炭写完用粉笔。白的，黑的。能记下的，本来就是残缺。能写下的，都是往事的补丁。黑的，不能再黑。白的，不再发亮。

把书包扔下河水。笔没写坏，黑还有。都用不上了。女老师走了，学校回不去了。功课和作业，有时真让人生气，不会再有了又让人心痛。好些天，他想打捞起书包，和红风筝一起挂在树枝上，让太阳烘干。直到某一天，要从集体那里领回土地和山林，领回农具和牛。犁铧还亮，牛还能长膘，山林会转绿，土地会变肥沃。这一切，和书包，和红风筝有什么关系呢？那些农活不能装在书包里，庄稼不能挂在风筝上。野生植物永远比庄稼长得好，长着长着，就长成一大片，就开花结果，就自己枯荣。它们也有可能长成一个标志或地名。桃花岭，枫树坪，茅草坡，楠木湾，金竹寨，芭茅溪，杨柳人民公社，青藤小学，杉树林公园，千年古柏林……也就这样，有心长高了，壮实。他长成了大人，一定会被要求做一件简单的事，有人给他说媒，要求他交配和生殖。野生植物也是要交配和生殖的。会说话的媒人，都有那几句话：姑娘聪明，会挑花绣朵，还能种地养猪。奶子大，旺人旺家。这些理由都是躲不过的。有心躲媒人，他恋爱了。他一直在恋爱，画满石头的画是情书。领回的土地和山林，也没费那么多心思。有些东西，不是你要来的。你要，它不会有；你不要，它却来了。人民公社没有了，土地和山林还在，牛和农具也还在，你要去领啊。只是小学课本和以后求学的路再也领不到了。

水自流。学校，那古铜色的木楼，如远方的孤舟。红风筝是帆。水里月亮，是前排扭头的那一张脸，盈盈。深处看过来，不敢那么大咳一声，不惊游鱼戏水。

大坡的路，是成年的路。多少脚印，才可把男儿垫高五尺。第一次背猪赶集市，父亲给少年讲背猪的道理。背猪有工钱，赶猪到集市，猪会瘦五斤。露水更伤毛色，卖猪像嫁新娘，那颜色要鲜亮。背猪一程，工钱无价。大坡往上，挑脚们把石板踩得溜光，牛羊把泥巴踩烂。人往上走，路往下沉。有人自上而下。有心见裙摆如风。白裙，象牙玉腿。自天而降。彼此让过一级石梯，两边一扭头，对视一刻，真无话可说。记忆深处的一个人，突然站在你眼前，这个场景，也不是随意安排的，能说什么呢？她长成他想的那个样子。少女诚然。

她先开口：你？

他一边背着猪，一边和她说话，真有点那个。他还是嗯了一声。他想对她讲一些事。人有时候放猎狗，有时候使牛，有时候骑马，有时候背猪。说有的时候，是说间断。早午晚。黑白。绿黄。一格一格，一行一行。石板上的画，是连续的，不间断的。

诚然站着的地方，正陷落，石破，路开裂。有心甩掉背负的猪，拉住诚然，两人在不会陷落的坚实处站稳。猪受惊吓，挣脱绳索，很快窜进山林，不见了。两个人钻进树林找猪，连脚迹都没看见。大风把树林摇成巨浪，暴雨注满树林。两个人找到一处岩洞避雨。大雨乱了山势，不辨南北。要雨停，才会有出山的路。路是有的，在大雨和密林中藏着。岩洞里有野猪用柴草做的窝。有心取出打火机，还能用。洞里生起火。雨停，月亮从树枝间照进来。树林子有绿眼睛，绿星星一样。树上的是猫头鹰，树下的是狼或者野猪。夜鸟扑翅，抖落树叶上残留的雨水。也许有人燃了火把，在寻找呼喊山林里的两个人；也许人们都像群山一样睡着了。两个人围着火堆，忘了饥渴，讲许多话。从女孩那一扭头讲起，在红风筝那儿，两人多说了些话。他们绕开了女孩下河洗澡和男孩被学校除名那一节。述说彼此那些不见的日子。一个后来还上学，一个后来不上学。都没问，彼此不见的日子，有没有想起你我。然后，依偎一起，半睡半醒。火光照亮，两个人身上冒着热气，像融化的雪人。

有公鸡打鸣，狗叫。离山湾人家不远。岩洞朝东，太阳早早地照进来。有鸟叫，树林子一齐醒了。

诚然一直在说话，梦里也在说话。梦见那回在白帝城遇见漂亮的女老师，她又去读书了。不是学唱歌。她说，唱歌不用学，爱唱就行。她学法律。法律，多么新奇。就是帮人打官司的那种。把一个事情讲明白。一个人有多少根头发啊？她还想问她，醒了。

你在听吗？诚然弄了弄头发，问有心。

在听，有心答，听着听着就做了个梦。

好梦？

当然好梦啦。梦见走失的猪，它那大嘴巴正拱着，一拱一根竹笋，一拱一根竹笋。

诚然说：你那猪真讨厌，它要拱多少竹笋？

他俩走出树林，走在路上。有心拿掉她头发上和衣服上的树叶和草籽儿。她说，这回是来看看以前读书的地方，看那木楼，可能更老旧些了。看洗澡的小河。

岔路口，古树像一栋屋。两个人停下，站了一会儿，道别。她走了几步，回头说：找个人，帮你种菜养猪啊。说完，再没回头。

他本来要问一句：你要去哪里？

他在石头上画了幅放猪图。扎羊角辫的姑娘，放牧猪群，像河里的鱼群。

几天后，那头走失的猪回来了，在圈里吃，猪狗记路。

诚然不是本地人。她父母以前在一家报社，被划成右派，下放乡下改造。诚然是可以教育好的子女。父母摘右派分子帽子，一家人回白帝城。她那次回来（路上遇见有心那一次）是要到公社开个证明，证明她一家人在乡下改造好了，遵纪守法。有这个证明，父母便可回报社复职，她便可以考大学。但那个证明不好拿。人民公社后来变革命委员会，后又变成人民公社，再后来是乡政府。这个证明没地方出。她找到在县人民法院当了法官的女老师。老师说：你找对了人，这事可能会办好。老师告诉她，要不去找一下王傻傻，当年从树上摔下来的那个。听说这个人很能办事。

上哪里去找王傻傻？他是海军，哪里的海军？这些年，山里从没人被招去当海军、空军的。那回他穿了海军服回来，其实也就一件海魂衫。又有一回，他挂了好几枚勋章回来，又很热闹了一回。有几位当年当过抗美援朝的志愿军的老人说，王傻傻戴的勋章是志愿军纪念章，他们都有。这年轻人没抗美援朝，怎么有志愿军纪念章。王傻傻晃一下就走了，也没人明白这个事。几位老军人私下议论，王傻傻就是个假海军。他那样子，哪像个军人？连领扣都扣不好，怎么配得上一枚勋章？他还是小学大龄留级生的时候，偷他爹的钱和粮票，一行千里跑到白帝城。先吃了一顿牛肉，去买了一本电影画报，后又去买了个大信封。他剪下几张明星照片，装进信封。他着意在信封上写上一位明星的名字，贴上挂号信邮票，寄给自己。他没忘记在明星照片上写上：王傻傻同学留念。一路晃晃荡荡。十来天，估计那信也寄到学校了。回到学校，他从乡邮员那里拿了信。乡邮员说：行啊，电影明星给你写信了。同学们围上来，要他把信拆了。他大声嚷，又没什么秘密，你们自己拆好了。几只手一扯，里面的照片掉下来，每一张都有明星签名。漂亮女老师拿过一张照片，认那笔迹，对王傻傻说：王傻傻，你真没白当留级生啊。

那些天，王傻傻走到哪儿，就有三五个人跟到哪儿，拿瓜子、花生给他吃。王傻傻一个人躲进树林子里，一边吃瓜子花生一边大笑。挣断了裤腰带，他扯了根藤条扎好裤子走出来，对那几个说：等我王傻傻出了大名，我也写信给你们几个。要你们几个天天高高兴兴，要那些被老师打高分的天天哭哭啼啼。

老兵们先后去世，王傻傻的身份再无人确认。王傻傻再次出现的时候，已经不穿海魂衫，他穿了一套有条纹的西装。他身边跟一位高个的黑人和一位小个的白人，还有一位棕色皮肤的人。棕色皮肤的是个翻译官。他们都是联合国的专员，也就是大干部。他们有一笔钱，专门用来疏浚河道，治理沙漠石漠，防疫，助学，办医院，修教堂。他们从白帝城那边来，他们的身份是得到有关部门确认的。王傻傻有本外国护照，鸟屎国的。那是个岛国，出行不便，在呵达尼亚买了家五星级宾馆当首都，王傻傻正住在那家宾馆，是长租房。鸟屎国买那家宾馆时，他的租约还没到期，赖着不肯搬。后来干脆成了鸟屎国人，还是首都官员。他的护照是法文签名，叫王·诺阿。他这次出现，自称国际公民。老地方的人们，还只当他是王傻傻。

他这次回来，见了儿时读书的学校，直摇头。他要重建一所学校，还要治理学校门前的河道。不能只是洗澡摸鱼，走木排竹筏，还要能走大船。乡政府杀了一头猪招待王傻傻一行。王傻傻是来办大事办好事的。

诚然是第几次来到这里？为开一张证明，为盖一枚红印。人民公社变革命委员会再变乡政府。树没长矮，石头没长大。她来要个证明，证明她已被教育好了，一家人也被改造好了。公社都改乡政府了，我一家人就不能有个好名字吗？

是谁的安排？是漂亮女老师安排的吗？她遇见王傻傻。在这老地方。

王傻傻见诚然，好像等着要见她一样。他对诚然说：你来了？不介绍了，都自己人。说了又给诚然让座，递茶。乡政府的人见过她多次，知道她又是来要证明的。这一刻，都不知道说点什么好。

诚然说：我不坐了，你们先谈事。等会儿，我找乡政府领导有点事。

王傻傻问过什么事。又说，都不是外人。诚然把前后的事说了。王傻傻对乡政府的人说：都改革开放了，你们也真官僚主义。不就写个证明吗？

诚然拿了证明，把王傻傻叫到一边说：真谢谢你了。到白帝城，我请你这位大人物吃饭。

诚然走了。

酒桌上，王傻傻喝了几大杯高度白酒，叹了口气说：才走的那个女人，是我的未婚妻。

众人咦了一声，杯盏乱响。那次喝酒出了事故，死了三只狗两头猪。残酒剩菜，狗猪吃了，醉死了。其中一条是猎狗。喝酒的几个人只是醉，没死人。衣食丰而多豪客。猪狗也豪。猪狗醉死，那醉肉好吃。又牵来一头牛，让喝一桶发酵过的人尿，醉胀而死。那牛肉也脆嫩，三乡找到好厨师，制作三醉肉席，吃了三五日，人才散去。

诚然揣一纸证明信，回到白帝城，已是满城流言，说白帝城要整体搬迁。真的是，去年白帝雪在山，今年白帝雪在地。一座城说变就变了。白帝城的白，是因为雪，因为白云。曾经的白帝本来不白，是个黑大汉。白帝城的关隘，也如黑铁。那白墙，也经长久的日头烤成炭。白帝城搬迁，将身分五处。蓝帝城，黄帝城，绿帝城，红帝城，白帝城为五分之一。诚然一家回白帝城，已不是白帝城。白帝城需要一纸证明，讲它深处的本相。城堡，关隘，商埠，庙堂，都不是白帝城面目。而老家，那青砖，红砖，粉刷过的四壁，油漆过的地板，一拉就亮的电灯，这些在她出生之前就有的事物，只是白帝城的一丝气息。

街道名称和门牌号码都变了，在一座城找到老家，就是在九路公共汽车站牌处等车，坐几站就会找到家，以前的房子住了别人。她去敲门，人家告诉她找错了。她去问一位上年纪的女人，说了父亲的名字。父亲说他以前给报纸写社论，还写诗。他是因为诗成为右派的。上年纪的女人反问她：你是他女儿啊，他回来了？我还真不知道他住哪里。又问了几个人，都说不知道。她再返回九路车站牌处，她熟悉这站牌，车站就像家一样。她在这里等了好久。有些人上车，有些人下车。她见了好几个人真像是父亲。后来，见了一位最像父亲的人，是的，是父亲。车站真的就是家啊。其实，家就在离公共汽车站牌不远的巷子里。父亲告诉她，这只是临时住处。白帝城要搬迁了，所有人的家，只是暂住。到家，父亲对母亲说，宝贝女儿把证明带来了。我们跑断腿没办好，女儿给办好了。母亲说，明天就把证明材料交人事处李处长，就可以正式上班领工资。按政策，还会补一大笔钱。这些年的工资，会有好几千块。一切真像母亲讲的那样。父亲母亲下放改造几年补发工资，一共有一万多块钱。父亲已不太会写文章了，被安排在报社副刊当编辑；母亲被安排在群众工作部。都不是报社重要部门，但是一样领工资。

诚然上了医学院。父亲选择，成为自愿。

把不愿意写成自愿。她本来是要上师范的。她不愿意写成自愿，父亲的功课，是要做的。父亲说:学医好啊。诚然问父亲：你又不是医生，怎么知道学医好？父亲被问住了，他再没给出最好的答案。好儿女从不多问父亲。不问父亲要钱，不问父亲要前程世界，不问父亲要答案。好父亲给你一条命，给你一道题，给你一生的不多不少的时间，给你有趣的漫游，给你无限的可能。还有，给你谋生之前的食物。幸得先有父母，后有天地。

诚然没问父亲，自作主张改名陈朵。她找回本来的姓氏。母亲以为这名字好，本来姓陈，本来是个女孩儿。母亲在纸上写：陈朵，诚然。比来比去，陈朵是女儿，诚然是个奇怪的名字。女儿改了名字，这个家有了变化，尽是亲爱的日子。

白帝城，分身五处。蓝帝城，黄帝城，绿帝城，红帝城。城人分五类，迁五地。文化文物业留白帝城，学校医院科技业去蓝帝城，工商业去黄帝城，行政机关去红帝城，其他人等去绿帝城。其他人也可自愿去留。

陈朵一家三口商量，自愿去绿帝城。一家人本不是其他人等。那时的诚然不叫陈朵，她问老师，等是什么？老师说，等，等等，省略号，余数。

一家人来到绿城。绿城不是城，是乡村，绿是真的绿。这里的绿叶、石头、溪流、鸟鸣，这些印记，是记忆中的老地方。当年思想改造的地方。离去和再来。山色更绿，瘦泉变旺。乡民称父亲为陈先生，当年称呼老陈。陈先生戴上新的金丝眼镜，当年是胶布缠了又缠的黑框眼镜。

林间，路边，土坡，硝石，那些大大小小的石头，是一幅幅五颜六色的画，是有心的山野七彩画。这些画将同老的木房子和别的老物件保存。粮仓，风车，犁头，灶，榨油坊，风雨桥，农具和手工艺，都将成为珍奇。一切因为这里成了国家级风景区。陈先生成了旅游策划师，陈朵成了景区代言人。白帝城老城墙上的石头和白帝庙的菩萨也会搬过来。

有心仍然是画石头和养猪，照旧做农活。他的原住民身份，变成旅游景点的标志身份。

陈朵和有心坐在芭蕉叶上说话。芭蕉叶是有心画在石板上的。

陈朵问：你多大啦？

有心答：二十六啦。

陈朵：你当然二十六岁啦。大我一岁。那个时候，我回过头，你看了我的脸，我第一次被你照了相。

陈朵：你拿了我的红风筝。

陈朵：我下河洗澡，要你好好守着我，你没守好。

陈朵：那回在山洞里躲雨，天亮了，雨停了……

陈朵：那回离开，我说，你要个人帮你养猪，你什么也没说。

一个人说，一个人听。月亮升起来，很亮。

绿城这么大的事，王傻傻是会来的。他是个办大事的人。他一直能把吹牛扯淡的事办得像真的一样。他还写过白派诗歌。

医院是白色的／护士和医生是白色的／雪是白色的／云是白色的／白帝城是白色的／诗集的封皮和纸是白色的／翻白眼的日子是白色的……王傻傻写几句诗也是大事，做出一个白派。

王傻傻说：

这一回，我是代表我个人来的。

这句话有点大。

他来认领一座城和一个人。他认领一座城，当年同乡政府签过合同，整体开发，只是资金没到位，但合同书是盖了大红印的。他认领一个人，那回同乡干部喝酒，当众宣布诚然是他未婚妻，酒后办了张结婚证，后来补上了结婚照。这样的事，从来难不倒一个王傻傻。

法庭上，漂亮的女法官，当年漂亮的女老师，还是那一副金嗓子：

被告人王傻傻，伪造国家公文罪，合同欺诈罪，侵害他人权益，伪造个人身份行骗。数罪并罚，判处有期徒刑二十年。

王傻傻在被告席上，一边挖鼻孔一边说：

老师，你是在唱歌啊——

王傻傻后来弄到一张精神病证明，他患了妄想症，以假为真。他又有鸟屎国国民身份，最后被判驱逐出境。

以前的王傻傻算是没有了。不过，他还可以回来。

有心和陈朵，追着红风筝跑。

水往前流，山往后退。

地平线像是打开，又像是闭合。有声或无声。

西南某处，我们的经纬度

我们从不同的原生地出发，走向同一个定量。男人，女人，大个，小个，每人每月四十五斤大米，每月四斤猪肉，分作四餐。每人每月三元钱。每月三十个工分日，满勤满分，生产队记三百工分。每个工分日平均值五角钱，一个月十五块钱，外加三块钱，一个月十八块。我们不在生产队出工，拿满勤工分，一个月吃四十五斤大米，四斤猪肉，还有三块现钱。我一直觉得，这是对生产队的亏欠。生产队的每个人，要替我多出一份工。患关节炎的父亲，两位年少的姐姐（小姐姐儿时做翻豆腐游戏，坏了一只手），还有生产队的所有人，成了我的替身。

我像牛脱掉了轭，把苦累留在生产队。我要去修铁路，参加三线建设。

母亲舍不得我出远门，又想让我出门长见识。母亲帮我收拾行李，一卷被子，一只碗，一双筷子，一把锄头。这是公社干部交代的。母亲要我多带一双筷子，筷子容易丢失。父亲说一双筷子也不要带，折两根棍子就是筷子。我不知道为什么要带一把锄头，种铁路？

小学课本有个修铁路的人，叫詹天佑，他修了中国第一条铁路，人字形，火车通过八达岭。修铁路不是种苞谷黄豆，是办大事。我有种莫名的荣耀，也有离别父母莫名的忧伤。我背上一卷被子，上边横一把锄头，被子里塞一只碗、一双筷子。我再看了一遍詹天佑，我几乎成了詹天佑的化身。鸡叫头遍，起大早出门赶路，下一道坡，上一道坡，上下十里，骑马一样快。走一段平路，天微明，到召市上大巴，十来辆编号的大巴。平时抬头不见低头也不见的人在这里集合。这里集合了一个营，好人好马，百里挑一的年轻男女。我们这个营叫枝柳铁路建设召市民兵营，分连排班。我们的连队叫老火连，老兴公社与火岩公社的人一个连。大公社时，老兴和火岩是一个公社。从时间的那里，到时间的这里，人在这里，公社在那里。我们老火连乘坐六号大巴，六六大顺。一号车坐的是营领导和连领导。领导领头，八百多人，我从未见过这么多人。他们知道詹天佑吗？

汽车在山路上拐弯的时候，我看见后面还跟着两辆解放牌卡车。一车运了大肥猪，一车装了大米的麻袋包。吃肉吃大米饭，那是一定了。汽车送我们到永顺止，步行。吃饭时，发现筷子丢了。父亲的话总是对的。小的事物会丢失，连缝在衣服上的扣子也会丢失呢。从来不会丢失东西的人，是瞎子，他们看不见，对自己的东西特别小心。失明不失物，天见怜。

步行到松柏，吃饭。松柏的大米饭和南瓜特别好吃。坨子肉，用搪瓷脸盆装一大盆，足量。松柏有古柏几株，相传有株雷打过的空心树，白军追杀红军一位营长，红军营长在空心树中躲过追杀。营长，就是我们车队坐一号车的，要是还有白军，他敢追杀营长？我们的锄头扁担是吃坨子肉的？松柏山水灵秀，良田沃土。后来出了个土家后生宿华，身家千亿，快手的掌门人，又恰巧是我同学谭的大女婿。宿华没看见我，他还没出生。他后来也不知道我路过松柏这地方，我想他知道詹天佑。

行路难，去修路。下壁陡的长坡，到回龙，到梧楠界，住进彭姓人家偏屋的吊脚楼。彭家旧时富人，有樟木太师椅，金丝楠八仙桌。他家的大灶屋成我们老火连的厨房，那是我们领取大米饭和南瓜萝卜菜的地方，还有豆腐和猪肉。彭家大屋最好的地方，就是大灶屋。千山同形，这里的山也会有回音，只是我不能大声喊，到处都是我们的人，怕惊动他们。我家山中，大喊，最多惊飞几只鸟，把风喊高，吹乱白云。铁路民兵也是兵，只能吹号，不能大喊大叫。起床号，出工号，休息号，熄灯号。号令，我懂。我那时受过训练。急促高亢，是集合号和上工号，低缓悠长是休息号。民兵也是兵，有班长、排长、连长、营长、团长和司令员。那时睡通铺，我们和班长排长连长睡在一起，一起吃饭，一起出工。下大雨不能出工，连指导员向华巨就唱歌。他和我外祖父同一个名字，人只比我大十几岁。好听的男中音，深沉，抒情。

大雨落幽燕，

白浪滔天，

秦皇岛外打鱼船，
一片汪洋都不见。
知向谁边？
往事越千年，
魏武挥鞭，
东临碣石有遗篇。
萧瑟秋风今又是，
换了人间。

好听。我说，你再唱一遍吧。这首歌，我一直没学会。以后再没听人唱过，要有，也没他唱得好。

我们是最早到这里的修路人，比铁路工人先到。我们修便道，铁路的供给线。铁路修多长，便道就要修多长。比我们到得更早的，是架高压线和电话线的人。荒山野岭，猴子出没。最先来架高压电线和电话线的，会是一些猴子精，有猴子精神。

这条小河叫梧楠溪，从山上流出，夏天水也冰凉。河水滚动，生出凉风，凉爽的梧楠溪的夏天，蚊虫也少。溪边有金丝楠五棵，树大三人合抱，高三十尺。溪流上有石拱桥，桥那头住女子班，十二人。桥这头是我们。女子班和我们一起吃饭，一起在小溪里洗衣，一起上对面坡上修路工地。女子班最小的十七，最大的十九。再大的都出嫁了，不会来修路。听见她们大笑和大声说话，不见她们唱歌跳舞，会唱歌跳舞的去团部宣传队了。她们是修路的劳动力。老兴火岩的女子会劳动，不会跳舞。在没人看见的时候，她们也会唱歌，声音好听，天生的。修路人多，她们不唱。唱歌的是指导员向华巨。男中音，老火连的独唱歌手，他唱大雨落幽燕，也唱北国风光，千里冰封，万里雪飘。爱听，他把我唱成雨雪，唱成千里万里。雨雪幻化，世有远处。

从梧楠溪到回龙河，到施溶溪，到长官古镇，到罗依溪王村大河，与河流同在的是人流。修路人的营盘一座连一座。一个团修一条路，一个营分一段路，一个连再分一段。我们老火连三个排，再各分一段，排再分到班。我们班劳力强，女子班和我们班打伙并一起，叫混二班。我们混二班施工进度比别的班快，工地广播经常表扬我们。指导员向华巨说混二班生态环境好，人气旺。班长尚玉说是火上浇油，火旺。尚玉皮肤上了一层黑釉，笑出一口白牙，能说会道。指导员说他能把树上的猴子哄下来。团部在《三线战报》发了几期简报，表扬了别的连队施工进度，不见表扬我们连队。连长老田有些焦虑，挖潜力，抢进度。老田把女子班分散，每个班分两个，效果大好，施工进度快了很多。我问指导员向华巨："这几天不见你唱歌？"他说："要唱。连队没伤员没病员，我想唱。"他唱：往事越千年……，他唱完对我说："你高小毕业生，有文化，给《三线战报》写稿，每个月你多拿一块钱，从我那三块钱里出。"我有文化，高兴。第一次听人说我有文化。我没文化，我就不算一个人。指导员向华巨给我一支金星牌钢笔，一瓶英雄牌蓝墨水，一沓有横格子的稿纸。我想写那些挑断了的扁担，挑烂了的竹筐，挖断了的锄头，打短了的钢钎，捏不成一篇稿子。最后，我写了篇《工地歌声》，交营部通讯员送到团部。一个星期后，《三线战报》发表了。指导员向华巨先看到，他拿给我看。说我有才，写得好。我说，是你唱得好。指导员向华巨给了我一块钱，一块钱是他一个月生活补贴的三分之一，值两个工分日。我不能要。他一脸严肃，嫌少啊？后来，我用那一块钱买了本小说，叫《沸腾的群山》，已记不清是谁写的。我后来自修汉语语法时，很多例句出自这本小说。

如果拿生活中的事情打比方，指导员向华巨，是一个短句：修路工。句号后边再加上一个短句：会唱歌。后边那个短句，是他比我们多出的一部分，那个部分不记工分。我也是个短句：普通修路工。好像不完整。一个人，不会刚好不多不少地是一个人，有多有少才是一个人。我力气小，挑土时，我特意要装土的人再加上两铲，我要练成大力士。有些吃力，大力士是慢慢练成的。练成钢腰铁肩，飞马一样一往无前。我练力，指导员向华巨要我练字，连队要办黑板报。谁叫我是高小毕业有文化呢？黑板报，是三线建设最大的报，也是中国报业史最大的报。大家叫我黑板报。一个短句，临时的，暂时的，抹不掉的，永久的记忆。

黑板报是连队的事，看的人多。女子班那些人也要看的，我希望我的粉笔字不丑。女人绣花要好看，男人写字要好看。鸟的羽毛好看，树开花好看，这都是故意的。

营部下来的医生说，女民兵每个月生理期要休息五天。听不明白，重感冒吧？都几个月了，女子班的人像我们一样，一天也没休息，她们没那个生理期吧？花子的血顺着裤脚管流下来，我喊指导员向华巨，花子受伤了，流血了！花子瞪了我一眼，骂："喊什么，你要死吧。"指导员要花子下工地休息。花子挪了个地方，在指导员看不见的地方，狠狠地挖土方，大块的土方，一块一块地塌下来。她挖出几尺平路。锄头起落，像种苞谷黄豆。在这里，会种出一条路。

在梧楠溪，我们围了一潭清水，天然洗衣盆。女子班和我们一起洗衣。河里的小鱼看着长大，我们的汗水养肥了鱼。姑娘们告诉我，衣服先要用热水加肥皂泡几分钟，然后在河水里才洗得干净。我把衣服从河水里捞起，用热水泡。花子说："这样更不好洗，冷汗再泡热水，汗巴沙。"我不会洗衣服，在家里母亲洗衣。花子说帮我洗，我说自己来，用力搓就脱汗了。班长尚玉抱了一堆脏衣服，朝姑娘们一个个看过去，把衣服扔给香子。香子长辫子，大眼睛。我们看过电影《红灯记》样板戏。香子像李铁梅。香子捞过水里的脏衣服，搓洗。香子一边搓衣一边说："尚玉班长，你这衣服是油汗，好难洗哟。"尚玉在一边有一句没一句："我这人懒，找个人洗衣服，享福。"姑娘们说："尚玉班长，要看你有享福的命不。"连长和指导员来洗衣，姑娘们争着帮他俩洗。指导员的衣服被抢走了。连长老田不让姑娘们帮洗衣。他人严肃，姑娘们怕他，不敢抢。连长很快洗完衣服，走了。扭头说一句："不要到女子班乱窜。"

洗完衣服，回去晾晒。姑娘们提不动那么多湿衣服。我帮着提一桶湿衣服，在离姑娘们宿舍两丈远的地方停下。姑娘说：“黑板报，帮忙帮到底，送佛送到西。”

我把那桶湿衣服放在石阶上，头也不回地走了。

晚上做梦，去了女子班宿舍。姑娘们全穿红花衣，像电影《鲜花盛开的村庄》里的朝鲜姑娘，唱歌跳舞。起床号，醒了。洗脸时，尚玉班长见我笑着，他问：“黑板报，你笑什么，今天有肉吃？”

工地上休息，吃炊事班送来的午饭。吃饭时，连长说开个短会。会上说昨天晚上有人摸到女子班去了，还摸了姑娘们的头，把人摸醒了。没出事就好，出了事就是大事。我一声也不敢吭，那顿饭不知怎么吃完的。连长是说我吗？我只是做个梦，梦里也没摸姑娘们的头。尚玉班长凑过来，贴着我耳朵说：“连长人鬼得很，他什么都知道。”我想，连长不会知道我做梦吧。晚饭后，指导员要我陪他到河边散步。他问我那次送衣服到女子班的事，我说两丈远呢。他拍了拍我的肩膀，两丈远，好小伙子。黑板报是好报。我心里悬着，好，没出什么事。

电影放映队下连队慰问，放《红灯记》，我和尚玉班长走十几里夜路，到团部先看过。他说再看也是铁梅和奶奶。他恨王连举，不去看了。叛徒比鬼子更坏。他说今夜月亮好大，没人，下河洗个夜澡。脱个精赤了光，爽快。河流拐弯处，水深齐脖子，正好。脱光游狗刨，把水里的月亮弄碎。没人，自在。尚玉班长对我不说好话，说我那东西小，那东西小，人胆小，力气小。说哪天捉条蛇给我吃，吃了蛇，会变大，力大胆大。他后来真捉了一条大五步蛇，杀了让我吃蛇血蛇胆。我怕蛇，蛇那怪相，见了就怕，怎么吃。他说你闭上眼睛，就当喝口凉水。我就这样生吃蛇血蛇胆。蛇剥了皮，烤着吃。像吃烤羊肉的味道。当地人不吃蛇，怕长麻风病。人长了麻风病，一截一截地烂掉。没几天，我小腿生疮，奇痒。我想是长麻风病了，等着一截一截地烂掉吧。那些夜晚，我找出指导员给我的纸和笔，不停地写，写我们连队的那些事，大事小事都写。也没什么大事。那些小事，边想边写，边写边想，也真成了大事。一筐一筐地挑土，就会挑出一条便道。有了便道，就会有铁路，有了铁路就有大三线建设。三线建设搞好了，国家就好了，没人敢打我们。我没写梦到女子班那个事。我写了很多，差不多能出十期二十期黑板报。我对尚玉班长说："你聪明，就是不爱看书写字。你照着我写的抄，以后出黑板报。"我让他看我小腿上的疮，我说我长了麻风病，要死了。他看了我的疮，说不像麻风病，是高脚蜈蚣撒尿长疮。他扯了一把薄荷叶，给我擦了几次，疮好了。

疮好了，胆子大了，力气也大了，全身上下都长大了。到青天坪去挑修铁路的物资，上两道坡下两道坡，翻两座山，走两条河，来回六十多里。天不亮出发，到青天坪已是当午。领修铁路的物资。炸药包和高压线瓷葫芦。炸药包个大，看起来重；瓷葫芦个小，看起来轻。别人选了炸药包，说我年纪小，挑瓷葫芦。瓷包铁，当然重。我挑了十个瓷葫芦，一头五个。吃完午饭往回赶路，越挑越重，越来越跟不上挑运队伍。天黑了，我还没爬过最后一座山，回到连队，已经熄灯。指导员接了五六里路，说我的担子比别人重二十公斤，一个瓷葫芦有七八公斤呢。尚玉班长对我讲，还是吃了蛇血蛇胆力气大。我说，把重的看轻，力气就大了。指导员哼了一声，黑板报不傻。

我们老火连，光荣的连队，最先完成了施工路段，上了团里光荣榜，便道全线通车，我们要转战古丈牛角山，修铁路，我们就是真正的铁道民兵了。没见过火车，没见过铁路，要亲自修铁路，我们很兴奋。比我们更高兴的是女子班，姑娘们开始唱歌：

红岩上
红梅开
千里冰霜脚下踩
三九严寒何所惧
一片丹心向阳开
…………

声音好听，她们本来是会唱歌的。

收拾好行李，姑娘们坐卡车，我们步行。姑娘们上了卡车，指导员向华巨告诉她们，回家。男民兵留下，转战铁路工地。姑娘们从车上跳下来，说也要留下修铁路。指导员对她们讲，回家多种粮食，多养肥猪，也是支援三线建设。连长老田喊：女子班都是好战士，一切行动听指挥。

花子挨到我身边，想说什么，没开口。我想她是怕我不会洗衣服，我告诉她，洗衣服先用热水泡发，然后下河洗，干净。她点了点头，对我说："黑板报，你们留下来，以后就是铁路工人了，管火车啦。要记得我们女子班，坐火车不要我们的钱。"我好像真管火车似的，我说："你们喜欢坐到哪里就坐到哪里，坐到天边也不要钱！"

香子弯腰呕吐，她十几天前就这样，吃不下饭，分给她的肉，她分我一多半，她只吃几片瘦肉。我十八岁，正长个，吃得多，吃长饭。香子有回对我讲："你和尚玉班长好，给他带个话，他要没良心，就把我害了。"我带话给尚玉班长，又问他："你是不是夜里去女子班了？"他没说什么。我说："你不说，就是认了，你摸她了？"尚玉班长经不住问，认了，他说他喜欢香子。他不准我告诉别人，不准告诉连长指导员。不要当王连举。我恨他，但我不当叛徒，我是黑板报，不是王连举。

花子、香子她们又上了卡车。尘土飞扬。卡车很快隐在山那边，留下蜿蜒的便道，那是我们修的路。

我们去修另一条路，铁路，火车的路。

转战牛角山，步行二百来里。一路上很沉闷，有比人高的芭茅，热气直往身上扑，像罩个蒸笼。我边走边想，花子、香子她们到了哪里，为什么不把女子班留下修铁路？有些事，不是女人干的。她们能种苞谷黄豆，洗衣做饭，她们不能伐木，放木排。她们修路，却不能修铁路，也许她们根本不需要来修路。

到了牛角山铁路工地，才知道，只有男人才能修铁路。一位老铁路工人告诉我，从有铁路以来，就是男人修铁路。两条钢轨是公的，每一根枕木也是公的，铁锹、铁铲、风钻，全是公的。铁路的性格是钢铁，它的坏毛病就是性别歧视。我的第一位铁路工人朋友叫余呵呵，总是笑呵呵的，小个子，贵州人。我叫余呵呵。我叫黑板报。两个人密码一对上，就成了朋友。我认识的第二位朋友，是位铁路工程师，姓张或是姓章，我想他是姓詹，詹天佑那个詹。出黑板报，转战牛角山的第一期。我不知怎样描述牛角山。工程师正好经过，一看就是个有学问的人。我问，他答。牛角山，武陵山系。海拔452米。北纬29度，东经109度。牛角山隧道全长4500米。枝柳铁路最长的隧道。控制工程。他停了停又告诉我，整个枝柳铁路有多少隧道，多少座桥。平均三公里一个洞，五公里一座桥。全线在山区。

他这叫学问。我那点儿，叫文化。真不好意思。

他说他住三号工棚，有不清楚的问他。

我们每人一套工作服，帆布的。雨衣，胶靴，柳条帽，还有口罩。我们只穿过袜子，没戴过口罩。口罩是医生戴的。两双手套，也是帆布的。每个月还是三块钱，后来又加了一块钱。好事成堆，一齐来了。我从来没有过这么多好东西，每一件都是宝贝。

我们修牛角山隧道的耳洞，主洞是铁路工人。我们每个班组配一名铁路工人，做技术指导。我们班组的技术指导是余呵呵。我们叫他余呵呵，不叫他师傅。

打洞用风钻，钻头是钨钢。那么一点钨钢钻头，比金子贵重。修便道时，我们用钢钎铁锤，这风钻是太厉害了。风钻，直往大山心里钻。打好洞，填上炸药，再装上雷管导火线，人躲在洞外。点火，轰然炸响，山石崩落。鼓风机吹散硝烟，我们再进洞把石块扒出来。打洞二十来天，一天一米多的进度，打进二十多米深。每进一段，架上松木排架，铺上铁轨，用斗车往外运石块。指导员向华巨在洛塔煤矿挖过煤，他说打洞和挖煤差不多。我们老火连的人很行，每个班组下来，打洞两米。从洞里出来，人是黑的，口罩是黄的。黑痰，有硝烟味。在洞里，认不清人脸，只见眼珠子转。我写了篇黑板报稿，叫《隧道里的眼珠子》。指导员说写得好，传神。铁路广播还播了这篇稿子。指导员给了我一块钱。我收下。先帮他存着，等牛角山隧道打通，给指导员买酒喝。

星期天，初冬的阳光，牛角山洒满金光，像一座金山。洞外，是有阳光的。这天休息，战友们说去古丈县城玩。牛角山离古丈县城不远，十几公里。我们穿好洗干净的帆布工作服，那是我们最好的衣服。走了一个多小时，过了一条小街，再往前走，还不见县城。问人家，才知道经过的那条小街就是古丈县城。我们又往回走，县城也实在小。难怪说学生操练，一不小心就跑进街头的菜园子。县城的米粉好吃。一大碗，加一瓢肉臊子，送两块酸萝卜片。小县城大方。街上有家书店，我看到一本《共产党宣言》，一本《进化论》。《共产党宣言》不贵，才两角八分，我买了。看那本《进化论》，要一元二角，太贵。

我还要买一条裤腰带，出工时，裤腰带弄断了。没裤腰带等于没裤子，裤腰带太重要了。但最后还是买了那本《进化论》，我去买了几尺鸡肠带当裤腰带。

这两本书，也是我的宝贝。书上的话真好，会说那样的话，就能写好文章。我把那两本书当文学书读。《进化论》让我知道，三叶虫怎么变成了鱼，又变成了猴子和人。猴子变人。我还是认为，人是妈生的。不管怎样，牛角山的岁月，也是我读书的岁月。

尚玉班长见我有空就读书，问我："好看吗？"我说："好看。"他要我讲给他听。我给他讲了金色鱼钩的故事。讲红军过草地，炊事班长用缝衣针做鱼钩，捉鱼给伤员吃。他听了，把我从被窝里拖出来，爬到牛角山半山腰，那里有稻田，田里有稻花鱼。月夜，真好捉鱼。我俩捉了五条半斤大的鱼，生上火，烤着吃，比在梧楠溪吃烤蛇好吃多了。吃完了，我说这是老百姓养的鱼，我们是铁路民兵，民兵也是兵，不拿群众一针一线。尚玉班长说："吃下肚你才讲大道理，屙出来赔人家啊？"后来，我还是赔了。我带的那把锄头，是一把好锄头，有铁匠陈一山的火印。父亲舍不得我带走，但三线建设比种苞谷黄豆重要，让我带到修路工地。便道修完，牛角山打洞，用不上它了。我把那把锄头悄悄放在那一家人的农具堆里，算是赔鱼钱。他们卖了鱼，也是要买农具的。

牛角山隧道快打通了，我们这边能听见那边放炮的声音。余呵呵说不到十米，两边隧道就接通了。最后这一排炮，就是通天炮。填好炸药，装好雷管导火线，让连长和指导员点头。我们开始撤到洞外。一块石头从顶上坠落，掉在余呵呵的柳条帽上，顶上的石头纷纷坠落，余呵呵喊："大家快撤，冒顶了！"冒顶，就是洞中坍塌，修隧道常见的灾难。余呵呵指挥大家往洞外跑，血从他头上流下来，然后他慢慢倒在石头堆里。我没跑，冲过去抱起他，吃力地往洞外挪。然后，周围黑下来，静下来，我什么也不知道了。

在工地医院，几个人站在我的病床边。不见指导员向华巨，不见尚玉班长，连长老田头上缠着白纱布，他旁边还站着一个人。个子不大，短发，黑红的脸，穿中山装，像个公社干部。那个人过来，握着我的一只手，摸了摸我的头。他说："我是彭德怀。"我坐起身，哪个彭德怀？那个身经百战的彭大将军？连长告诉我："这位首长就是三线建设副总指挥彭德怀元帅。"我半坐着，举起右手，敬了个修枝柳铁路以来第一个最标准的军礼。我说："首长，我是黑板报！"元帅嘿嘿笑，说黑板报这名字好，三线建设最大板。

多少年以后，我还记得元帅那副公社干部的样子，看不出他是个有阅历的人。

枝柳铁路，贯通大西南。我出了最后一期黑板报。通栏标题：好人好马上三线。

我要告诉后来的人，什么叫三线。简单地说，就是第三道国防线。火车开进大西南，绿皮火车。青春的颜色。

牛角山，金色的山。金子的岁月。

山林一处，在松树、柏树、枫树旁，指导员向华巨，尚玉班长，余呵呵，他们的墓碑列成一排，我把一瓶湘泉酒洒在墓前的绿草上。我在一块石头上坐着，给尚玉班长讲金色鱼钩的故事。

我第一次坐上绿皮火车，从枝城到柳州，车过牛角山，我想火车停一下，它果然在牛角山小站停下来，月台上好多人，坐火车和看火车的人。我想，女子班的人会不会在人群里？火车开动，人们散去，月台上站着两个人，是花子和香子，香子抱着一个小孩。后来，花子告诉我，香子抱的孩子是尚玉班长的儿子。那孩子取名叫尚大道，后来读铁道学院。

我没当铁路工人。回家，母亲给我的那只青花碗，完好无损。父亲说得对，出门不要带筷子，会丢。父亲说我不该把锄头也丢了。老铁匠陈一山的手艺，好钢。

湿 说

在地中央生起一堆火，最下一层是枯叶、干草，再上层是干柴，最上一层是生草和湿柴。点燃，生火，冒起白烟，烟柱接上白云。

地中央生火，不连累森林，不伤害庄稼，不危及村寨人家。人们从来就这样生火，旷野里好有个伴。

有一滴雨落进泥土，慢慢长起来，像一根笋或者一株向日葵。她其实是一位穿绿衣裳的女子，就是后来名字叫湿的那位女子。在地中央生火的那个地方有了一栋好的屋，木石结构。

湿可能是这屋的主人。这是一处空屋，从未冒过炊烟。天气好的时候，屋外的晾衣篙上，晒了女人的衣物。屋的前后，鲜花盛开，满山坡的花开，这里最盛。群鸟闹林。湿把小米撒在地上，任鸟啄食。雀是一群，斑鸡是几只，一两只松鼠会来分食。青哥鸟只吃麦苗。画眉吃虫子。锦鸡在林间觅食。锦鸡吃杂食，浆果、坚果、虫，还吃蜈蚣。

湿吃露水。她吃百合花和月季花的露水，夏日是荷花，秋天是丹桂，冬天是冰凌花，草上的冰花，也吃霜雪。蜡梅花的露水不吃，会缩短花期。竹叶上的露水是洗脸的，荷叶上的露水是洗澡的。

吃杂食的锦鸡长得好看，吃露水的女人，没比她更好看的。雨霁，薄雾，能见到她的影子。星月下也能见到她的影子。大白天没有人见过她。有人生疑，她是个没有真相的女人。

篾匠王伐竹，见一穿红衣裳的女子，正用鸭毛蘸竹叶上的露水洗脸，那脸像刚剥壳的煮鸭蛋。篾匠王的刀不听话，像竹叶斫竹，半天没砍一根竹。刀刀有心，不在竹子。

篾匠王空着手回去，对自家女人说，我看见她了。女人说，你看见鬼了吧？过几天逢场天赶集日，你的篾货呢？你砍的竹子呢？指望多几个钱，儿子的学费还没着落，我看你是鬼摸了脑壳，忘魂了。

篾匠王被骂出屋，换了把刀，跑进竹林，一边伐竹一边喊，砍死你！砍死你！没有竹子就没有篾匠，没有手艺就没有挂碍。篾匠仇竹，因果自成。不要把任何一件事做成手艺，如竹编织筌、篓，鱼钻进去就出不来。

被女人一骂，篾匠王生出这许多念头。遍地竹子，女人又来添枝添叶。女人也是竹子，还指望发笋，这真是“竹难”。

篾匠王这一批篾货，比以往的都好，取出的篾条，编织的竹器，比以前的都讲究。他悄悄地编织出个竹女，用棕丝做头发，用栗子做眼珠，青皮做衣裳，黄篾做肉身。

到集市，篾货很快卖完，最后摆出竹女，开始讲竹林里的事，他见到一位用露水洗脸的女人。

有人问：后来呢？

篾匠王说：后来？还会见到她吧？

有人要买他的竹女。他不卖，多少钱也不卖。

留叉叉胡子的牲口贩子，牵了一头母水牛来，说对斢。牲口贩子说：这母牛肚子里还有头牛，再个把月就下牛儿，两个斢一个，要得不？

篾匠王说：你那牲口要吃草，我这个不要吃草。不斢。

市场管理员上来，直叫卖牛的去牛羊市场，卖篾货的归竹林市场，混在一起像什么话。看热闹的散开，赶集不是看戏。

众人一哄而散。

市场管理员拿了竹女。先摸摸头发说：棕丝的吧？

他再抠出眼珠说：栗子！

他再从头摸下去，手在竹女胸部那儿停了一下，弹了一下乳头，只说小，像猫奶子。再摸下去，把两条竹腿倒提起来，对篾匠王说：老王，不是我谈你的手艺，你连女人屙尿的也做不出来。你这东西，是筛子还是撮箕？是巴篓还是箩筐？这么个玩意儿，还敢拿市场上交易？拿它骗钱，伤天害理！老王，我批评得对不？今天先不罚你，要长记性。

市场管理员头上冒着白气。直到他进入人群，那白气还在冒，像一只烧热了的瓦罐。

篾货早早卖完。每次出完货，钱太少。集市上的小本买卖，都知钱少。听说有处集市能赚大钱，吹口气就能变钱，只是没人指路。

篾匠王想去短辫子那里剃个头，再去甜甜嫂那里吃碗牛肉面，又怕再碰见市场管理员，匆匆离开集市，一路往回走。

往集市走，是集。往回走，是散。过一处村落，有人回家，再过一处村落，又有人回家。赶集市回家的路上，只篾匠王一人赶路。身边还有一个伴，是竹女。篾匠王对竹女说话：上一道坡，下一道坡，再翻个坳就到家了。竹女转动一下眼珠，她不能说话。

月下，明亮的大地。夜的路径，一头在脚下，一头是远方。长短不计。那些影子，高的是山，低的是坟。那些墓碑像关闭的门户。一些小土堆是夭折的孩子。他们和天花、白喉永远地睡在一起。深夜，会听见他们一阵阵地咳嗽。那些小土堆被震得一抖一抖的，好像要裂开一样。有墓碑的坟里，是老者，男或女。碑上的名字是慈祥的老人，燃一支烛，给夜行者做伴。

夜鸟拍翅，冷风吹醒鸟梦。咕咕的鸟声有些孤单。汗湿薄衫，接冷风凉意。篾匠王一早出门，通天到黑，水米未沾牙，早已饥饿。饥饿就是个鬼，越想越饿。路坎上是先祖的坟，年节总有纸烛和刀头肉上供。得先祖分一块刀头肉吃正是好处。到墓碑前，说有肉就有肉，一坨腊肉，拾来一咬，却是一坨干牛屎。动口即是粮，饥饿感大减。凡人畜泄物，以牛羊泄物为净，可入药。牛粪烧成炭，冲开水饮，缓胃痛，牛胃液也有此功效。民间医方，多是可拾取之物，易行之法。为医书不取。民有疾，采药自用。传民医反手一抓，得什么草，便是灵药。其术未必可信，没处抓药也只当救命草。

篾匠也是饿极，食牛粪当肉。

山里人家的光，是从火塘出现的。一塘柴火，取暖，煮食，照明。星月光辉，只是一地冷清。

见火光就见到人家。见那处火光，只半里远近。篾匠王快走，想去讨点熟食，借瓢水，烤干汗湿的衣服。

火塘的火亮着，就是人还醒着，门口路过的进屋烤火，这个意思。

进屋见她，竹林里遇见的女人。她没绣花，在瓦片上捣药。一边捣药一边念叨：过路人，有蛇虫咬伤呢？有疱疮痈疖呢？有跌打损伤呢？

听人进来，她头也不抬，问：你就是那个篾匠吧？

是的，我是篾匠王。

饿了吧？

饿。他不能说刚吃过——牛粪。

这里没有熟食，只有生食，有红苕、萝卜，还有八月瓜。屋后有泉水，甜。

女人一直在捣药，捣药的女人可以信任。

篾匠王吃了些生食，喝了些泉水。饱了，缺些暖和。火光很亮，一点也烤不上身。那火苗，似红色的光亮的冷风一样。有火的形状像风的性质。

他问她：你这火一点热气也没有，烧的什么？

她说：大哥，我烧的是火光石，天一黑，它会发出火光。只照亮，不热。我怕热。我不冷，下雪天也不冷，像我一样不怕冷的，只有蕨类植物和青苔了。鱼也不怕冷。我和这些一样，再冷也不会变成冰。

篾匠王一点也不觉奇怪，说有人是不一样的。他这回看清了她的模样，二十岁到三十岁的样子。想象出一个年纪，这女人模样才真实。她很漂亮，像故事里的仙女。他曾在一读书人堂屋，看美人的画片，被恶狗赶走。他细看这位女子，怕有条恶狗蹿出来。

是人总该有个名。问她的名，然后记住。

我叫湿，雨落进土里的那个湿。

这个名字好记。要是忘记，下雨了又会想起。

篾匠王有种让一场雨淋得透湿的感觉。雨总是追人，让人躲在树下，屋檐下，岩罩子里，雨半途把人浇透。

湿不再捣药。他闻到她身上的药香，百草的那种香气，又或是蜜香。

湿说：我这里独门独户，一个独身女。过路的人都朝这里打望，或者来屋檐下躲雨，没一个人进屋。门开着，只有风进来，人未进来。你是第一个进屋的人。你让我沾了人气，我可以烧柴火煮饭了，可以吃熟食了。那年六、七、八三个月天旱，只下一滴雨，那滴雨就是我。

生我的一定是朵云。是哪一朵云呢？如果我能找到母亲，我想某一天她会来认领我。我靠自己活下去，我只吃露水，那是我找到的唯一的食物。我想那是母亲的乳汁。

说是六、七、八三个月旱情，其实是一百零八天。怎么能下一滴雨？又怎么会只下一滴雨呢？天干出谣言，谣言比雨来得快。那一滴雨就成了谣言。应该说下了一场雨。只是那一场雨没缓解旱情，就不说雨的事了。

那么大一场雨就不说了？不说了。

当年那一滴雨，正好落一处湿润的泥土，不远处有一眼泉水，周遭绿荫如棚。如果落在一块石头上，或是一堆沙子上，就不会有从小到大的奇迹。从天而降，落到好处，命运的骰子就确定了。

泉对她说，你长成一个样子吧。泉照出三皇五帝以来女子的倩影，她选了一个最好看的，她长成了那个样子。泥土说，你取个名字吧，她有了名字，叫湿。树说，你不是飘飘雨，你要有个屋。她有了一个屋。

那屋，一直叫湿家。

篾匠王从湿家出来，在门口怔了一会儿。不要到天亮了才回家吧？给自己抽一牛鞭。走。

湿给了他一包药。药功有三：一是治蛇毒；二是伐竹取篾，刀若伤指，可止血生肌；三是负重伤力，冷言伤心，生背花肚花，可治。行至翁槽半两台土，足背有刺扎了一下。刺扎足底，不扎足背，莫不是遭蛇咬？走了几步，肿胀至小腿。取药敷上，凉气透骨，退蛇毒。

进屋，火塘里火还燃着。

还没睡？

人没回来，睡不着。天黑路上走，也不是没一点凶险。走着走着路上就垮个坑，人就掉进去了。走着走着就碰上个迷路鬼，右脚跟左脚打转，像牛赶碾。走着走着就碰上个妖怪，把血凉了，把魂偷了。桥板二前些时候赶集过雪洞，遇一女妖怪，一起喝花酒，回来得了疯病，跑出去再没见人回来。

女人多疑，瓦匠婆娘泥心大。篾匠织筐，没装几个字，得泥是疑，顺口就好。丛林鸟语，时有串音。

女人冷口风一过，热口风就接着来。

女人说：饭菜热在锅里。你是饿了，快吃。揭开锅盖，一锅热气。锅中热水，置一钵饭，一碗菜。热菜热饭。一边吃，女人又做了一大碗荷包蛋。

路上吃了许多生食，篾匠王一挪屁股，冒出一串屁来。他边吃边说：唱戏有腔，放屁有眼。

女人问：今天集市，篾货价钱不好？

篾匠王说：行情好过以前，也没涨价，都卖完了。

女人说：行情好，还边吃边哭？

篾匠王把钱交给女人。女人打开箱子，取出个红布包，绸布。把先前的钱归拢来，说有一千多了，给儿子交完学费还有剩余。一年，这才不到端午节呢。

女人有动静。马虎一回。屋外雷雨势猛，梦中却是蓝天白云。梦里事多，并无一事可记。梦中千条路，晨起开门，只一条路走。

篾匠的路是篾活。竹贱货不贱，竹贵货不俏。把手艺当天平。赚钱慢慢来，不暴饮暴食，年年有余。年年有余，终生有余。

钱有余。儿子的学费不愁。但是，儿子失踪了。去年下第一场雪，儿子就放假回来了。今年已下了三场雪，儿子还没回来，本来是要儿子跟在身边学篾匠手艺的，都怪女人太有远见，要儿子把书读好，将来做大事。儿子初中毕业，送省城读书，学的是个什么高科技专业。也是一技，可能比篾匠手艺强些。儿子去省城读书，很是荣耀。人说，篾匠心大，有钱啊！

人遇到危难，来帮忙的，都是理论家。信使很少见。理论家是找原因的，信使是报准信的。女人拿出瓜子、核桃、板栗，请他们吃，慢慢扯出些道理。有没有人跟家里要钱？没有？你儿子就不会是遭绑架，也不会是做传销。一位理论家又问：令郎贵庚？篾匠王也是听过说书的，给人家做篾活，也能讲《三国》。听理论家嚼字，也就应答：犬子十六，吃十七的饭。理论家哦了一声说：这个年纪，正是叛逆。篾匠王应答：犬子听话，不是逆子。

理论完了，女人将吃剩的干果，分送来人带走。

立春过后，又过了两个节气，阳雀飞回来，啼闹阳春。儿子杳无音信。节季轮回，明的来了，暗的未见来。去的还在走，来的在路上。

女人很有远见地说：我还能生，再生一个，儿子回来，也有个伴。以后两个一起出门，也好有个回来报信的。去省城也好，就是去外国也不怕。

自从儿子失踪，夫妻俩已好久没理那个事。女人一提篾匠王也动了心思，却是刀子生锈，伐竹成滑竹，刀刀飘皮滑过。寻了好药，吃公鸡蛋、黄牛鞭，实无功效，问老中医，开了鹿茸、红参、黄精、淫羊藿。药猛气衰，自是无用。老中医受了篾匠王许多酒肉厚礼，自觉亏心，要篾匠王约女人一同来诊，说另有方子。篾匠王带上女人见老中医。老中医再望闻问切一番，说气血还旺，有良方可医。口吟药方，说：你俩记了。

天与地相连，隔河柳相连，无风自动草。老中医停了停，看一眼篾匠夫妻，这三味药自是难找，还有一味药，更是难得。

雨中湿丽人。

这雨中湿丽人，雨实为露，专食露而生、采露而活的女子。无夫妻之名，却行夫妻之实，你二人可是想好了？

篾匠女人一跺脚，又两手齐拍大腿说：这般都坐实了，还什么名不名？只要可医好我男人，正好！买的是布，赊的也是布。

老中医又说：秘境可得秘药。天与地相连，为蝴蝶与地龙交欢。隔河柳相连，二柳对岸，枝交根缠。无风自动草，风劲草自动，一叶有灵。只是那湿丽人，你要医病，人家肯入药？这方子，本匠宁可为庸医，也是不用。天与地相连，无妄。隔河柳相连，无缘。无风自动草，无心。雨中湿丽人，无德。你夫妻两人无忌，不妨一试，无忌可用千方。

夫妻回屋，篾匠王三声接两声地叹气。对女人说：你要有事求人，菩萨也讲鬼话。那老中医的方子，就是要你抓不到药。开个仙方，做个医仙面子。

女人说：你本事大，你真行。

篾匠王急了，斗嘴：我做那事不行，手艺还不行？造人不行，编人还行。

做篾匠家什已是无趣，编出些篾人。编的全是精致的女竹人。有眉有眼，竹骨花容。卧若睡莲，起若嫦娥。

女人见了好笑：你只管编许多女人，看也累人。我帮你做成男人看看。

折几截柴棍植于竹女。变性难成，非男非女。

造物原是天成，再强手段，也实难造化。

篾匠王打盹。入梦。见竹林里取露水的女子，揽入怀中。女依偎，想是男身体已复元气。用心编了许多竹篾女子，做手艺也可治男病？

门响，以为风开门。只听是儿子叫唤：爹，娘，我回来了。

儿子大了，果然会做大事。电视机黑了，收音机哑了，他都能修好。

天黑无事。篾匠王和儿子站在山岗上，指着一处空屋说：儿子，屋空三五年无人住，会糟会朽，这空屋一直未倒未坏，那屋里有人。

儿子说：那空屋有火亮着呢。

吴青梁子

疯人吴青梁子一颗大头贴近我的耳朵，他的话同牙臭一起，一半钻进我的耳朵，一半钻进我的鼻孔。快走，你，我，快走。去陆军监狱。快点，快点。

重庆渣滓洞集中营叫中学，贵阳息烽监狱叫大学。陆军监狱搬了几个地方，一直叫小学速成班。我和疯人吴青梁子记事的时候，那些神秘的地方只剩些故事，而且长满杂草和青苔。我听到的故事，除了冷兵器就是杂草丛生。

吴青梁子目光坚定，不像他一贯的目光无神和茫然。你以为他在看一只鸟，又像是在看一棵树。以为他在看落日，又像是在看一座山。疯人的眼睛不一定布满血丝，也不会白多黑少，瞳仁也不模糊。他双眼是好的，就是眼神不对。

你是要去陆军监狱吧？疯人吴青梁子说。好像不是他要去什么陆军监狱，而是我要去那里。去或不去，由我决定。疯人会失去意志，不会自己决定要去哪里。这样，我去哪里就是他去哪里。他负责行动，我负责意志。他说，外公死了。我外公早死了，在我出生前后，外公只是母亲口述的人物。疯人吴青梁子讲的，是他外公昨天夜里死了。我以为他要到天亮才会死，我早晨过去，他已断气。他很老，已记不起自己的名字。他死了，是一个没有名字的人。老人去世前几天，让疯人吴青梁子把我叫到他那里，说他快死了，气越来越短。人哪天一口气上不来，就死了。他要我看好疯人吴青梁子，怕他乱跑。

那个时候，吴青梁子不是疯人。我钓鱼，他在旁边打水漂。我换个地方，让出地方给他玩，他又跟过来打水漂。后来，我钓了两条大鲤鱼。他说：我打水漂，把那些小鱼赶走，只让你钓大鱼。小鱼胆小，大鱼胆大。他的话一点也不疯。一次，我和吴青梁子在一棵树下避雨，五月的雨，天上地下，流泻成沟渠。雨不是从天上落下，像从地上竖立的弓箭，一支支射向天空。吴青梁子问我，我们是两只鸟吗？我说不是，我们是两个人。吴青梁子拉着我，在大雨中奔跑。刚离开那棵大树，一道闪电，接着是一个炸雷，那棵五个人合抱的大树被劈成两半，烧焦，上半截飞出离树身几丈远的地方。吴青梁子没疯，他是个先知。我们躲过死亡。后来我问吴青梁子，你先知道那棵树会被雷劈吗？他说没有，只是先看见闪电，也没想过一场生死，只想淋雨好玩。

和吴青梁子放牛，牛自己找嫩草。我和吴青梁子坐在石头上晒太阳，在石板上画个棋盘下棋。就是八洞神仙下过的打三棋，三子连，比围棋简单。棋子可以是石子，木棍，草结。他赢多输少。牛吃饱了，会过来找我们，跟我们去喝水，然后回家。人回屋，牛归栏。不担心牛会走失。耕地犁田辛苦，牛也不会逃跑。它们想过逃跑吗？它们逃进森林，和野兽亲近。不会，它们和人亲近了几千年，怎么会和野兽亲近呢？吴青梁子的黑牛来了，我的黄牛没和它一起来。我的黄牛和他的黑牛，就像我和他，总是在一起。我的牛是不是掉进天坑里去了？天坑里有大蟒蛇。正是春耕时节，一年生计，就被一条大蟒蛇毁了？我问吴青梁子，你是先知，知道我的牛在哪里吗？吴青梁子说，你的牛被挂住了，好像是挂在一棵矮树上。我找到黄牛的时候，牛鼻绳缠在一根树桩上。吴青梁子真是个神人。

有一天，吴青梁子要去找他的爹娘。他外公早给他讲过，他不到一岁的时候，爹娘就死了。他爹被毒蛇咬伤，他娘给他爹吸蛇毒，然后，爹娘就一起死了。那之后他消失了几天，回来说找到爹娘了。他说他娘还给他喂奶，他爹被蛇咬伤的那条腿烂掉了，身子是活的，能说话。他见到爹娘的时候，就如同不到一岁的孩子，吃他娘的奶。

那一回以后，他就是疯人吴青梁子了。他目光涣散，看不准一只鸟，也看不准一座山。他不停地歌唱，自己拿大笑打断歌唱。有时，十天半月不说一句话，没声音。他一连几天不吃不喝，也能大笑和歌唱。一端碗吃起来就不知道吃饱，不给他添饭，他会吃掉一只碗，他外公家的碗越来越少，最后一只碗也被他吃了，他和外公就拿瓢吃饭，他从不吃瓢。他咬死过一条毒蛇，把毒蛇生吃了。他外公说，吴青梁子的牙有毒，比毒蛇的牙更毒。三月三，蛇出山。九月九，蛇钻土。农历三月到九月，到处是蛇。蛇闻到吴青梁子的气味，就如遇见九月天，钻到土里去了。那些没来得及钻进土里的蛇，吴青梁子捉住蛇尾，狠狠拉扯，蛇死不敢出来，被扯成两段。他捉住蛇咬上一口，那蛇会慢慢死掉。吴青梁子不咬人。蛇咬人，有药医。人咬人，无药医。他外公去世前，要我看住他，怕他乱跑，怕他咬人。吴青梁子从不靠近什么人，他只靠近我。和我在一起的时候，他像一头听话的牛。他不咬我，也当然不咬人。他外公死后，有些人对吴青梁子不放心，说要拔光他的牙齿。我对那些人讲，自从有了吴青梁子，你们当中有谁被毒蛇咬死咬伤了？你们拔了他的牙，是要让毒蛇来咬伤你们？他的牙齿是药，是武器，你们要毁了那样的牙齿？那些人听了我的话，沉默了一阵，又讨论了一阵，然后由其中一个人代表他们对我说话，要我担保。我说我担保毒蛇不敢咬你们，吴青梁子也不会咬你们。吴青梁子外公交代我的，我会尽力做到。没管好自己的嘴巴，会说谎，不要对一个死去的人说谎。不要欺骗一个死去的人，因为死去的人再不会谴责你。你会厌恶自己的谎言，像肠胃厌恶食物，像脸厌恶伤疤，像一棵草厌恶十月的寒霜。我会照看好疯人吴青梁子，把他当成手足兄弟。

外公去世，吴青梁子无量的食欲有了改善，知道满足，也不再吃碗。我给他一只碗，那只碗一直完好。他也知道饥渴，我想他的疯病也会好。他不缺食物，他的口水就是食物。他吃过的萝卜，咬过的黄瓜，碗里剩下的几粒米，都是药，让人拿去治蛇咬伤。总会有人被毒蛇偷袭。吴青梁子的口水救活了一些人，那些人拿了些食物来感谢他的口水。有米面和鱼肉，那是些感恩的阔人。穷人也会选几颗鸡蛋和几块豆腐。送钱的也有，还是那些阔人。一位有钱人要吴青梁子到城里去，办一家蛇咬伤医院，给他洋房和钱。医院里会有年轻漂亮的女护士，让选一个做老婆。吴青梁子唱歌，然后大笑打断自己的歌唱。我知道他哪儿也不会去，他要守外公的坟。他外公死了，不让人埋，在家里停放半个月。那些日子，他眼睛一直睁着。直到他终于打瞌睡了，人们才把他外公抬到山坡上，挖个坑埋了。一个土堆。到土堆上长满青草，我和吴青梁子去放牛，牛低头吃草，吃到坟那儿，牛就绕开，不吃坟上的草。

就是那次放牛，在吴青梁子外公坟边，他对我喊：去陆军监狱，快点。我们走，快点。他双眼盯着外公的坟，像是和坟里的人说话。山坡上有十几座坟，坟里的人都有个名字，没有碑，分不清哪一座坟埋的是谁。坟头长满青草和刺莓，俗名龙船泡、三月泡、乌泡，在不同的季节成熟，很甜。坟头的泡不能吃，吃了会肚子痛。我外公的坟不在这里，在大河的一处沙洲上。我娘说等我长大，去给外公立一座碑。如果那沙洲一直在，没被大水冲走，我娘的愿望是会实现的。是谁把外公葬于沙洲？是阴阳先生看的风水？还是随意？我娘的愿望一直悬着。直到我娘去世，我也没去看外公的坟。我想给外公立一座碑，如果那处沙洲消失，我会找一处高地，在山顶上给外公立一座碑，让外公能看见每天的太阳、每天的月亮。秋虫低鸣，外公站在山顶上，看满天繁星。娘对我说，外公叫向一木石，牛客，盐客。碑上要刻这几个字，要记清楚。

那个叫向一木石的人，不是个正经庄稼人。他正在犁田，听说贺龙的红军来了，就把牛和犁扔在田里，洗了一腿泥巴，去追赶红军队伍。红军是干大事的，他要跟红军一起干大事。要有自己的牛，有自己的田，有自己的粮仓，天天吃肉吃大米饭。路上碰见李三佬，川军的一个连长，跟向一木石是表兄弟。李三佬拉住向一木石，说川军招人。向一木石问李三佬，川军是红军吗？李三佬说，你管他红军白军，跟我走，天天吃鸡大腿。穿了川军衣服，天天操练，吃红薯南瓜。向一木石问李三佬，不是讲好天天吃鸡吗？连鸡毛也没见着。李三佬说，你刚入伍，新兵，级别不够，等我当了营长，提拔你当班长，喝酒吃肉的日子不远。没等到吃肉，操练时他被老兵踢几脚，他打那老兵一顿。几个兵押上他关禁闭。他在黑屋里大喊：老子是红军，放我出去，我要杀人。李三佬来看他，听见他喊叫，对他讲，你这些话，让人听见报上去，是要戴红帽子砍脑壳的。幸好得老家土话救你，别人听不懂。李三佬给一些川军铸造铜钱。他对向一木石说你这人不适合在队伍，哪天不是杀人就是被杀。给你来点钱，去做牛客或盐客，赚钱的买卖。

向一木石后来真做过牛客盐客，靠的不是川军那几个铜钱。李三佬给他的几个铜钱，没做成生意，路上遭土匪抢了。寨主是个书生，先前是川军一位师爷。山寨人不叫他当家的，叫他师爷。他高兴别人这样叫他。他在意自己是师爷，不是寨主。他离开川军，是他那一手毛笔字写得太好，深得军中女眷喜欢。人也玉树临风。他用纸用墨又太讲究，老宣纸，古墨，光是粗细毛笔，大小砚台，也值许多钱。司务长说这个人费钱乱军，告到上头，说师爷一支毛笔，能买三支汉阳造快枪。师爷一气之下，拉了十几个兄弟，趁夜出走，到湘鄂川黔四省边占了一处山寨，专抢五十里外的富豪。说起来，都是川军出来，向一木石就入了伙。师爷给他置办了一身生意人行头，让他做盐客牛客，结交些有钱人，摸清底细，找那些为富不仁的，弄些钱财，买枪招人，扯个旗号。等红军来了，我们就跟贺龙走，川军不要我们，红军要我们。

向一木石问师爷，那些有钱人，我去哪里找他底细？又怎么晓得他为富不仁？我们弄他的钱，就讲他为富不仁？要是搞错了人，做下恶名，红军也不要我们，川军要剿我们，师爷，你先教我，哪些钱是好钱，不该要；哪些钱是坏钱，不要白不要。

向一木石去做牛客和盐客。他是真做生意，他贩贵州黄牛。武陵山、大别山一带的集市，有贵州黄牛街。那一街黄牛，全是那个向老板木石先生的。那个戴礼帽穿蓝布长衫的人，把牛街做得兴旺。向一木石熟山里路径，他把川盐贩到武陵山、大别山的每一处山寨。川盐是矿盐，叫锅巴盐。山区人吃这个盐。没菜，舔一下锅巴盐也能吃几碗饭。他有了十几匹骡子和七八十根盐担子。这个叫向一木石的人，后来叫木石先生。他赚了很多钱，交给师爷，买了些军械，十几条快枪，两挺机枪，一门迫击炮。扯了个旗号，叫武林红。有歌谣：

武林红

红了天
红了天
开粮仓
开粮仓
分大米
一斗一升一欢喜
武林红
好儿郎
好儿郎
七八千
投贺龙
投贺龙
打江山

师爷对向一木石讲，队伍拉大了，我就是个师爷命，当不成军长旅长。川军要我回去，跟日本人打仗。当年，我带了川军十几个弟兄出来，我现在带一个连回川军。剩下几千人交给你，你带领弟兄们投红军。向一木石后来就是这样讲故事的。他带了队伍投红军，红军收编了武林红。向一木石还是做盐客、牛客。他没去走二万五千里，没过雪山草地，没去陕北。红军让他留下来，贩牛，贩盐。给武陵山、大别山一带的红军游击队弄军火，弄粮食，送锅巴盐。向一木石这一带人熟地熟，他的骡马队和挑夫队行走方便。他时常带些南洋兄弟烟草公司的铁皮盒装烟，给那些兵哥。那些官大一点的兵哥，他会送一些钱。人不亲，钱亲，钱送多了，也就成了好兄弟。那年冬月，大雪加冰冻，武陵山、大别山，冰雪封路。军警换防，来了一群新军警，花钱买的人情路断了。一粒米一颗盐也不准进山，要把红军游击队困死在山里。进山砍柴打牛草的人，空背篓也要倒过来检查。那个冬天瘟疫流行，死人多。向一木石把粮食、弹药、盐巴装在棺材里，和死人一起抬进山。还把盐化成水，浸泡烂棉衣，在山里脱下，红军游击队拿那些烂棉衣熬盐。药品用油纸包好，塞进牛屁眼，再赶牛进山。就是脚上穿的草鞋，也是用盐水泡过的。一只草鞋能熬出二两盐巴。山里的游击队知道，有木石先生就不怕封锁禁运。等最后胜利，我们要为木石先生请功。

油桐花开，纷飞似雪。向一木石回家一趟，女儿已三岁半，见他就躲，不肯叫爹。他带回家一大坨锅巴盐，几块冰糖。小女孩吃了一小块冰糖，叫了声爹。爹，冰糖真甜，好吃。当爹的说，盐才好吃呢。小女孩吃了点盐，又苦又咸，不好吃。向一木石对女儿说，盐不能当糖吃。他对女儿她娘说，盐要省着吃，三年五年也不会坏的。天不亮，向一木石走了。

这是我娘最后一次见到我外公。

那个叫向一木石的人，就是我外公。他那次离开，再没回家。旁人对外婆讲，男人有钱就花心，在外边养女人。外婆对他们讲，你们嚼舌头，乱讲。我男人是什么人，我知道。他不是你们讲的那种人。有牛客回来讲，木石先生在大别山有了家室，赚的钱都往那里送。我外婆看着远处，对我娘说，等你长大了，就去大别山找你爹。我娘三岁的时候，我外婆二十岁。外婆大美人，又生长在湘鄂川黔四省边，兵匪商贾，往来人多，身边没男人，野男人起念头的多。兵荒马乱，我外公多年无音讯，都以为人死在外边了。老的少的上门，劝外婆改嫁。外婆对来的那些人说，你们来了是客，有菜有酒。要来当说客，要我改嫁，一句话嫌多。我男人会回来。他是活人，会骑马回来；他是死人，会躺在棺材里回来。土匪丁疤子来找外婆，那意思，劫财还劫色。外婆搬了条凳子，在门口一坐，那凳子像生了根似的。外婆说，丁疤子，我男人也是拖队伍的，江湖上哪个不晓得木石先生？他的女人也是金枝玉叶，少根头发就结了机枪的梁子。那时，师爷做了川军团长，外公托他来看外婆，要借他的威风吧。师爷带了几百人来，他在村口下了马，进村碰到了丁疤子。丁疤子以为是向一木石来了，连忙打躬作揖。大哥回来了？我也是来拜见嫂子。大哥大英雄，我就是帮大哥看家护院的。师爷见过不少人物，却不曾见过这等人物。他只对我外婆说，嫂子，听木石大哥讲，你一条板凳当马骑。何不拿你板凳马送那位疤脸一程？外婆起身，板凳飞出，送丁疤子两丈之外。外婆在乱世中练的功夫，没传给我娘，她只交给我娘一些针线功夫，纺纱，刺绣，织锦，还有山歌。

睡到半夜里

门口在过兵

婆婆坐起来
侧着耳朵听
只听脚板响
不见人作声
过的贺龙军
都是草鞋军
妹妹快起来
门口挂盏灯
照在大路上
亲人好行军
几时转回来
家家挂红灯

外婆告诉我娘，这歌只能在屋里轻轻地唱，外边不能唱，让妖怪听见，会吃人。我娘一辈子轻言细语，她那女低音，就是那时练成的。大声说话和歌唱，妖怪听见一生气就要吃人。

师爷认我娘做干女儿，我娘叫他干爹。从那天起，我有了两个外公。我娘胆小，风吹树林响，夜鸟叫，野猫叫，我娘躲到外婆怀里，说妖怪来了。外婆说不怕，你爹，你干爹，他们都是捉妖怪的人。后来，我外公是被妖怪捉了，把他的头割下来，挂在路边的一棵树上。到我懂事的时候，我娘还是胆小，她常常被自己的声音和影子吓着。外边发生了什么大事，瘟疫流行，远方的战争，近处的人打架，或别的恐惧，都让她提心吊胆。她晚上睡觉，不敢睡在床上，她睡在床底下，手里拿一把剪刀。这是一种螃蟹式的恐惧。一只螃蟹受到威胁，它会躲进水中的石头底下，伸出警惕的眼睛，一双蟹钳守护自己。它会夹住捉它的手指，挣断自己一条腿，迅疾地逃走。蜥蜴也这样，它被捉住时，会挣断尾巴逃走。只有人，会扔掉整个身躯，让灵魂逃走。那时候，武陵山、大别山，有豹子和豺狼，还有老虎，叫华南虎，共同的动物恐怖。动物恐怖，有动物气味，没颜色。人的恐怖有颜色，叫白色恐怖。那些人杀死我外公，把头割下来，挂在树上，吓唬所有行人。我外公，只是留下他的躯体。他像风一样，穿过密林，把盐和粮食，送给山里的红军游击队。从山外到山里，外公有一支穿草鞋的运输队，一条秘密交通线。直到外公被捕，那条秘密交通线也没被破坏。西水河的悬崖上，悬棺的石洞里，外公他们藏了锅巴盐和弹药。后来有考古队考察悬棺崖墓，发现有盐和子弹。我和疯人吴青梁子去过一处悬棺崖墓，去找宝物。我俩找了拖船的长缆绳，一头拴在崖顶的大树上，抓着绳子下到石洞，在洞内找到几坛子盐，几条快枪，还有一坛子银圆，几件生了绿锈的青铜器，像是武器。洞内有人的白骨。我俩吓得往洞外跑，因为惊吓，我们是怎样从绝壁上逃离，完全不记得了。

外公被捕，不是因为他的盐和钱，不是因为那条秘密交通线，是他一直宣传赤化。赤化，就是要把白色的天下变成红色的天下。让山里人从黑暗走向光明，人人当家做主，有吃有穿有老婆，有房有地有耕牛，有钱买盐买糖买酒买肉。要把不义的钱财变成有情有义的钱财。把世界还给好人。

几个穿黑色制服戴黑帽子的人来抓外公。外公在一处凉亭子里一边喝茶，一边摇着蒲扇。那几个是吃过外公的酒肉花过外公的钱的，熟人。打过招呼，把外公弄到局子里。领头的对外公说：木石先生，不是我们兄弟几个要捉你，是上头要我们捉你。你犯了法，法要捉你。

外公说：我行走江湖几十年，吃过四川的麻辣，喝过贵州的酒，吃过湖北的鱼，吃过湖南的大米饭。过的桥比几位兄弟走的路多，军法民法国法，我也知道，我犯哪一条法？我就是给大家摆个龙门阵。摆龙门阵，说说话，也要交税？算犯法？

那领头的说：木石先生，你是吃了灯草，讲话轻巧。你这次肯定是犯了大法，上头才要我捉你。不过，法可变通，可大可小，可轻可重。做小，嘴巴没关严，乱摆龙门阵。做大，宣传赤化，祸乱天下。要重，选重庆白公馆进“中学”，送贵阳息烽监狱进“大学”，然后是“留学”杀头。要轻，送陆军监狱，进“小学"速成班，关几年出来，你还做你的生意，贩牛贩盐，还是个体面的木石先生。我出力你出钱的事，好说。

外公抖了抖蓝布长衫说：几位兄弟，别看我生意做得大，我这人不聚财，左手进，右手出。平时有几个余钱，也送几位兄弟买酒喝。我除了这一身蓝衫，并无余钱。

领头的一拍桌子，说商人重利贪财，要钱不要命。把人拷起，关了。

有牛贩子通报师爷，说向一木石让警察局的捉了，犯了摆龙门阵的法。师爷带了队伍过来，到警察局把人带走，说这个向一木石是川军逃兵，要带回去过军事法庭。向一木石被关进陆军监狱。师爷对向一木石说：到处有人捉你，关在陆军监狱最安全。等风头过了，再弄你出去。师爷嘱咐监狱长，要他多关照向一木石，说是生死兄弟。监狱长正是那位叫李三佬的人。李三佬连连叹气，说长官放心，这向一木石，正是我亲血表。当年我拉他入川军，没吃到鸡大腿，当了逃兵，长官捉他回到这里，做了囚徒，我会给他好吃好喝，养好身体，再入行伍。日本人已打到湖南来了，我这陆军监狱，关的都是好汉，只等上峰放句话，放他们出去杀敌，都是猛虎。

陆军监狱，关的都是犯事的军人。在李三佬眼里，那不是一座监狱，是一座军营。囚徒分成连排班，天天操练。吃饭不限量，允许集体讲荤味摆龙门阵。鼓励晚上做邪梦，白天拿出梦来当龙门阵摆。

向一木石名头大，辈分也高，是囚徒中的连长。他见识多，摆龙门阵有味，囚徒们熟了，叫他向一大哥。他给大家讲神马的故事，这个龙门阵摆得好。爱听。有个道人，用纸剪了一匹马，骑上它能飞到天上，潜入海里。神马在天上飘雪，落地是大米，是盐。神马在海里，鱼虾就跑到岸上，捡也捡不完。无旱时，神马会施法下雨。天下大乱，神马打个响鼻就来定江山。神马吃草的地方，会有万亩良田，神马走过的地方，会有广厦万幢。

向一木石对囚徒们讲，你们要是骑上神马，想要什么梦，就会做什么梦。

有囚徒问：向一大哥，这神马真有？

向一木石说：信则有，不信则无。

又有囚徒问：向一大哥，你见过那道人吗？

向一木石说：说见过也见过，说没见过也真没见过。

囚徒们说：向一大哥，你莫不是那道人？

向一木石说：那我就给你们一匹马。

囚徒中有个叫阿鸡的，到李三佬那里告密，说向一木石是红军探子，是共产党的说客，蛊惑人心，欺骗服刑人员，煽动囚徒，图谋反动。李三佬用毒酒把阿鸡弄死。真正的告密者不是阿鸡，另有其人。一位军统特务，叫李石坎。他叫阿鸡先试探李三佬。要是一把刀，他要借这把刀杀一个人。要是一只猫，他要用这只猫捉老鼠。李石坎是混入军统的日本人，真名石砍太郎。陆军监狱关了六个日本战俘，他潜入监狱，伺机把人弄走。那五个人当中，有一个要紧的人，那至少要把那个人弄走或者杀死。那个叫向一木石的人，每次操练，领头大声喊杀，见了他，不冷不热地说：老李呵，一夜没睡好吧？做噩梦了吧？一个连你做什么梦都知道的人，时时刻刻挂念着你，那才是监狱。李石坎遇上向一木石，像遇上一座无法遁逃的监狱。向一木石一听李石坎说话，就知道他是日本人，他的声音是由舌尖和牙齿发出的，没有喉音和鼻音，像鸟叫。

李石坎对向一木石说：我做噩梦，你做美梦，各有各的梦。都是有梦的人，做个朋友，都留一条命，你知道我在做梦，我也知道你在做梦，别人也会知道我们在做梦。我们都是梦游人。出了这座监狱，你奔日出，我奔日落，各走东西。我们是囚徒，不是罪人，罪人也可立地成佛，是不是?

向一木石说：你给我摆龙门阵，我也给你摆一摆。我国东方有地名叫张家港，那里有个人，叫鉴真和尚，他历经千难万险到了日本，讲佛法，让你国人成佛，讲了几千年，你们天皇的兵来了，占我们的国土，杀我们的同胞，糟蹋我们的妇女，抢我们的财物。有罪的人，不管日出还是日落，天下都是牢狱。你做梦也在杀人是不是？你的噩梦不会醒。

在陆军监狱，两个囚徒，短兵相接，搏杀，你来我往。那时候的战场上，中日战场，国共战场，子弹乱飞。

我和疯人吴青梁子在放牛的路上，捡到手指头大小的一颗铜子弹，大人们说还能射击。后来，那颗子弹杀死了一头野猪，五百多斤，家家户户都分到一块野猪肉。

日本战败，在芷江投降。后来是解放战争。向一木石在陆军监狱策动起义，那个给他舔过脓疮的人成了变节者，告发了他。李三佬对他说：老表，这回我帮不了你了，师爷也保不了你，你跑吧。在厨房那边，有个秘密地道口，连接下水道。我不能放你走，你自己快逃，等两天押解你的人就到了。

向一木石趁天黑钻进地道，走下水道，老鼠、蝙蝠，那些黑暗中的动物在黑暗中乱窜。下水道出口是一条大河，河那边就是山林连着山林，有鸟自由飞翔。悬崖上的岩洞，是他的物资中转站。盐、粮食、药品、军火。他燕子衔泥一样，把那些东西一点一点送进岩洞，又一点一点送给山里的游击队。他熟悉山里的茅草路。过了河，进了山林，他就是一头豹子。

游过大河，洗净一身污浊，上了岸。回望陆军监狱。高墙，铁丝网，像个巨大的兽笼。向一木石想，我被师爷当逃兵关在陆军监狱，现在逃离那里，不是成了真的逃兵吗？押解我的人还要两天才会到，我要回去，今天就举行监狱起义，领牢友一起参加游击队，兄弟们叫我一声大哥，怎么好就这样无交无接地走了？

向一木石再泅水过河，走大路回去，径直来到陆军监狱大门口。岗哨的兵是生面孔，新来的吧？哨兵拦住他，这里是监狱，不是你想进就进，想出就出。来了个疤脸，哨兵敬礼，报告司令，这人要闯进来，闹事。疤脸打量着向一木石，说：你就是那位向一大哥吧？你跑了又回来，牢房里忘了贵重东西？我是丁疤子，你那婆娘还砸过我一板凳。我现在是民团司令，押解你的人还没到，我奉命来拿你。差点让你跑了。

几个人上来，把向一木石绑了。监狱里的练操坪，上百号人被绑在那里。见向一木石进来，囚徒们喊：向一大哥，我们被丁疤子害了。

周围是枪口，塔楼上还有两挺机枪。丁疤子挥着驳壳枪喊：人都到齐了？监狱长帮我数一下人数。你们这些人，留着是拖累，战事吃紧，也不能给你们吃顿好饭上路。不是我要杀你们，是局势要杀你们，要怪，就怪局势。大个子囚徒大喊：丁疤子，你这匪种！老子战长沙，战衡阳，战常德，没被日本鬼子打死。我们这些弟兄，都是抗日英雄。我们杀敌的时候，你这狗日的在杀老百姓！谁让你这狗日的当了民团司令，谁让你来杀我们？你把王耀武叫来，问他我们该不该杀？丁疤子说：你们都是大英雄，我就是个匪种。我也知道一将成名万骨枯的道理。我杀你们这些大英雄，就像杀一只鸡。你们，真冤枉啦。

那叫李石坎的日本人喊：丁司令，我们几个是日本战俘，联合国公约，不杀战俘。

丁疤子说：还有日本人啦！刚才那位英雄不是说我没杀过日本人吗？也正好杀几个日本人，也当回英雄。什么公约母约？枪子从不认。上头给我杀人的权力，不杀白不杀。

陆军监狱枪响了好一阵。监狱外边人听了，以为是放鞭炮。不是过节，是哪个当官的过生日吧？

血水从下水道流进大河，一河的鱼都变成锦鲤。

丁疤子叫人把囚徒们的尸体埋在一个大土坑里。就在陆军监狱附近。那地方，后来叫万人坑。真没埋一万人，准确的数字是一百零八个。

丁疤子见躺在血泊里的向一木石，我那被杀死的外公，眼睛睁着，嘴角挂着微笑。丁疤子以为我外公没死，又补了三枪。我外公还是睁着眼，嘴角挂着微笑。丁疤子把外公的头割下来，挂在路边一棵大樟树上。外公的眼睛还睁着，嘴角挂着微笑。那是一棵树龄九百年的老树，一棵神树，有药。

我外婆赶过来，收了外公的尸体，七月天气，那断头的尸体已经发臭，樟树上外公的头还像是活的。外婆把人头和断头尸接起，在当地买了口棺材，埋在大河的沙洲上。外公生前，走大风大浪，安葬水边沙洲，是外公该有的风水。我娘胆小，外婆没带她来。那个晚上，我娘做了个梦，梦见外公被人杀死，头割下来挂在一棵树上。她胆小，一生中时不时做这样的梦。天一黑，她就看见妖怪，那些妖怪会来到梦里。她不敢睡在床上，在床底下睡着也会做梦，她就点上桐油灯盏，坐一通宵。娘对我说，她这一辈子都在做怕梦，儿子，娘就担心这个做怕梦的病传给你。你要练练胆子，太阳落山的时候，你就一个人站在山顶上大喊几声，听见四面八方的回声，你的胆子就大了。我照我娘教的办法练胆，从六岁练到十二岁，练了六年，也读完了小学。我也做怕梦，梦见被追杀，莫名其妙的罪名。一路奔逃，飞下悬崖，潜入水中，躲进密林。人在梦中，就像是一阵风。

师爷带了一千多人，还有二十根金条，来到陆军监狱捞人。人已被杀，脑壳也砍了。师爷找到丁疤子，说丁司令好快刀。师爷抬手开枪，子弹穿过丁疤子眉心，二十粒子弹，一个弹孔。那二十根金条，师爷把他埋在外公住过的牢房。

陆军监狱出大事，后来迁到长沙。监狱长李三佬后来被关进息烽监狱，和西安事变的杨虎城将军、小萝卜头关在一起。李三佬是不是同杨虎城一同秘密处死，已无从知道，自此下落不明。

师爷带着他外孙，在我们村住下。他外孙就是吴青梁子。我娘叫师爷干爹。他也是我外公。

我外公的故事，一半是我娘讲的，一半是师爷讲的。还有些是我梦里见到的。

疯人吴青梁子在师爷坟边对我说：快点，走，到陆军监狱去。那就去吧，他说的话，是一种暗示，会有奇迹发生。

陆军监狱，死寂，像一座坟墓。当地人讲，很少有人进去看。做生意的人不进去，怕。当官的人也不进去，怕。

疯人吴青梁子和我走进陆军监狱，他指着一处牢房说：这一间牢房，是你外公坐过的。我问：确定？他说：进去吧，快点。

我们进了这间牢房，一室霉味，阳光从铁窗照进来，地砖缝里也冒出金光。墙上有题诗：

漫天烽火忾同仇
男儿赤血为国忧
露宿风餐长醉卧
横戈马革埋荒丘

疯人吴青梁子目光不再茫然，炯炯发亮，他手指滑过诗行，念出这首诗。

他蹲下身子，掀开地砖，金子，他说。二十根金条。

出了陆军监狱，金光万丈。疯人吴青梁子指着大河的一处沙洲，他说：在那几棵柳树下，是你外公的坟。

吴青梁子的疯病完全好了，或者，他从来没疯。

他以后说的话还灵吗？

三川半万念灵

三川半。

多一步，易地。

少一步，易名。

缺一步，改颜。

——题记

凿 鱼

匠艺有书，杂。

金银铜铁锡，石木雕画漆，染篾弹伞陶，剃头泥瓦皮。得二十匠艺，再有厨事、医事、乐事、火药事、巫事、官事、学事、阴阳事等，百科百艺不计。

单说岩匠。制磨，制碾，制碓，制碑，制阶，制础，制石像。

岩匠李得石，三岁随父习艺，十岁艺成，远近人家石器，多为李得石制造。他制的石磨，灵动、省力、出料细匀。几处神庙的石狮、石菩萨，经他雕塑，几似活物。李得石夸口：我雕的石狮子公母交配，自己生崽，我雕的菩萨自己会洗脸！

老庙，只一个和尚。念经、睡觉，不见他扫庙、做斋饭，也从不撞钟。庙内十八罗汉，一尊大菩萨。这群雕全由李得石一人十年雕成。香客散尽，寺庙关门。十八罗汉各自有工，扫庙、做斋饭，给菩萨洗脸、净身，撞钟。

老庙一和尚，由众神伺候。

老庙门口一对石狮，也是灵物。无人时，两只石狮下地起舞撒欢。有香客来，见满地狮子脚印，大若十朵梅花。

石像有灵，全是李得石技艺和取石之妙。他取的石料，此地石山，一色青岩。亿万年前由海底隆起成青岩山。石为仙石，石有石眼、石性、石纹理。若不得法，凿石必成庸石，伤性、伤理、伤眼，败纹。一生凿石成山，也是庸匠。多少仙石，破碎于庸技。

李得石每至采石场，必是新郎扮相，洗浴换装、修面。记岩纹理，找石眼，研判有致，悉心取石。分异石、中石、物石。异石为雕像，中石为贝，物石为阶石础石。

李得石正待出门，有一砍柴人来找他，说所遇，一石上有硕木一棵，想砍为柴火。先是斧头沉重若千钧，力举不起。后斧头脱手，被石头吸住，力拔不起。

李得石随砍柴人到场，两人合力拨斧，折断斧柄，斧生于石，不动。

李得石以为，这是一块大磁石，铁品不能破，取来干柴，火烧三日，石裂，有一斗大肥石滚跌而出，石半透明，内有一条金鲤鱼，这火中石头，触却冰冷。石内鱼长尺半。鱼身为石囚，不能动，鱼鳃仍翕动，努嘴弦合，有水泡若米粒大小。

李得石带这石中鱼回家，置于天井里的石水缸，其石取名鱼牢。

鱼牢为世所罕见的冰石，此石高热不化，石内鱼囚，也必是千万年。得寿虽高，实不及水中游鱼快乐。

李得石与鱼囚所遇，这必是个安排。鱼囚千年刑期已满，要李得石破鱼牢赦鱼。李得石虽技艺如神，也不得法。若破鱼牢，必伤其鱼。

李得石取磨刀石一块，磨鱼牢，又经十年工。鱼牢破，金鲤鱼脱囚牢，渐渐变色，不能游于水。

成石鱼。

石 声

月光好，风好，男女三五人，揽月披风。河中裸浴如鱼。

半晌，那女子起身系好裙带。你几个好玩，奴家弹石助兴、添乐。说罢，扯根头发，拴斗大一块石头，悬挂空中，并无凭借，以十指弹石。这女子且弹且舞，一人一台戏，得汉唐于方寸，千古风流于裙裾。

作乐之中，如雷炸响，月光破碎，是石长出双腿一眼一尾，自悬空滚落，咔嚓一声，折断双腿，独眼伸出半尺，作声呻吟，不已。

石声出窍，遍地沉石。

和 龟

阿克别死。阿克说，我只闭会儿眼。

阿坚，别往下跳，会碎。

阿克是金太阳的名字，阿坚是露的名字。

夜，是太阳闭眼。露跳进河里，还是一滴露。

龟在晒太阳，它的工作是托天，把天托走，码堆，腾出地方搞开发，造个太阳宫，给露类造幢大屋。

见到有人搬晒簟，把晒簟卷起一个筒，靠一起码堆，龟学这个办法，把天裁成晒簟一块一块的，然后驮走，找地方码堆，龟把一块一块的天空堆码在永远找不到的地方。

我只知是那一块一块的天不见了。问龟："你把它驮哪儿去了？天不见了，太阳和露就没地方没归宿了。"

龟说："别急，有天迹呢。"

猫 变

王家选猫，查猫三代。父猫必凶猛，母猫必勤，会捕鼠，不为专宠。放话几处，访得一猫崽。小猫先白后黄，长成一只大花猫，小猫从小到大，只是戏鼠，不见捕鼠。猫食量大，一次吃半只鸡，斤半鱼，不吃素食，毛色似缎，眼若宝石，客来尽夸好猫，集市上猫展，王家猫夺冠，披红挂彩。

得此殊荣，猫待王家更是养尊处优，一日无鱼，便对主人娇喵，主人不在，它独自咆哮。

主人捕得大鱼，挂在高处，猫多馋望。三日不供猫食，想猫饿了必捕鼠。

猫只卧了三日，伏地不动，做死状。半夜，一声响动，那猫跃起五尺，扯大鱼。主人起来点灯一看，那猫正与群鼠分食大鱼。主人怒，以灯掷猫鼠，猫尾着火，窜入屋后竹林。引燃山火，恰暴雨下，灭山火。那大花猫从此不见，群鼠受惊吓，也逃遁，不敢再来扰家。

往后，只是鸡鸭失数，屋后竹林尽是鸡毛鸭毛。疑似那大花猫偷了鸡鸭。

王家人某一天收工回来，见大花猫正捕一只鸡，拖进竹林，大花猫变成猫狼。

王家人请阴阳先生来看，王家屋场犯猫煞，不宜人居，王家人迁居。

后来的屋场叫王家屋场，以前的屋场叫猫屋场，凡叫屋场的地方，必留人迹，破碗断瓦一类。屋场故事碎成瓦砾。

冰凌花蝶

王家有俊男，会珠算，双手用两个算盘，且是一边乘除法，一边加减法，五位数内不用算盘，只心算，娶得夏家姑娘，叫如玉。美女如玉剑如虹的意思。如玉善挑花绣蝶，女人们赞，漂亮女人会绣花，人好看花好看。男人们说她，这女人能生吃，鲜嫩。

有冉姓男子，外地逃荒过来，由王家收留，人勤，劈柴、担水、犁地，样样肯做。性恶，见他生吃毒蛇、蜈蚣，没人敢惹他。三十未娶。

冉姓男子与王家男子兄弟相称，他与新人房隔层板壁，新人房有动静时，冉姓男子就故意碰响板壁。次日见面，冉姓男子说："兄弟，我睡不好，爱乱动，影响你们好事。"王家男说："没事，没事。"

那边冉姓男子自是弄壁，夜复一夜。

一年后，王家生下一女，再几年，小女长成一朵花。

王家人帮冉姓男子提了几回亲事，未成。

某日，冉姓男子约王家男子去打猎。

如玉对男人说："不要和他去。"

男人不听，和冉氏去打猎。不久，冉姓男子拖了王家男子回来，说是当猎物误杀。

男人死，冉姓男子对如玉说：“拆了板壁就是夫妻了。”如玉骂：“去死吧，你杀了我男人！”

如玉带了女儿回娘家去了，小女也已长到十八九。某天，小女拿了把杀猪刀，对如玉说：“娘，我去把那个姓冉的杀了，给爹报仇。”说完，踩着月光出去，半夜，女儿回来，对如玉说：“娘，我要喝水。”如玉舀了一瓢冰水递给她，她低头喝水，脑壳掉进水缸，一缸血水。

如玉把女儿埋了，坟上长出冰凌花草，冰雪时，冰凌花草结出一些冰蝴蝶，那冰蝴蝶能治烫伤。

春天来了，冰凌花就变成蝴蝶，在阳光里飞舞，直到化成露水。

后来，冉姓男子得了阴蛇上树的病，阴蛇从脚后跟一直钻到头顶。死了，蚂蚁也不敢吃他的肉。

摆渡人

年关，摆渡人挑箩筐，家家户户收河粮。十来斤粮食，折算一年过渡的船钱，就算不从他那渡口过，也会给他些粮食。

摆渡人，是缝接断头路的人，给他粮食当针线，把路缝接。你不过，别人过，上河粮，当修桥补路。

摆渡人是个驼背，摇船就不用弯腰。

那船，上好的木材做成，长三丈。内外桐油涂了，耐用。桐油防水，防虫蚀。船一半是篷，竹篾做的，先用牛血浆过，再上桐油，再上漆，结实。

篷是摆渡人的屋，船是摆渡人的田地，他吃住在船上，很少上岸一回。

驼子水性好，摆渡稳。涨水时，水急浪高，驼子行船像走大路，渡船几十年，没听说淹死过人。船上有驼子，过渡人放心。

驼子也翻过一回船。那回，涨大水，洪水溢岸，淹了两岸田土，二十几个土匪要过河，正是逢五，漫水街集市，土匪要过河抢集市，答应回来给驼子一坛酒、一匹布。若不摆渡，让驼子下河喂鱼，驼子说："好嘞！"一船匪人渡到河中，船翻了，二十几个土匪全灭了。事后，有人说他故意翻船，把土匪灭了，驼子说："莫乱讲，土匪也是人，他们打劫，像我摆渡，都是谋生。"

驼子篷内，有两只楠木箱，一只装钱，五分的，一角的，还有一只箱子装人迹，装人的脚印、手印、屁股印，还装人在水里的倒影，人迹留在箱子里，晚上有伴。

过渡的人都走了，他慢慢收取人迹，把脚印、屁股印一张张撕下，像面皮子，小心地放进人迹箱，再打捞白天过渡人水里的倒影，这是个技术活，要特别小心，不得法，影子就碎了，他干这活，从来没失手。

某一日，驼子和船不见了，渡口有了个船形沙洲。

河水改道，水面上尽是人脚印和屁股印，浮萍一样。

水下有人的倒影歌舞，摆摊设集市，夜晚，还听得见水下集市的声音：

“汤锅，牛肉汤锅，一毛五分一碗啰。”

一河宽窄

萍水相逢，又擦肩而过。过些日子遇见，彼此记得，就是朋友。朋友的朋，两个月，成为朋友，两个月就够。分开两个月，朋友不再有。

我对船，不是这样。船带了桨，带着一条河，也就带上了天空和水里的月亮，看见月亮，就会记住一条船。

在开始和后来当中的那些年纪，我一直在过同一条河，没什么见闻。我只见过水上捕鱼的鸥鸟和它们水中的倒影。它们也看见了我水中的倒影。我十二岁，二十岁，三十岁，鸥鸟看一个人的倒影，以为人类玉树临风就是这个样子。鸥鸟也看见一个不会飞的物种，看见我对天空的向往和飞的渴望。大鱼蹿出水面，惊飞一群鸥鸟，落在河岸的树上。我的倒影像摔碎的瓷器。先是散开，然后化成水，有的沉落，有的挂在浪花上。我就是一件瓷器，在火里生成，在水里破碎。我打破一只碗或一只瓷杯，我娘说，那碎了的瓷器生崽崽了。瓷器是泥烧成的，生而为瓷，每一片瓷都有生命和灵魂。见到一块瓷片，就像见到一个背影，一处人间烟火。那位歌手，在沙滩上见到一块瓷片，他就要唱歌：迎着朝阳，我远走他乡。追赶落日，我要回到故乡。于是，阳光如金色的酒浆，盛满山河。这个时候，我就是琴手。我拾起一片瓷器，裂线就是琴弦。迎着朝阳，远走他乡。追赶落日，要回到故乡。山河回响。

十二岁那年，农历八月初五，我的生日。十二年前的这天，辰时，我娘在棉花地里生下了我。我娘说，那白色的棉花，一朵朵变成红的。过完十二岁生日，我娘说我是大人了，让我出门谋生。我去四川峨眉山找我舅舅。舅舅在峨眉山捉猴子，说四川的猴子湖南人牵，讲的就是我舅舅。他捉了猴子，送中科院昆明生物研究所，会有奖励，粮票、布票、肉票、肥皂票，还有钱。舅舅不是生意人，也没生意人的说价能力，给他多少，就拿多少。他觉得很够。人家有人家的规定，那是多好的规定。那些票证和钱都归舅舅，猴子什么也没得到，他会买一些糖果给猴子吃。舅舅回来过一次，带给我一些糖果，就是猴子吃过的那种，很甜，还有芝麻的香味。我去找舅舅，天天和猴子分食糖果。所有灵长类动物都要吃糖，有的会说甜，有的不会。我问过舅舅，生物研究所不吃猴子肉吧？舅舅说，不会。就是研究给人治病的东西，疫药。麻疹天花肝炎肺结核百日咳小儿麻痹症这些。你不明白，就是训练猴子当猴医生。我相信舅舅，他就是有芝麻香味的糖果。

我三岁半，父亲死了，一次事故。他和大黄牛在天坑古犁地，收工上来，半崖上，大黄牛滑倒，父亲被顶下悬崖。我娘没哭。娘对我说，你爹走了，以后，就我娘儿俩，你是家里的男人，该做什么做什么，不要娘教。我也没哭，对娘说，大黄牛太大了，我爹离它远一点就好了。我后来对强大的东西一直恐惧，我从不在一块石头下躲雨，它要是塌下来呢？那头大黄牛疯了，它从牛栏里冲出去，再没回来，像大海里的一艘沉船。失去父亲和大黄牛，我是奔跑着长大的，从三岁到十二岁，一口气长大，中间没停过。我娘给我一些炒黄豆，十二岁，牙齿已长满，结实。炒黄豆粒粒香。娘给我双千层底布鞋，在我十二岁生日前几个月就给我做好了。布鞋穿一双，带一双。还给我两双草鞋，那是父亲在世时候编的。娘告诉我，下雨时穿草鞋，天晴时穿布鞋。脚是江湖口是路，嘴巴要甜。嘴巴甜，当得钱。娘给我一葫芦水带上，吃炒黄豆口渴。娘又说我背上一葫芦水太重，路边会有水井，去路边人家讨口水喝，也不要钱。娘给了我一些钱。家里的钱分两种，一种是我娘纺纱挣的钱，一种是我找山货挣的钱。金银花，五倍子，麦冬，野菜。五倍子很神奇，一种蚜虫的虫瘿，值钱。我只要卖山货的钱。娘说财不可露白，在身上藏好。娘给我缝了个锁口布袋，钱装在布袋里，锁上袋口，用麻绳扎好，吊在裤裆里。没找到舅舅，钱不要乱花。我只是撒尿的时候看一眼钱袋子。贵重的东西放在裤裆里最牢靠，不会暴露。知道贵重，就会谨慎小心，慢慢养成习惯和性格。只有粗心大意的人，才会把钱放在上衣口袋里。也有放在帽子里顶在头顶上的，踩在脚底下的，是鸡眼。

我嘴巴甜，一路上有人指路。天下真有座峨眉山，山上真有猴。有没有舅舅这个人，他们不知道。那些指路的人，指的不是同一条路，过多少条河，翻多少座山也不相同。指路人路线混乱，我十二岁的地图上一片模糊，我确定，我有个舅舅，比峨眉山更确定。过西水，坐渡船，穿过无形的省际线。这边湘省，那边川省。省际线并不分明，若有若无。站在湘省看川省，还是站在川省看湘省，都看不见中间有条省际线。鸥鸟，河鱼，时往返湘川，身份变化在一水之间，时为川省鱼，时为湘省鸟。河中有巨石，借名鸥汀。说是一游方和尚的木鱼落水成石。观音菩萨生日，农历二月十九,六月十九,九月十九，菩萨有三个生日。二月十九，生而为人。六月十九，得道。九月十九，入佛门。菩萨生日，鸥汀石上，有一老僧燃灯念经。石下深潭，有大鱼。鸥鸟常在石上栖息。观音菩萨生日，有百鸟来朝，鱼群来拜。那一刻云水一色，佛光万丈，有莲花盛开。

过完十二岁生日，我第一次过这条河。在喀斯特地区，地上有这样一条河就是奇迹。河流在地下，是阴河。没有阳光的河，鸟是蝙蝠，鱼是盲鱼。没阳光的生物，也没有眼睛。盲鱼不是瞎子，它长不出眼睛。蝙蝠是靠声音找路的。

这条河有三个名字。世界上最长的河也只有一个名字。千万年来，这条河一直比别的河多两个名字，那些大河，无论多长，流量多大，水有多贵，也不享有三个名字，三重意思。这条河叫酉水，落日时分的河，又叫北河，山北边的河，又叫白河，白天的河鱼夜晚不睡觉，黑夜也如白天，或者白河就是一句话，对阴河说的。地下的河没有名字，统称阴河。它们冒出地面，也有个统称，叫出水。阴河出水后，汇入有名字的河流，成为流水的一部分。后来的经历，是别的河流。

一踏上渡船，我会想起母亲。虽然，河东河西，分不清哪一块是故土。土地无界，青山一色。

能载十几个人的渡船，只我一个人过河。摆渡人父女俩老爹坐在船头抽烟，那位年纪和我差不多大的女孩划船。她扎两只小辫，裤脚管卷到膝盖上。穿阴丹士林布衣服，倒映在水里，像一只蓝雀。船离靠岸一丈多远，蓝雀用竹篙把船定在河里，走过来，伸出一只手说：钱。她向我要渡河的船钱。那时渡河，上船是不买票的，快上岸时再收钱。我对她说，我们是交过河粮的。她说，听口音你来得远，不隔一百里，也有八十里。我和爹只在三十里内打河粮。你是没交河粮的，要给过河的钱。我们那里是年年交河粮的，摆渡人在秋收后，挨家挨户收河粮。多少随意，算是渡河工钱。摆渡人不能在河里种粮食，给所有过河人摆渡，交河粮是天经地义。我们交过河粮，未必是给了这父女俩。

我开始脱裤子，在裤里掏钱。

她说：爹，他欺负人。

老爹从嘴里取下烟杆，磕了磕烟灰说：摇晃他。

她后来告诉我，她名字叫菖蒲。菖蒲摇晃木船，我掉进河里，拼命扑打河水。

菖蒲对她爹喊：爹，一只旱鸭子，快拉他上来。

老爹像捉一条鱼，把我弄到船上，让我仆着身子，把肚子里的水吐出来。菖蒲脱我的衣服，她解我裤腰带，我死死抓紧，怕钱袋子露出来。她掰开我的手，要我听话，河里脱光衣服不羞，你看那些鱼，哪一条不光着身子？我呛了肺，发烧，在菖蒲家住了三天，她煮姜汤给我喝。离开她家，菖蒲送我出门，又给我添上一双千层底布鞋，是她给老爹做的，她给我一包炒熟的小干鱼，说我娘给我的炒黄豆泡过水，会坏，不好带。她问我记不记得她的名字，我说记得，菖蒲。她点点头，嗯。我爹给了我好名字。水边的菖蒲草长得旺，辟邪。涨水藏鱼，落水藏虾，一生衣食无忧，不生病。你下回过河，不要钱。就当你交过河粮。

一只鸥鸟，飞过蓝天。从十二岁到二十岁那些年纪，我想念中有两个女人，一个是娘，另一个是她。人的样子，是在想念中长出来的。想念是一条河，我就是水里的倒影，玉树临风，有一些私语和一匹白马。一条鱼，想念一条河，也会长成河流的样子。春天到来，枝头长出嫩芽，我会想起母亲，农历三月天，和娘一起，采摘一种叫倒钩藤的野生菜，娘的衣服上满是阳光的香气。再长一些年纪，我娘已是一山青绿，染满阳光的香气。田野里的紫云英、矢车菊，开了蓝色的花朵。一只蝴蝶，我想那是菖蒲，在三月的阳光里行云流水。

去峨眉山找舅舅，我记下一路上的地名。秀山，酉阳，彭水，涪陵，一座把酸菜当肉卖的水边古城。穿烂两双草鞋和一双千层底布鞋，我到了峨眉山。大雾散去，漫山遍野是猴子和人。一些人是来烧香拜佛，一些是来看风景。烧香拜佛的人，没少看风景，看风景的人，也会烧个香，许个愿。千里万里，就为对菩萨讲心思。那个笑菩萨，好像舅舅。舅舅小名叫笑伢，一天到晚笑嘻嘻的。我在山上转了几日，见到有人把水果分成三份，一份敬神，一份给猴子，一份自己吃。有个女香客正给菩萨磕头，一只猴子蹿过来，抢走她的钱包。那只猴子把钱包扔给另一只猴子，然后，猴跑进山林，不见了。我怀疑菩萨当中必有一个是猴子的内线，菩萨与猴子是一伙的。菩萨保平安，香客敬菩萨，求个平安，跪在菩萨跟前，哪能遭受无妄之灾？

下雪了，我要下山了。大雪封山，我就下不了峨眉山。等春天来了，再来找舅舅。路上听人讲，有个捉猴子的男人，被母猴子捉走了。还生了个小猴子，半边长毛，半边不长毛。我想，舅舅是捉猴子的，一定不会被母猴捉去。

舅舅大概去了昆明，在那里数钱。舅舅会给猴子吃糖果，让猴子当猴医生，他一定不会生出个猴孩做我表弟。

我没找到舅舅，之后也没找到舅舅。和舅舅一起捉猴子的人回到村里，说舅舅被猴子捉走，他们就散伙了。那里的猴子比捉猴子的人多，又精，被猴捉去，是迟早的事。一只被关在昆明生物研究所的猴子，不肯当猴医生，逃出来，一跑跑回峨眉山，讲舅舅的坏话，在猴群中造谣，猴子们就反了，捉了舅舅。他们还对我娘说，猴子不吃人，我舅舅会回来。

没找到舅舅，像是太阳落山，再不会出来了。我不能对娘说谎，不能说找到舅舅，也不能说还能找到舅舅，不能说我爹还活着。但我会告诉我娘，太阳还会出来。

回头路快，到了西水渡口，木船在那里，菖蒲和老爹在那里。怎么渡河，还是怎么渡河。这回是从川省这边回到湘省那边，往前也是往后，鸥鸟在省际线上来去，不会是川鸟或湘鸟，人会分川人和湘人。有的鸟在彼岸筑巢，有的鸟在此岸筑巢。那些鸟不同对岸的鸟交配，也不把蛋生在对岸的鸟巢。那些鸟的羽毛没什么不同，西水两岸的鸟，是纯种的鸟，一只鸥鸟，一只画眉，从蛋壳里出来，就会长成本来的样子。

飞鸟投林、落日照河时分，我来到西水渡口。菖蒲把我拦下，不让我过河。她有些生气，那些鸟都来回几百次几千次了，就不见你这个人来过河。我在她家住了一晚。河岸边，几棵柳树，几棵桃树，竹林，木屋。老爹要我陪他喝酒，他给自己一碗，给我半碗。我换过酒碗，一大口吞了，饮如吞浪，把自己当西水。老爹说，一碗酒下肚，肠子就热了。

两岸鸡叫，太阳照亮河水的时候，一河薄雾，菖蒲送我过河。她拉住我的手说：再长几岁，我就是大人了。我说：嗯，再长几岁，我也是大人了。

从十二岁到二十岁，八年，风一样快，水一样流。我娘要我学一门手艺。我爹、我舅舅缺手艺，娘要我补上。手艺是只衣禄碗，旱涝保收。我先学了一年铁匠，打大锤。还未到我掌火钳打小锤的时候，师傅死了。我再去学裁缝。一次为一位姑娘做嫁衣，师傅和那位姑娘私奔了。再去学泥石匠、皮匠、钟表匠，除了算命看阴阳，我学过十几种手艺，一样没学成。最后，学做木匠。我喜欢木头，各种木头一到手，我玩上一会儿，然后做成想要的样子。我的木匠手艺真不差。我做水桶，会多做两只耳朵。我以为，水桶应该有两只耳朵。我做一只门闩，会做出一只木手来。师傅说我比绣花还慢，把我赶走了。

我娘对我从不失望，她相信我会是个好手艺人。我娘是对的。我自己造了个打铁炉自己烧木炭，四处找了些废铁，打出一把斧子，打出一些铁钉。我又砍了几棵柏树、椿树。我先把柏树滚到河边，弄成曲木，晒了一个夏天，我做了一条船。船板是椿木的。一条结实的船。我想让菖蒲看我的船。我的船能渡河，能打鱼，也能运山货。走水路，到常德，到汉口，到重庆。往下去南京、上海，过大海，走南洋。

我驾了船，划到酉水码头，那里架了一座桥，不见我过河的那条渡船。我去岸边的木屋，不见冒烟，木门半掩，火塘里的灰是冷的。板壁上挂着两顶斗笠，一顶是菖蒲的，一顶是老爹的。屋后倒扣着一条木船，船桨和船篙在一边做伴。我拍了拍船，惊飞挂在屋檐下的蝙蝠。耳房，是菖蒲的房。房门上挂了大块红布。我揭开红布，门板上有一行一行的“正”字，二百多行。空白处，画半个月亮，画一个太阳。画了三个人，一个抽烟的老人，一个光头男孩，一个扎羊角辫的女孩。我明白，这三个人是菖蒲画的，一个是老爹，一个是我，一个是她。那些“正”字是日子。在我学手艺的八年，她记下了两千多个日子。我一笔一笔地数那些黑字，两千九百零七天。最后一个“正”字没写完。

我驾了船，顺流而下。这条千年的水道，我来得迟。要早些来，这条水道，放木排的，行船的，一河西水号子，像拉一头牛，把奔流的大河拉回来，牵了河的鼻子往上拉，让河水倒流。水上漂的人，岸边都有相好的女子。热饭热菜，热酒热肠热身子。水上漂半生，相好半生。我来的时候，以前那些船早烂了，人老了，死了。水道还这样，一直通到大口岸。放木排的还有，船是机帆船，没帆，帆就是机器。机器不要拉纤，也不喊号子。水道上只我这一条船，我年轻，船老。我刚造出来，就是一条老船。慢船到大口岸会迟几天，不急。人急船不急，船急水不急，船随水意。我的木船体质好，一篙一桨，也是健步。机帆船靠机器，钢铁会生锈，机器也有生病的时候。我遇见一只生病的机帆船，走上水船上的人靠机器久了，已是细皮嫩肉，在船上打牌喝酒，不脱鞋袜，连穿草鞋的功夫也丢失。怎么会拉纤呢？他们想把船拆了，一块一块搬走。那船是钢铁做的，难拆。最后，让船烂在那里。那个地方后来取了个名字，叫烂船滩。那几个人后来放木排，练成木客，喊西水号子。我会喊西水号子，就是和他们几个学的。他们在大口岸卖了木材，回来没剩几个钱，只买些糖果给孩子。买花布和几块香肥皂给女人。男人回来，女人杀鸡煮肉给他们吃，把他们当天上掉下来的宝贝。我也是到过大口岸的，知道一点木材的价钱。我问他们，不止这几个钱吧？他们对我笑，大口岸是要花钱的，无底洞，多少钱都能花出去。再放几次木排，再花钱。钱就是一张纸，大口岸好玩，留几张纸有什么用？

在大口岸卸了货，空船回程，走上水船。那个长得好看的女子我不认识，她和我搭话，风吹起她的裙子。她的腿很白，像洗净的莲藕。她说，小哥，见个面好难，就开船了？我说，大口岸要钱，我要回家。像我这样学过好多手艺的人，种实心萝卜，不长花心萝卜。

到西水渡口，现在是一座桥。因为桥，菖蒲和老爹和船都不见了。鸥鸟也不见了，一河鸭子。是谁把鸥鸟养成鸭子的呢？我嘴对葫芦，喝了一大口酒，肠子热了。我想起菖蒲，不想她的白，只想她的黑，黑头发，黑眼睛，黑里透红的脸，像一颗熟透的樱桃。

明天是我二十岁的生日，我长大了。菖蒲在某一个地方，无论她在哪里，也长大了。我要去找到她，只带上自己，有多远走多远。想念一个人，就要去找。

十二岁，我找舅舅。二十岁，我去找一个姑娘。去翻最高的山，走最长的河，问见识最多的人。我问牛客、乡邮员，问卖花布的、卖盐的、卖雪花膏的、卖花露水的、卖针线的、卖桃木梳子的。我还要问一百个乡长，一千个村长，一万个村民小组长，十万个乡村教师。女大十八变，她会变成什么样子？她的名字不会变，她要我记住，她人也不会变。鸥鸟不会变成鸭子，一条鱼也不会变成一只鸟。

二十岁到三十岁那些年纪，我一直在找她。我一个人在屋外看月亮，我娘给我披上一件衣服，怕我着凉。娘说，到十五十六，月亮就圆了，中秋节也快了。

月亮会圆。无论我在远处，还是在近处，我娘都会看天上的月亮，她会看见月亮下的我，会看见死去和活着的亲人。娘半生寒凉，我没给她披一件衣服。我从大口岸给我娘买了羊绒裤，狐皮帽子，貂皮袄。我要娘穿上。娘说，还是六月大热天哩，穿了长痱子。你啊，就知道花钱。攒钱就像针挑土，败钱就是水冲沙。我说娘，让你先试一下，冬天再穿。

听放木排的人讲，他们在河上相遇一条大木船，驾船的是位二十来岁的姑娘。他们叫这条船是母船，母牛母马的意思。放木排的横过木排，把母船拦住，想上木船。姑娘竹篙子一扫，几个放排人全落水。他们再不敢上船。一个姑娘，独行水上，没人敢惹。放排的喊：母船上的，不想男人吗？那姑娘一船篙点开木排，提桨划船。回头对木排上的人喊：我天天想男人，现在就想，我想我的男人，驾我的船，你们走你们的水路，一河宽窄，莫挨边，水上讨生活，求个平安。说话间，船已在十丈之外。

这姑娘，二十来岁，正是菖蒲的年纪。那语气，那性格，也像是她。想念一个人，就会有一个像是想念中的人冒出来。在河道上来去，我从未遇见母船。同一条河，也是千百条河，各走一条水路。船与船，人与人，窄处不遇，宽处又错过。水上漂的人，从巴西回来，他在那边不是找舅舅，是找巴西宝石。红宝石和蓝宝石。他没找到宝石，只装了一船金色大理石回来。大理石不在云南大理，怎么会在巴西？他见过巴西最高的山，内布利纳峰；见过巴西最长的河，亚马孙河。山比峨眉山远，水比西水长。他见过亚马孙河的漂岛和猴子。他说亚马孙河的猴子有橡胶味。他说亚马孙河的漂岛一直移动，一座漂岛遇上另一座漂岛，要几万年。

我的船，是公的，用雄壮的柏子树制造。公船遇母船，会有感应。雌雄相遇，不会要一万年吧？

水上漂的人，连指甲缝都干净，不会对母船有邪念。木排上的人，相互打起来。他们怀疑几个人当中有内鬼，偷偷与母船上的女人相好。有一个人天黑的时候上过母船。然后，他们都说做梦上了母船。这样，几个男人就打起来。后来，他们只是做梦捉鱼，到岸上木楼小饭馆和老板娘喝酒，几个人又和好了。一伙人和好了，谁都不防着谁，会做好梦。

如果我早些走这条水道，会遇河匪。匪王先是一僧人，犯了色戒，除了僧籍，纠集一些作奸犯科的人，河上打劫，先是图财，你抢我夺，一些人抢另一些人，一条河上谋生，一些人生来就是要糟蹋另一些人，水上漂的人，谁没被人糟踏过？谁能说没糟踏过人？大鱼吃小鱼，小鱼吃虾米。日久，河匪劫财已不算好汉，要杀几个人，谋几条命，才算完整的打劫，若留一点善心，会招来复仇。河匪王一次打劫桐油船，被射瞎一只眼睛，他在一块石头上坐了很久，让月光照了一夜，变成一只石龟，一只眼睁着，一只眼闭着。那地方叫石龟潭，又叫娃娃潭。潭里有娃娃鱼，大娃娃鱼有七八十斤，叫声像婴儿啼哭。娃娃鱼有脚，爬行像人孩。潭边有座庙，散伙的河匪在庙里做和尚，点灯撞钟，也念经。他们从未翻过经书，经书也会倒拿。

河水清澈。水有多长，船行多远。我的船长成河流的样子，有了生命，有了灵魂。它在找一条船，我在找一个人。母船在一条河上，菖蒲在那条船上。老爹酒好，一碗下肚，肠子是热的。

又下雪了。在我二十岁到三十岁那些年纪，是下过几场大雪的。白马似的群山，饮同一条河。从岩石中涌出的泉，把阴河引进这条地上河流，它得了西水的名字，得了西水的声音，长成西水的样子。这条河有三个名字，西水，白河，北河。它应该有四个名字，还有个名字，叫阴阳河。这条河，一半在地上，一半在地下；一半是流水，一半是梦；一半是日月，一半是万年长夜。阴河里的盲鱼，没有眼睛，没有声音，没有季节和年月，它们是长夜里一个梦，阴河之水，梦的舞蹈。盲鱼，地上河的水族，还有水上漂的人，都是这条河的生灵。河匪，船工，放木排的，拉纤的，他们的指甲缝一样干净。清悠悠的河水，人可以洗澡，牛也可以洗澡。鱼游，蛇也会游。水里的蛇，毒性小，人也这样。一条河不嫌泥污。那条我未能相遇的母船，她是诗歌里的洛神。

这条水道，有好多个女人驾船，她们的船，都是母船。水上漂的人，全因为母船，有了追赶，有了避让。河道因此宽了几丈，船速快了一倍。拉纤的人，会多使些力气，西水号子响成锣鼓。

农历八月初五，我三十岁生日。我娘对我，有了三十年的耐心。我没学成一门手艺，她不急。我没找到舅舅，她什么也没说。我三十岁没娶妻生子，她不会叹一口气。我娘会猜，三十岁未娶，心里一定有个女人。我心里有个洛神，她叫菖蒲，水生植物，她在河的某一处，她也会想念我，长成我想念她的样子。我再一次看见自己，水中的倒影，玉树临风。这条河，到处有我的倒影，她的船划过这条河，会看见我的倒影。她会看见我的想念。想念，没留下记号，像河流一样长大，像风一样追随。在一条河的宽处或窄处，深处或浅处，我就是一河之水，拥抱你和你的船，你是我想念中的一条鱼。

我在二十岁到三十岁这些年纪，下了几场大雪。这一场雪，堆高一河两岸。我驾了我的木船，一条空船。船在西水老渡口泊定。渡口的木屋，变成一堆雪。仍没冒烟。

我下了船，沿河边古栈道行走。人在岸上走，不借河的力，靠脚力。有河流伴行，脚力也好，大雪封山，只我一人走这古栈道。积雪的栈道，偏偏留了一行脚印，有个人在我前面行走。那个人要去哪里？这条古栈道很长，也通大口岸。走过骡马，走过挑夫，走过牛客和盐客，也走过逃难的人。还有一些人，在这条河上讨生活，不为什么，就是伴一条河行走。还有些朝圣的人，也走过这条古栈道。他们身体丈量这条路，是尺量吧？一尺一尺，走过贵州，走过四川，走到西藏。不是走，不是用脚，是用整个身子，一尺一尺，量一条路。很久很久以前，大疫流行，毒虫一寸一寸从四面八方爬到宫墙之外的护城河边，皇上从朝圣者中找了个叫徐福的方士，到海上找不死药。那个人没再回来，成为受难者或谎言。

伴着河流，在雪里走了很久。饿了，吃一把雪。我想吃一个烤红薯。如果吃到烤红薯，我还想吃到一碗面，最好加一个荷包蛋。我娘讲，什么最好吃？饥饿最好吃。烤红薯好，吃了经得起饿。我娘就是靠吃烤红薯养成过日子的耐心。

路边，一只木屋，也是伴河。这是一家路边饭铺。屋内只老板娘一个人。一身青蓝，系一条印尼花布围裙，头发光亮，眼睛黑亮，桌子凳子也光亮。我找了条凳子坐下，要了一条鱼和一盘炒鸡蛋。她又送了一碟子油炸花生米。我一边吃，一边打量她。如果是菖蒲，再加上些年纪，会不会是这个人呢？一大口酒下肚，肠子又热了。酒壮英雄胆，我问了她的年纪和名字。她不答，只说了一句：莫问我，有几个过路客能记住一个人的名字？

吃完了，她伸手说：钱。钱这个字，最适合小孩子说话，舌头抵住下牙根，说：钱。我背过身，解开裤腰带，在裤裆里掏钱。不管年纪多大，钱要放在最要紧的地方。

结完伙食账，她指着板壁说：你是不是把那些伙食账也一起结了？板壁上写着密密麻麻的“正”字，火屎炭写的黑字。黑字的每一笔，就是一笔伙食账。我想，我第一次进这处饭铺吃饭，怎么会欠这么多伙食账呢？我爹生前不出远门，不会在这里吃一餐。要么是我舅舅来过。他是从不欠人钱的人。我平白无故把这些伙食账结了，不就是说我一直赖着她？要么是傻，要么是负心。

她说，我也就是讲个空话。那些吃的人，都说归后边吃的结账，这么多年，也不见一个人结账，他们都是前边吃过的人，等我把他们写在板壁上。

她又在板壁上写了一笔，最后那个“正”字还没写完，前面有个人吃了刚走。我出了饭铺，在古栈道上疾走，追赶前面某一个人。

戴眼鏡的大学生
與我們不同
他怕蟲子

老树

假装是一棵桃树

候鸟飞过天空。我在山岗上喊他们的名字。他们的名字，比不上山沟里一块石头。俚俗。像一件竹木制品，或动物器官。从有名字那天起，他们就反对自己的名字。候鸟落下几片羽毛的时候，我们一齐歌唱：我们是铁，我们是钢，比铁还硬，比钢还强。

猪鼻孔鼻音太重。我知道，他是最后一次同我们一起歌唱了。往后的山岗空无一人，只有蚂蚁和别的虫子在这里聚集。

猪鼻孔从我们古树村消失，是我们这些生理健全的人的一个损失，我们失去一个玩笑。他舌头不灵，鼻子有病。舌头不灵，是生来这样，鼻子有病是抠鼻孔坏事。他说话好像是从鼻孔里发出声音，像打鼾。我们这些生理健全的人，叫他猪鼻孔，大家认为很合适。玩笑，不带恶意。是玩笑还是恶意，他才是答案。他开始不乐意，后来默认了。他多次反对、抗议，让我们这些生理健全的人好笑。大家叫他猪鼻孔，他能怎么办？他是默认了，不能反抗他就接受了。对我们这些生理健全的人，他一定怀有仇恨。

我们一起看蚂蚁打架，挖愁肠子。猪鼻孔把愁肠子扯成几段，让蚂蚁啮食，搬运。扯断的愁肠子还活着，在蚁群中蠕动。这样的游戏让我们兴奋。如果杀死一只毛毛虫，要特别小心，它的毒汁溅到眼睛里，就永远看不到虫子和它们的世界。

古树村的童年，从作恶开始，还有玩笑和快乐。

蚂蚁是虫，愁肠子是豸。这是后来的猪鼻孔告诉我的。猪鼻孔还给愁肠子一个新名字，它应该叫蚯蚓。

猪鼻孔是什么时候消失的？时间不确定。是白天，还是晚上？是头天，还是第二天？

正常的人，没什么不同，生了病各不一样。我吃多了野刺莓，又咬到一只打屁虫爬过的野果，肚子胀得像个球，嘴唇起疱，舌头肿胀、僵直。一部分器官失灵。猪鼻孔说，你现在晓得了，一条好舌头有多重要。你从来不叫我猪鼻孔，是吧？我点了点头。别人叫他猪鼻孔时我心里是笑着的。我想告诉他，我和别人一样笑话他，拿他当玩笑。舌头肿胀，说不出话。他说话，我点头。这是欺骗。我和别人一样拿他当个玩笑，然后若无其事地点头，就是铁石心肠的人，也会难过。他会流泪。

他以为，我知道他是来告别，让我难过。他安慰我，手足无措，不知道怎么办好。他说，离开古树村，是他自己决定的，与任何人没关系。他做了长远打算。像他这年纪，十一二岁，不大不小，遇到好心人，会收留他。他能帮人干一些活，守牛，放羊，砍柴，又不是大肚汉，吃得少，人家不嫌弃。猫狗养熟了，也会有感情，人家会帮他治好大舌头和猪鼻孔病，然后给他一个好听的名字，再帮他娶个女人，这不是不可能。听他的计划很完美，我不再难过，送他到山垭口那里，太阳出来的方向。我从口袋里掏出一些钱给他，在他没找到好人家之前，这几个硬币会有用处。要早知道他的计划，我会多找些硬币给他。

古树村一个人不见了，让所有人着急起来，相互埋怨，不该叫他猪鼻孔。人们到处找他。有人在树林发现一只布鞋，猜想他被老虎拖走了。那只布鞋已经腐烂，尺寸也大，应该是哪一年采山货的人丢下的。有人在大峡谷的河滩上发现一具尸体，不像十二岁的孩子。在有事的时候，所有蛛丝马迹都会扯进来。一个人失踪，只有两种可能，死了，或者活着。我一点不急，等猪鼻孔回来。他回来时不再是猪鼻孔，一定有个好听的名字。

古树村人外出几年，回来都有个好听的名字，有叫保罗的，有叫查理的，有叫真尤美子的。只有马二回来没改名，他出去几十年，学得些考古知识，回来就叫他马二先生。名字没改，只多了两个字。那个改名保罗的，我们以前叫他巴篓；那个改名查理的，我们以前叫他懒板凳。原来那些人名，还不如愁肠子好听。我们一起，看蚂蚁打架，捏泥人，筑城墙，泥巴不够湿，用尿和泥。这些事，到他们离开古树村以后，同原先的名字一起，隐瞒了。要脸面，人要脸，树要皮。脸面半条命。有个好听的名字就有了好脸面。猪鼻孔出走，想找个好名字回来。刚上学那会儿，我们每个人都有个正式的名字，就像书包、铅笔、课本一样，得有个名字。一个人的名字，应该同他的长相和声音有些关系，要不，就像假名。我们彼此，还是叫原先习惯的名字，那些名字才像真的。我想起一个名字，会想起那个人。我会想起猪鼻孔，想起巴篓，想起板凳。这些名字不太体面。这也没什么。古树村，最体面的是那十几棵老柏子树，树龄等人高的八百多年，最小的也有四百多年。每棵树，相貌各不同。有风吹来，枝叶摇动，一齐吟诵，像几个老先生，忽然兴起，读前朝诗文。有过路客，姓倪，看过这十几棵老柏，说他祖先有个叫倪瓒的，画过这古树。古树村有个别名，叫倪家村，村里没一家姓倪的。有七舅妈叫倪爱云，她是从湖北嫁过来的。七舅妈会绣花，她做了个梦把梦的样子绣出来，一枝丫，一只蝉。村里人担心，七舅妈遇上树精，会生一场大病。七舅活得好好的，活到九十七岁。她忙完农活，做完家务，喂过孩子喂过猪羊，就绣花，她点过的灯草，比全村女人点过的灯草还多。人们没见过她绣什么。到七舅妈去世，打开她的箱子，一箱子虫，她绣了各种各样的虫。我帮她捉过的虫，也有几十种吧，不知道七舅妈会把它们绣成花。古树村人怕陌生人，不怕虫。遍地都是虫。它们在落叶里，草丛中，石头底下，枯木中，泥土里，水里。它们到处安家。它们的家很小，又好像很大。

那个时候，知识青年上山下乡，我们这里，就是山，是乡。他们来到这里，不知要干什么。村里住进几个陌生人，还有一个戴眼镜的大学生，说是学医的，会看病。他脖子上捂个听筒，大姑娘小媳妇挤过来让他看病。男人们身体结实，前半辈子不看病吃药，有点小毛病，烤火晒太阳就好，了不起也就是拔个火罐，刮个痧，再喝一碗姜汤，再重的病，说好就好。女人们找戴眼镜的大学生看病，是看个稀奇。那听筒，会听见身体里的虫子说话，听虫害说话，病根子就找到了。以前，古树村来过洋人，蓝眼睛厉害，能看见土下深处的宝藏。那些地下宝藏，让五谷丰登，六畜兴旺。洋人走了一遍，天大旱三年，那些地下宝藏是被洋人偷走了，地脉断裂，好日子也断了。古树村那十几棵古柏，没有蚊虫，后来蚊虫也多起来，到处是虫，古柏树上爬满各种虫子，树下有蚂蚁窝，树叶上吊着毛毛虫。在虫子繁殖的岁月，日子变坏，又仿佛变好。虫子也是要过日子的，它们兴旺，日子就坏不到哪里去。它们，也是生机。它们，不会被赶走，也不会绝灭。

戴眼镜的大学生，与我们不同，他怕虫子。我想，他是给人治病的，与虫为敌，要消灭一切虫害。他就是一只啄木鸟，一只青蛙，或者就是杀虫药。

能给人看病治病的人，是个好人。他开始给一位少妇看病。那少妇说头晕，心跳得厉害。他给她看病，叫她解开衣服。夏天，衣裳单薄，内衣外衣，就只一件。解开衣服，就现出一身活肉。他是个新手，第一次见到这一身活肉，要她穿了内衣再来看病。后面有年纪大一点的妇女说，就是看个病，换什么衣？又不是走亲戚，不是赶集，不是相亲。你没见过女人推磨？夏天，女人推磨，裸了上身，一对奶子，甩来甩去，那苞谷粉、黄豆粉，像是甩出来的。他知道女人穿衣服这件事以后，不再用听筒，和当地草医学了看病方法，看脸色，问病情，闻气味，还学会把脉象。浮沉涩滞，无不心里有数。

我们叫他四眼，脱光衣服围攻他，他逃无可逃的时候，就停下来吓唬我们说，你们会长鸡眼，会长六指头。我们散开，不敢再围攻他。村里的狗也会围攻陌生人。人下蹲，做出捡石头的样子，狗群会逃散。鹞子围攻老鹰，麻雀围攻谷子，风围攻树林。树林里的古柏，它多少次被围攻，烈日和风雨，漫长的时光。或者说，它一直被拥护呢？一株古柏，它的木心，有柏子树的香味。古柏的虫，吸食柏树脂，会变成宝石，柏脂琥珀，比老树更老，我捡到一粒琥珀，里边有一只金甲虫和几只蚂蚁。我想，那些虫豸，比我们的祖先更早来到古树村。我们是被它们召唤来的，然后成为它们的食物，它们吃过祖先的尸体。我们会被毒虫伤害，断送性命。它们不会消灭我们。有一天，谁会消灭谁，哪知道呢？

后来，我们不再围攻戴眼镜的大学生，不是被他吓怕了，是我们成了朋友。我们有好吃的食物，会和他分享。好吃的食物，以我们吃食习惯，最好吃的，是除人之外，所有动物的肉，有血的动物肉都好吃，无血的是虾和蝉蛹。老虎和蚂蚁也喜欢肉。老虎吃带血的，蚂蚁吃腐烂的。人吃杂食，除了动物，吃粮食、菜蔬、瓜果，还有奶和一种怪物，叫豆腐。据说有人不吃豆腐，说它是怪物。和戴眼镜的大学生分享食物，也领他认识一些草木、虫和鸟，和我们相熟的，也要与他相熟，这样才算好朋友。他说，以后不要叫他四眼，人身攻击。我们都有不好听的名字，板凳、巴篓、猪鼻孔、卷舌头、卷巴老、撑杆脚、大菩萨、大肚汉、麻子、驼子、六指头、团鱼脚、母鸡眼、缺嘴巴、鼻涕虫、瞌睡虫、石头，也有叫狗鸡巴的。叫你四眼，是好听的。我们叫他四眼，是为了记住他。一张缺腿的桌子比一张完好的桌子更能被人记住。我们容易记住一些残缺，与记忆里的恶意一起永世长存。我们古树村人，有善心，爱房屋，爱土地，爱邻人，也爱过客。爱牛和农具，爱果木和庄稼。我们的屋不漏雨，火塘里有千年不断的火种，我们爱屋，虫和鸟也爱古树村的木屋。蜘蛛在壁上结网，燕子在檐下筑巢，麻雀在屋下躲雨。也有老鼠和蜈蚣，水缸底下会有几只蟋蟀。我们爱土地，把坡土变成梯土。一道一道的土坎，是一代又一代人砌成的。父亲把石头递给儿子，儿子又递下去。石砌的土坎，牢实。种庄稼，也蓄树木，水土不会流失。水丰土厚，在这样的地方，插根扁担也会发芽。农历四月八，是牛节，给牛吃放了盐的青草，还洒上一些甜酒。大年三十，给果树喂饭，用刀给果树切一个嘴巴，喂米饭，一个人问，一个装果树的人答。结不结？结。多不多？多。大不大？大。甜不甜？甜。

戴眼镜的大学生装过一回果树，他和别的几个知青还演了一出果树戏，有说有唱有扮相，有花有果，有香有甜。在离开古树村那天，他们在一棵梨树下同我们合影，一起流泪，哭一场。梨树开花，离开的意思。分梨就是分离。我做了树叶盒子，棕叶编织的，放了一只金甲虫，绿色、金色、胭脂红，有这三种颜色的金甲虫，叫凤凰，很漂亮，我在盒子里还放了几块柏脂和桃树脂，那是金甲虫的粮食。戴眼镜的大学生很喜欢，他让金甲虫在手上爬了一会儿，让它飞走了。他说，金甲虫吃完盒子里的食物，找不到吃的，会饿死。他只带了那只棕树叶盒子。他走了好远，回头向我们招手。我们一齐喊他：四眼——

四眼说再来。我送他的那只金甲虫又飞回来，还有它的伙伴们，吃老柏树的树脂，我不忍心捉它。等多少年以后，它会变成一粒琥珀。

几年过去，古树村没人进来，有路过的手艺人、算命先生、牛客、劁猪匠，一年也只来过几次。古树村出去的人，也杳无音信。猪鼻孔也不知道在哪里，他现在叫什么名字。这天，我在路边看蚂蚁搬家，一群黑蚂蚁，由一只大蚂蚁领头，从一个地方去另一个地方，很长的蚂蚁队伍。想象它们的搬迁很遥远，像是从一个国度到另一个国度。有的蚂蚁还托着一粒蚂蚁蛋，那是它未出生的孩子。它将获得蚂蚁知识，成为蚂蚁先生。扶老携幼，蚂蚁艰难地行走，去哪里便去哪里，没有争论。在一个地方久了，必定会受到惊扰，寻另一处安生。蚂蚁走得慢，一点也不急，蚂蚁行动，靠的是耐心。这些是曹家蚂蚁，头大。又肥又笨的是刘家蚂蚁。细腰的是孙家蚂蚁，像新娘子。蚂蚁就这三家，别的蚂蚁我没见过。

像我这么大的年纪，还在关心蚂蚁行动，是个笑话。别人这么大年纪，娶老婆生孩子了。我喜欢别人婚事热闹，也喜欢别人家的孩子，还和别人家孩子一起看蚂蚁打架。我对娶老婆生孩子那些事，还没想出个滋味来。我想，我是不是发育不好？小镇上有个漂亮姑娘，卖胶鞋。我有一双旧胶鞋，还能穿一两年。见那姑娘漂亮，我去她那里买了双新胶鞋，穿了几天，我把胶鞋撕一道口子，再去找她，说胶鞋质量不好。她说，脱胶了，拿胶水帮我粘上。来去几回，和姑娘好上了。她说，我要和你生孩子。这吓到我了。要生个孩子，天天和我看蚂蚁打架，这不行。后来，那姑娘嫁了个养蜂人，养蜂人也是我朋友。同那位姑娘好了一段时间，证明我发育良好。

在路边看蚂蚁搬家的时候，来了个乡邮员，他从邮包里取出一封信，还有几本书，说是我的。

信和书，是四眼从省城寄来的。那封信写了什么，我早忘记了，收到信的感觉，就像他当初来到古树村一样，忽然来信，像来了一个人。寄来的书叫《昆虫记》，是个叫法布尔的人写的，是法国人或者是英国人写的。我常常不明白一个人是湖南人，还是湖北人。我读过小学，上过地理课。老师把地球仪放在讲台上，讲五大洲四大洋，讲地球是圆的，我还是认为地球是平的，和我的祖先一样，人站在地上，房屋立在地上，山河生在地上，月亮是圆的，太阳也是圆的。地理老师转动地球仪，世界分许多国家，给不同的人住，像不同的村落。出了中国，就是外国，出了古树村，就是别的村。我记住了一个叫新西兰的国家，那里到处是牛羊。我记住了一个叫挪威的国家，冬天很长，白天也很长，有大鱼，鱼皮可以做衣服。我记住美国，是语文课本的一首诗：

密西西比河

有一个黑人孩子被杀死了

他不该对布伦特太太吹口哨

在古树村，晚上吹口哨也是会挨打的，会引鬼进村。

我记住日本，是因为历史课，还有连环画，地道战，东北的大豆高粱，地雷和日本兵的刺刀。

我还记住了非洲，饥饿的黑孩子，我们要少吃些食物，分一些给他们吃。

小学语文课，学汉语拼音，我们用古树村的发音，中国，我们把 guo 念成 gue，四眼费好大的力气，纠正我的汉语发音。他教我查字典，到他离开古树村，我认识字典里所有的字，和他在一起，我会讲标准普通话。他离开时，把翻烂了的字典留给我。他离开不久，我又用古树村的发音方法，普通话在古树村不流行。这里流行结巴，学结巴变结巴，不学就不会变结巴。

后来，我去了省城，住在一个叫东风二村的地方，小巷里，文物研究所的门口有个水果摊，湘乡人摆的，我常经过那里。听摊主用湘乡话给孩子辅导作业，我用古树村的发音帮他纠正。那孩子考上浙江大学，读了博士，到处演讲，一口湘乡话加古树村发音，那孩子对我讲，他的演讲，让人印象深刻。

我印象深刻的，是省城的电灯。那个时候，要是国家有足够多的电，有足够多的电缆和电杆，让古树村通电，那里的夜晚会明亮得多，我的眼睛也不会坏。《昆虫记》损害了我的眼睛。四眼寄给我《昆虫记》的时候，还寄了一只大号手电筒，装四节大号电池。等电池用完，我再没用过它。它慢慢变暗，后来熄了。我不知道换新电池，以为它死了，机器也有寿命。再说，我也没钱买电池。能在夜里发光的都贵。星星很值钱。

一开始，我以为《昆虫记》是讲蚂蚁打架的故事，或者讲虫子的交配、争食、开会、历险、攻击，有时说谎，让一些虫子信以为真。或者有复仇、相害。我要读让人着迷的故事。应该有一只叫凤凰的金甲虫，有一只大虫三番五次地去补胶鞋。这些，《昆虫记》没写，这是一本让我失望的书。我读这样一本书，损害了眼睛。我总也读不完满天的星星。

七舅妈一生气，就对七舅喊：这辈子嫁了你，为你操心，真是瞎了眼。这是我听到最让我感动的一句话。七舅妈把七舅当成《昆虫记》，才会这样大喊大叫。对付河东狮吼的女人，最好的办法是让她读《昆虫记》，她的脾气会变好。七舅妈生了我表弟，表弟长到我看蚂蚁搬家那个年纪，他成了一名海军少校。我对他说，《昆虫记》是一本让我百读不厌的书，英国人写的。表弟纠正我，是法国人写的，作者叫让－亨利·卡西米尔·法布尔，他是昆虫界的荷马。表弟还说，一个人是哪国人你都分不清，这在军事上是个大错误。我应该叫你总统先生，那位总统先生，经常分不清外交使节是哪国人。他的国家太强大，世界各国一片模糊，他只能记住少数几个国家的名字。你就是古树村的总统，那些鸟来自哪里？那些虫子来自哪里？它们的国度，你能说出名字吗？

我是在省城叫东风二村的地方，与表弟见面。我和表弟喝了一瓶红酒。老卡的家酒。老卡是住澳大利亚的美国人，他太太是中国人。老卡不是酒商，是位旅行家。旅行家热爱酒，也热爱和平，老卡自家有一片葡萄园，他选最好的葡萄酿成好酒，不多。那些酒刚够一家人周游世界。那是上好的红酒，比法国的意大利的，或者比智利的红酒，都好。大概是他娶了位中国太太，他的酒对我的胃口。我一般叫他中国先生。

表弟比我懂酒，说是他喝到的最好的红酒。他问我老卡更多的故事，问我怎么会有这样一位朋友。我说是朋友的朋友，一个好人。一个热爱旅行的人，适合做一个好人。

约好表弟，回一趟古树村，他每年有一次探亲假。我还想邀四眼一起去古树村。在省城几年，我一直在找四眼。他写信的地址，是一个叫六堆子的地方，那里有一条眼镜街，满街都是戴眼镜的，怎么能找到四眼？如果他是一位成功人士，在报纸上、电视上能见到他，至少也有些蛛丝马迹。他不是。到处都是人，四眼在哪里？表弟也未能如约，他总有任务。我还去了表弟的营房，参观了英雄陈列馆。在军港，看了战舰，还有航母。潜水艇在深水里，看不见。表弟也像潜水艇，没见着。离开时，我站在一块峭石上，面朝大海，我说了一句，不想当将军的大兵不是好大兵。这句话是孙子说的。我是从查理那里听来的。查理是谁？查理就是巴篓。他的话，总似是而非。他说古树村的河水，都流到洞庭湖去了，这是一定的。他还说过，古树村地下有条大阴河，河水不是水，是石油。它一直流进大海，那里的海水可以燃烧。我问，是真的吗，巴篓哥？他说，人多的时候，你要叫我查理先生。他说，古树村的口音太重，要说普通话。他自己先叫声恰尼，我跟他说恰尼。像鸟叫。他说，他保证我会过上幸福生活。我有些茫然，我不是一直在过幸福生活吗？查理的话就像语文课本，找不出一个错别字。还有保罗，他简直是地理课本，他连最小的岛国都能说出名字。

城里有树，不见蝉鸣。没蝉鸣的夏天，很热，穿城而过的大河，没带给省城一丝凉意。想找个清凉的地方，不是去城外的那座名山，而是回远处的古树村。

那几株古柏还是老样子，那些虫也没改名字。这是老地方。一群孩子围上来要糖果，我早准备好糖果，临行前在下河街买的，那是条有名的卖山寨货的小街，其实山寨货也不错，每一颗糖都甜，有糖的质量，有质量也要有名，好卖。城里的道理，生意经，就是这样。村里的狗对我摇尾巴。上了年纪的狗还记得我。一条狗能活多久，它的记忆就有多久。那些后来生长的狗，跟着它们的父母一起摇尾巴。这些狗很温驯，它们有恶狗的坏名声。过路客会防着它们，拿一根棍子，狗见了棍子会生出恶意。有了恶意的狗，就变成恶狗，恶意长在狗牙上，狗牙会变长。四眼被恶狗咬伤过。咬他的狗也叫“四眼”，狗眼上左右各有一团白毛，像多了两只眼。我同四眼合谋杀了“四眼”，分享狗肉。恶狗的肉比一般的狗肉香。

七舅不吃狗肉，不吃猪，不吃蛇，不吃老鼠和蛙。脾气好，喝醉了也不打老婆。他不是恶人。自从七舅被毒蛇咬伤后，七舅便开始吃蛇，且什么都吃。他捉住毒蛇和蜈蚣泡酒喝。毒蛇嗅到七舅的气味就逃。七舅的性格变化，与古树村人性格一路变化相同。古树村生起第一堆火的时候，人和老虎、猴子、兔子、野鸡、野猪等能飞能跑的，一起烤火，不分胆大胆小，谁也不怕谁。人在打盹，老虎也打盹。后来，野猪拱了庄稼，虎狼吃了家畜，古树村开始猎杀。他们唱起歌谣：虎狼来了有猎枪。狼叼走了我一位姑姑，找回一条腿，埋在后山，那里有一座半边坟。另外半边坟，是狼的肚子。

古树村，我的出生地，当然，也是父亲、祖父的出生地。我们生长在这里，同野生植物一样，是无意的。人在出生之前，没有目的地。不知道哪里会有牛羊、有大鱼，或者有那么几棵古柏树。

一直以来，古树村人少，虫子多。我分不清哪些是害虫，哪些是益虫。《昆虫记》写了几千种虫子，也没有分出害虫、益虫。那位虫子大王，一定是个和善的人。

古树村的冬天，土冻三尺，我听得见冻土下的虫鸣。夏天雨后，彩虹出来的时候，许多虫子跑出来。蜜蜂和蝴蝶结伴，在花间来去。大肚螳螂，举起两只有锯齿的长腿，未见捕蝉，只是自己威武。蝉打湿了翅膀试着发出短音，然后，声音像夏天一样长。蚂蚁在江洋中爬上一片落叶，漂泊了一个世纪，到树叶船靠岸，蚂蚁开始寻找失散的伙伴。千足虫在雨中卷成螺，伸展开，一条虫像一只行军的队伍。它赤脚，不要一千双鞋。地牯牛，是世界上最小的牛，怕雨，在干处，耕出一些土窝。叫千担公的虫，像一把梭子，又像戴了一顶尖帽子的马戏团小丑，如果对它唱一首童谣，它会对你不停地点头。

千担公，上楼睡
落下来，跟牛睡

如果还是唱这几句，它会飞走。

古树村的虫，虽然说不上有多少交情，也算是朋友，时有想念。后来，我遇到另一类虫，臭虫和虱子，回想它们，心情会变得潮湿，想用大火烤一下，或者到大太阳底下晒一下。读小学六年级的时候，学校寄宿，被臭虫咬了一学期，浑身长满水疱，溃烂，像得了传染病。接着是大串联，从古树村到韶山，到长沙，到桂林，路上走了两个月，没换衣服，衣服成虱子窝。回家经过大庸，就是后来的张家界，大串联接待站的一位阿姨，一边骂我，一边脱下我的衣服在圆炉上烤，虱子一串串掉进火里，像肉烧焦的那种臭味。快到家门口，路边烧着一堆山灰，我全身脱光，把衣服扔进山灰里，烧了。我娘见我赤条条地回家，她哭了。然后娘又笑了。她说我爹年轻时候出门，戴丝帕，穿一身新衣服，半路遇上土匪，把我爹全身扒光，然后也是赤条条回家。我娘说，你和你爹一样，身上还有一根纱就不会回家。

虱子和臭虫，没个好名字，它们不算虫类，叫寄生虫。它们不会变成琥珀。不是每一只虫子都会变成琥珀，都会活到琥珀的年龄。有的虫只能活三五天，有的活一季，有的活很多年。它们后来会变成草和树的一部分。它们吃过草和树叶，然后变成草和树叶。寄生虫吃过人，永远也不会变成人。直到最后一只寄生虫消失，我对它们的恶意也会消失。我要像法布尔一样，做一个和善的人。给所有的虫子一些好处，一滴善意的血，成为杀虫剂，我不知道是不是法布尔的本意。没关系，要是一个人并没什么本意呢?

我不记得，那粒桃核是我吐的，还是猪鼻孔吐的。它发芽，长成一棵桃树，开花，结果，黄桃，又大又甜。等猪鼻孔回到古树村，我要让他先吃一个大桃子。

不管他变成什么样子，改了什么名字，桃子是甜的。给桃树喂饭的时候，你假装是一棵桃树。

西南镜话

镜 话

人往西南，白云，宝石，万千植物，还有个语种，叫西南官话，汉语的一种。

大姑有红宝石、绿宝石各一枚，她伸出拇指，就这么大。两枚宝石，在京城置了一座四合院。她在四合院里用青砖砌了个火塘，那本来是要用条石砌的。架上老家带来的三脚架和瓦罐，煮老树茶，日子如同在西南，京城只此一家。

西南的白云稀薄，不乱，像牛奶在蓝宝石一样的天空化散，往西南方向飘。和气象无关，观云者无从解说。

西南官话，上浮，就成官话；下沉，就成民间话语。大姑是语言专家，当时，投票选国语，北平音多一票，定为普通话，大姑他们西南派输了。她一直坚持讲西南官话，在京城过西南日子。好小说家阿城、王小波，京城知青插队西南，做过短期西南人，写西南官话小说，一时风头无两。诗人于坚的西南官话最好，如宝石白云一般。有那谁离西南半生，说废画三千，废诗三千。

大姑的京城火塘，壁上置一面大镜子，镜面泛黄。瓦罐茶香，我和大姑对镜而坐，镜中人物似静物。两人静视间，似镜中说话。

大姑对我讲起祖父，英国皇家植物园的园艺师。西南万千植物，多无名，移植英国皇家植物园，都有了洋文名字；英国皇家一款名茶，由祖父炮制，茶叶产自西南，叫金骏眉。

瓦罐煮茶，镜中留话。

昆虫记

一群蚂蚁汹涌前行，赴前面的某样信息。总有一只蚂蚁逆行，原路往后，寻找某种记忆。蜜蜂记忆力好，去还来。总有一只蜜蜂迷失，葬身某一朵花。千万年前一只三叶虫或弯角虫，成为化石，成为时间的记忆，成为我的石砚。

苍穹之下，人的记忆不会很长，只是昆虫及化石之间的某个长度。

石头记

一块石头，比一千斤大水牛大。立在一块大石板上，轻轻一推，它会摇晃几下；用力推它，它反而一动不动。它叫活石头。我给它画一张大嘴，淋了一场大雨，那嘴闭成一条缝。问它话，它聋得像石头。多年后，去看那石头，推一下，晃动几下。我给它画的嘴巴还在，就是不肯说话。

草叶记

女巫，也就是女神仙，大沟那边的女人。她有灵药，做成情事，夫妻好合。口占药方：

天与地相连
隔河柳相连
无风自动草
千年瓦上霜

得解。天与地相连，是蜻蜓与蚯蚓交配。隔河柳相连，此岸彼岸，枝交根连。无风自动草，易解。千年瓦上霜，不在。

真见过无风自动草，一叶仙茅，无风，兀自战栗。

世间灵药在心，唯心药可医疑难。

树 记

屋后有老树一棵。月夜，树影如父亲画像。额突眼深，阔肩，腰弯，夜色淹脚。星月自高天自低，夜如江河山如大船。

每观树如望父，半生一路风尘。探望老树，依然若父。月下，父亲俯身，打量我许久。父言，我儿样子变了，已成陌生人。夜是江河，山如舟，父亲已远。

捉蟹记

安安哥少言，三棒子敲不出一句话。他走路老低着头，像是寻找丢失的东西。自从脑壳碰到一棵树，话多，爱笑。爱递烟，有时连火柴、烟杆一并送人。医生说这是一种病，叫白不给。

夏天，月夜，小河的螃蟹爬到石头上凉快。火把一照，螃蟹一动不动。和安安哥捉蟹，很快捉了大半背篓。回到家，螃蟹全跑了，一只不剩。安安哥把背篓扣过来，坐在上头直笑，说：我捉的是聪明蟹。

后来，山里出现一种山蟹，无肉，一包水。天旱，草烟怕旱，各家的草烟霜打过一样。安安哥的草烟绿油油的，一看，每蔸草烟叶下有几只山蟹，不停地吐泡泡。

织篮记

刘驼子，篾匠，常在我家竹园盗竹。他家人口多，望儿，却连生五女。金花人家，手艺养家。任他盗竹，来年生发。一来二去，脸熟。我家杀年猪，刘驼子来伐竹，留他吃年猪肉。他要赊十斤肉过年，父亲砍下腰方肉给他。

自此，再不见刘驼子。

和母亲赶集市，街上遇见刘驼子，摆摊卖竹篮子，好看。我想要一个，装课本文具，提篮读书。母亲告诉刘驼子，要个篮子，抵那十斤肉钱。刘驼子做脸色，说不认识这女人，大街上当众欺侮手艺人。众人围观，母亲百口莫辩，很是羞惭的样子。我满是屈辱和恨。

回家，我没吃饭，砍竹，取篾。织好一只篮子。织到第三只，已是好看的篮子。又是逢集，我带了几只篮子，赶集市。遇见刘驼子，我把篮子摆在他旁边，大声喊，偷竹子啦！刘驼子瞪了我一眼，都靠竹子吃饭，卖手艺。你喊什么？让人看猴把戏啊？

晒病记

百日咳，百日自愈。咳嗽半年，不见好。去访名医张安子，把脉，看舌苔，望闻问切过了，说是寒气入内，郁而成疾。寒气不除，终生有疾。嘱背部涂抹桐油，炙烤肺俞穴，驱寒。

邻家做棺材，叫作阴屋。用桐油、生漆，棺材入土不腐烂。剩下些桐油，我讨来医病。母亲在我背上抹上桐油，躺在火塘边烤。病不见好，只是咳嗽通宵。父亲终日劳作，晚上受噪声煎熬，直叹气。我想忍住不咳，又做不到。人死了才不咳。心里装了一口棺材。父子之亲、之爱，全叫咳嗽毁了。

农历六月，大太阳，天气热如沸汤。我躺在滚烫的石板上晒太阳。浑身爬满蚂蚁。蚂蚁命短，晒成粉。晒过六月，七月半鬼节，病了。神仙在天上，阳光是药。再去看名医张安子，他望我神气，说不必吃药，病好了。

人间名医，比不过太阳。

拜药记

到别处，说抓药、捡药，找胡先生，是拜药。

先生，阴阳先生，道士先生，教书先生。先知先觉。胡先生会医药，会诗文，会算命，会写对联、碑文，一笔好字。他是先生中的先生。他知病理，寒热燥湿。他知药理，酸甜苦辣咸。酸收敛，甜滋补，苦清凉败火，辣祛风祛湿，咸消咳化痰。

胡先生的药摊，在人少僻静处。人问他为什么不在人多的地方摆药摊？他答：人多的地方是卖菜的，不是卖药的。买药人像买菜的人一样多，药不成药。说他药好，也只是植物、矿物、百草入药。世有好医，方有好药。

胡先生的药摊摆在哪里，都会有人找来。胡先生成了胡神仙。有病的来，没病的也来。没病的，自己找个痛处，为来求医。胡先生有的给药，有的不给药。不给药，人不肯走。他便给几片甘草，予那没病的人，吃了无害。

过了时日，胡先生和他的药摊不见了。

到百福司赶集，见一家叫非马牛肉面馆，名字新奇，进去吃面，掌勺的竟是胡先生。叫他一声胡先生，他一口川音，说你认错人了吧？

是胡先生，只是口音变了。

父亲简史

从现在开始，你和我一样，没爹了。失去父亲，你就是你自己。父亲说。

父亲的故事在我出生之前和出生之后。有人对我讲，你要讲的，以前都讲过。我一点也不生气。好像我以后的几十年，就是那个以前，我很有耐心，一切从头讲起。

父亲是氏族的标志性人物。父亲的父亲，也就是我的亲祖父，是个读书人，考中秀才，只差一笔就可考中举人。在试卷上，把亘字写成旦字。主考大人阅卷时，那旦字却是亘字。亘古，千秋。绵绵不绝。那亘字上头一横，却是一只黑蚂蚁添成。这应是祖上积阴德，有神蚁相助。主考官极苛严，目光如炬，又一生廉洁刚正。神蚁不忍坏主考官的清廉，移开那一笔，现出旦字。主考官大怒，学问不可欺，怎拿黑蚁欺世盗功名？旦而不古，何来千秋？此等人若中科举，必祸国殃民，千里之堤，必溃于蚁穴。祖父笔误，原误于师，国文老师教他，亘旦不分，害祖父落榜，还挨了板子，屁股一生留红，虽为秀才，乡人只戏称他为猴子屁股。祖父的父亲，往上的父亲们，族谱中有记，又有记高祖汉代人蔡伦，造纸有功。蔡伦宫中太监，断无后人，一门怎可为第几代子孙？族谱也是靠不住的。

祖父，带着猴子屁股，几块胎记，在武陵山中开垦和种植，继续他的耕读人生。

祖父领父亲到屋后的竹林，对父亲说，一根好竹子，会生发好笋子。你要成为一根好竹子。父亲出生，祖父看了他的掌纹，像几行字。那些字后来长成一个钱字，祖父叹了口气说，这孩子以后要么是个捞钱的命，要么是个花钱的种。祖父对父亲说，你有两条路，一条路是读书，另一条路是使牛。不要习艺，不要偷盗，不要行乞，不要赌博，不要欺诈，不见财起意，不卖友求荣……祖父列举种种。他要把家族变成没腥味的鱼群，没邪念的族类。

父亲进了几年学堂，学堂就改名熬字堂，他熬了几年字膏，跳窗逃离熬字堂，在树林里躲了半天，偷偷回家。祖父把牛轭套在父亲肩上说，你去拉犁吧，这辈子就做一头牛，你要做不得牛，就别误阳春。

祖父言，是家传，金玉良言。后来，父亲染上赌瘾，十赌九输，竟说出没出息的话，他老人家那些金玉良言，真是金子是宝玉多好。父亲接祖父的年代，兵荒，匪乱，日本人，子弹拖着蓝光，像萤火虫乱飞，击中在黑夜里也无法躲藏的树。经年，从树的伤疤里挖出子弹，满篮子卖至废品收购站，换成糖、盐和花布。一切正如收割后的庄稼地，拾取散落的粮食。运气好可以拾得一把刀，一支汉阳造快枪，有人会拾得机枪和迫击炮。父亲拾得一挺机枪，他与武器没什么缘分。机枪已不威风，一架有病的机器，不是因为它的锈蚀，是因为它短暂的百年威名已经过去。生锈的荣耀，黯然失色。

父亲从无可能在战场上拾得一挺机枪，他一生没有战场，他不是战士，连硝烟都算不上。这是运气。他赌博的运气也很差。这不算运气，叫手气。赌场输，梦中会赢，他常常从梦中惊醒，父亲相信，手气差，运气就会好。手气是一碗饭，运气是粮仓。手气太好，把运气吃完，一辈子就没的吃了。赌博名声不好，父亲三十岁还是单身。祖父咯血半年，野山参汤延长几天阳寿。落气时对父亲讲，往后没人打你骂你，你要记事，房屋田土耕牛，我不能帮你管了。等你变成穷光蛋，你那些酒肉朋友，你死了他们也不会埋你。光棍儿父亲到旧施赶集，碰到赌友牛客。牛客卖了牛，请父亲下馆子喝酒吃汤锅牛杂。醉了赌杠子宝。牛客说，你赢了，就做我女婿，你输了，房屋田土全归我，做我家长工。父亲做了牛客的长工。后来，牛客成了我的外公。有时候，输就是赢。父亲的运气战胜了手气。这是他一生中唯一一次得胜。

父亲做了丈夫，好像变了一个人。父亲做儿子时，经常挨打，打痛，打哭。每挨一次打，人会有一些觉悟，痛定思痛吧。父亲就是不长记性。

后来父亲变了，每天起得比鸡早，干活儿比牛狠。谷仓是满的，一年杀三头肥猪，木楼挂满腊肉。菜园子睡满南瓜、冬瓜、萝卜，又大又甜，青菜像芭蕉树。农历七月有半月闲，外公要和父亲赌杠子宝，父亲答，戒了戒了，我捉黄鳝泥鳅给你下酒。那时的水生物多，不会深潜的多遭捕杀。人们认准可食的当美味。外公喜欢吃鱼，鱼跑得快，他就吃跑得慢的，黄鳝、泥鳅、螺蛳、虾虫，外公不欺侮人，只受人欺侮。他欺侮水生物，他不在乎。外公吃着油炸泥鳅、黄焖鳝鱼，一粒流弹从左边的太阳穴进去，从右边太阳穴出来，酒和血，流了一地。官兵和土匪对射，击中正喝酒的外公。不知道那粒子弹是官兵的，还是土匪的。一个人被击杀，不知道仇人是谁。子弹是铜的，是官兵的，是铁沙，是土匪的。一家人找了一阵子，也没找到击杀外公的子弹。一家人在外公凶死的屋里又住了几十年，我母亲多少次扫屋，也没见那粒子弹。没有看见，没证据，不完整。

对射的官兵叫祝三部队，土匪是师兴周团伙。官兵以首脑命名的，都不是国军党军，是地方武装，比土匪级别高不了多少。迫击炮不响了，机枪不响了，打排子枪的也停了，最后稀稀拉拉的冷枪也停了。

家里请来道士，杀猪杀鸡，给外公办丧事。不管谁的子弹杀死了一个人，总是要丧葬的。摆好酒席，放起鞭炮，几十个土匪进村。头上包帕子不扎腰带穿草鞋的是土匪。村人认得出。再说，土匪群里也有三五个熟人。有个匪兵，人称班长，是不是班长？反正人长得像个班长，和父亲相熟。班长对父亲说：“兄弟，赶上你家办酒席，弟兄们饿了，劳你家招待。”匪兵们吃完酒席，又去牵我家那头黄牯牛。父亲不让牵那头牛，对土匪说："班长兄弟，一家人过日子靠它呢。"班长说："你也入伙啊，还可以吃牛肉。"班长抓着牛鼻绳，一个十几岁的小匪兵在牛屁股后边赶牛。黄牯牛一甩后腿，把小匪兵踢出一丈多远。它再埋头，犄角顶进班长的肚子，牛头挂着人肠子，一阵风逃跑了。

这头老实的黄牯牛，一下变得这么凶。

突然响起一阵枪声，人们以为放鞭炮。官兵杀过来了。官兵是戴帽子、扎腰带、打绑腿、穿胶鞋的，个个外地口音，四川话。官兵也抢饭吃，见土匪吐在地上的骨头，很生气。说父亲通匪，吊在树上用皮带抽打。母亲拿出几块银圆和金银首饰，给官兵带头的，让官兵消气。官兵吃完残菜剩饭，养足精神，追剿土匪去了。

官兵和土匪去了几日，黄牯牛回来了。那时候，黄牯牛已经三岁，懂事，耕土犁田，一身好功夫。父亲心痛牛，每到四月初八，过牛节，父亲给牛吃大米饭，吃盐拌嫩草。父亲从不打牛。

打牛，牛痛。

父亲挨过不少打，祖父多次打他。祖父也是个读书人，他相信棍棒之下出好人。祖父在世，父亲皮肉之苦不断。祖父去世，给父亲留下房屋田土耕牛，很少的钱和很多瘀伤。祖父去世后，父亲瘀伤未除。兵荒匪乱，兵去匪来。土匪来了打劫勒索，官兵来了又说父亲通匪。反正是挨打，挨打多了，人不知伤痛。那年正月初一，刚过完大年三十。父亲端一碗滚烫的油茶，一边喝油茶，一边咬一块烤糍粑。几个土匪进来，进屋就抢东西。父亲大吼一声：大年初一也来打劫啊？父亲把一碗滚烫的油茶泼向一个匪兵。那是几个小蟊贼。大土匪过大年不出手，放假，小蟊贼不放假。

那一次父亲挨打很重，躺了几天，屙了一身屎血尿。请名医张安子来把脉，张安子也不开方子取药，说怕过不了正月十五。来了个过路客，讲四川话的。那时天已麻麻黑。父亲叫过路客留宿，二三十里无村无店。热菜热饭给过路客吃了，拿出一床新缎被，开客铺。那条被子是母亲的陪嫁，一直没舍得用。天亮，母亲已做好一锅油茶，猪大肠炸油，很香。又烤好糍粑，叫过路客起来过早。人不见了，那床被子也不见了。中午时分，几个人绑了那过路客来，还有我家那床缎被。近处村寨，只有我家有一床缎被，见过的都认得。一个中年男人，我应该叫表舅的说：“这个人拿缎被卖，我一看就认出来，当年接亲，这条被子还是我抬回来的。”父亲坐起来，看了看那被子说：“这条缎被是我家的，是我送这位过路客的，它放在家里也没什么用。出门在外的人，拿它换几个钱，做盘缠。”

过路客从口袋里摸出个小盒子，里面有几粒丸子。说是打伤药，也治蛇咬伤。过路客是个盗贼。盗贼都有打伤药。

父亲吃了药丸，屙了一大盆黑便，人好了。他以后挨过几次打，吃一粒打伤药，人就没事。盗贼的打伤药是最好的。盗贼不怕挨打，有秘药。父亲后来一部分经历和秘药有关。

父亲的前半生在找人，后半生在等一个人。他请刘二先生、胡八字先生两位高人算过命，两位高人说他命中带贵人。他寻找一个能帮他改变命运的人，不会挨打，不会担心黄牯牛被抢，青黄不接的时节不要借粮，一生有余。客来有酒有肉。他还要一口天旱不干涸的水井，一袋灾年不歉收的种子。他需要一个粮食英雄，帮他装满粮仓。父亲在前人开垦的土地种植，一边过日子一边想，他要找一个帮他的人。

父亲算过命两三年，是太平日子，官兵不来了，土匪活儿也少了。涨水也有消水的时候。

父亲的日子是一条直线，他记日子长短的方法，不是日出日落，不是农时节气，他记朝代。他经历过光绪、宣统，大脑壳，小脑壳，还经历过韩国。日本人来了，打长沙，打常德，占武陵山再去打重庆。在来凤修飞机场。父亲被征去帮日本人修飞机场。父亲的这段经历很可疑，是谁征他？他在劳工营得了伤寒病。这个病传人。他从劳工营跑出来，往日本人堆里跑。要传病，也传给日本人，父亲糊里糊涂跑进日本人的医院。一位好看的女护士见他像一块烧红的铁，给他打针吃药，救了他。女护士会讲中国话，告诉父亲，她不是日本人是韩国人。父亲才知道，除了中国和外国，还有个韩国。韩国是哪个朝代？他想。父亲后来提了一篮鸡蛋和两只鸡，去飞机场看那位女护士，没见到人。日本人跑了，这一带的日本人，被一个叫王耀武的中国人给灭了。

父亲背了头半大的猪，去召市赶集市。我们一地有三个市，召市、贾市、苗市。召市最大，当然没有汉口、重庆大，是乡里小集市。一头猪，在小集市是大买卖。可以换回几斤盐，几斤烧酒，几尺布。一头半大猪能卖十一二块钱。父亲把钱捏在手里，去杂货店买东西。他拿出一块钱买盐。剩下的钱踩在脚板底下，这是防盗的好办法。这边还在称盐，那边就有人喊："红军回来了！"有部队经过集市，领头的骑马。这时的红军已改名叫解放军，没改变的是帽子上的红五角星。父亲看着队伍发了一阵呆，然后就去追赶队伍。我大伯当年跟贺龙当红军，一去杳无音信。父亲那时年纪小，跟大伯走了一段路，没跟上。大伯在红军队伍里喊："回去吧，照顾好爹娘。"这回红军队伍又回来了，他想看看大伯是不是在队伍里，能打听到大伯的消息也好。队伍走得快，没追上。

父亲踩在脚板底下的钱也丢了。还好，几斤盐还在。他一路往回走，边走边想：我大哥参加红军骑马，我这个人背猪，让猪骑我，这叫命呢。算命先生也难算呢。回家，母亲问父亲，那么大一头猪，就换了这点盐？你又去赌钱输了吧？父亲一点愧疚也没有，笑嘻嘻的。他在集市上的遭遇，抵得上一头大肥猪。父亲对母亲说，他在集市上见到了伯父的队伍。有一天，伯父会骑一匹大马回来。

陡坡那边响起枪炮声。解放军四十七军郑波师剿匪。枪炮声响了一天一夜，静下来。父亲去陡坡那边打望，看看我大伯是不是打回来了。父亲站在一块石头上，摘下斗笠，四处张望。几位戴红五角星帽子的解放军用枪指着父亲，把他当土匪的探子，大喝："干什么的？"父亲先是吓了一跳，见是戴红五角星帽子的，镇定下来。父亲怯怯地问：“我来看我大哥在不在队伍里，他当红军去了二十多年，没跟你们回来？”过来一位叫邵排长的，摸了摸父亲的手，又摸了摸父亲的肩膀。邵排长嗯了一声，叫父亲回去，关好门，不要出来。子弹不认人。父亲看邵排长年轻，讲话像大哥口气。我大伯对我父亲讲话从来只有叮嘱没有客气。

母亲从柴屋里抱柴，回来对父亲悄悄说：“柴屋里有个伤兵，快要死了。”父亲到柴屋一看，是戴红五角星军帽的，父亲把他抱进屋，放在床上，用盐水给伤兵洗了伤口，用干净衣物换下那一身血污的军装，又给他吃了盗贼留下的打伤药，伤兵活过来了，母亲杀了一只老母鸡，用瓦罐煲了汤，一勺一勺地喂那伤兵。伤兵渐渐康复，说要去找部队。父亲打听到，解放军部队往沅陵那边去了。父亲和伤兵的告别仪式是在夜晚。母亲炒了几个好菜，有腊猪头肉、韭菜炒鸡蛋。父亲拿出一坛窖藏的苞谷烧。他和伤兵对饮，母亲在门外纳鞋放风。叫班长的土匪闻到酒肉香，过来赶嘴。见母亲，讨好地说：“大表姐，姐夫一个人在家喝酒吃肉，我过来陪他喝酒。”母亲说：“哪有肉吃？还是过年吃过肉呢。肉骨掉在火塘里，烧着可香呢，让我流口水呢。你姐夫一个人生闷气，没心思陪你喝酒。改天有肉吃再请你啊。”班长悻悻地走了。

戴红五星的手枪已子弹上膛，土匪捡了一条命。

喝了两碗酒，伤兵告诉父亲，他是郑波师长属下的一个连长，叫钟石。河北保定人。老乡，你知道保定在哪里吗？就是刘邦打过仗的地方、包公当过官的地方。父亲直点头，他听说书的讲过刘邦和包文正。

钟石穿了父亲的衣服，把军装留给父亲。他交代父亲，解放军还会来，你拿这军装给他们看，这上边有我的部队编号。你对他们讲，你救过解放军的伤员，会给你记功的。父亲说："喝酒喝酒。我大哥也是红军，一家人，不要功。你要见了我大哥，要他回来看看。田土房屋耕牛还在呢。我大哥叫策胡子，大耳朵，下巴上有粒痣。"钟石说记住了，都在部队，兴许哪一天就碰上你要找的人了呢。

钟石是外地人，路上讲话不方便。父亲不放心，一路送到沅陵码头。连夜出门，天亮到咱果坪，过保靖、花垣、吉首、泸溪，走三天三晚，扮作牛客。路边有人家就上门，借碗水，要餐饭。这一路人家，都是好主。解放军大部队还在沅陵，还有大批俘虏的土匪，学习整编，准备去抗美援朝。上边有指示，再仇恨，也不杀俘虏，留着上朝鲜战场打敌人。上边传话下来，剿灭湘西土匪，功在湘西人民。省主席程潜和平起义了，战事平息。

沅陵码头，父亲第一次见那么大的河。父亲目送钟石上船。钟石在船上挥手喊："老乡，记住啊——"父亲抹了一把眼泪，也挥了挥手喊："你也要记得，你打过仗的地方啊——"

解放军再来的时候，叫土改工作队，队长叫邵排长。父亲见他眼熟。正是剿匪的邵排长，摸过父亲的手和肩膀的。邵排长也认出了父亲。邵排长要父亲带个头，当农会主席。父亲说：

"当这么大的官，怕当不好。"邵排长说："我们调查过，你是红军家属。红军连杀头都不怕，你怕当农会主席？"

父亲答应当农会主席。这主席我先帮我大哥当着，等大哥回来，让他当。你们见过我大哥没？他叫策胡子。大耳朵，下巴上有粒痣。邵排长悄悄对父亲讲，你这个人，怎么像个落后分子？

那位叫班长的土匪来找过我父亲，要父亲帮他讲几句好话。他鼻涕眼泪一起流地对我父亲讲，表姐夫，我当土匪，也是无路可走，人家吃鸡腿，我吃鸡骨头。我没抢过穷人，只抢过曾财主家一条裤子。见那条直贡呢裤子好，我没穿过那么好的裤子，见财起意吧。姐夫，我们是亲上加亲，你不帮我，我会挨枪子的。他找我父亲哭诉一回，人就不见了。听说他跑到沅陵，找到解放军，说他当过土匪，要求收编。土匪俘虏有认得他的，帮他讲话。他就被收编了。他随队伍开往东北，过鸭绿江，去抗美援朝。这一回，他的部队叫志愿军。收编人员叫他班长，志愿军首长真让他当了班长，带领十几个收编人员。他们编入志愿军12军31师，入朝不久，这个整编部队随31师参加了军事史上著名的上甘岭战役。公元1952年，中国年的龙年，上甘岭战役打了一个半月结束，我在那一年八月出生。那场战役真是肉磨子。志愿军死亡7000多人，联合国军死亡11000多人。伤亡比为1∶1.6。在1千米的狭长地带，双方10万人厮杀。从沅陵出发的改编部队，大多数人死在朝鲜战场。班长的那个班，上甘岭战役结束还剩一个半人。打扫战场时，班长埋在雪里，半条腿露在外边。另一位手抓住敌人的机枪管，手掌和枪管粘在一起，下半身被子弹打成肉酱。这个班活下来就这一个半人。这半个人手掌被机枪管烫坏，手指粘在一起，像鸭掌。班长给他取了个绰号，叫大巴掌。这一个半人回来，一个有两枚纪念章。一枚志愿军纪念章，一枚上甘岭战役二等功纪念章，关于这两枚纪念章，村里有过争论。男人们多半认为是铜的，女人们多半认为是金子的。男人争不过女人，最后一致认为是金子的。这个结论是正确的。纪念章几十年以后不生锈，包着的红绸布打开，纪念章仍旧金光闪闪。

班长年纪有点大，三十几岁吧。他娶的妻子成分有点高，地主的女儿。人漂亮聪明，我要讲，班长的妻子是他又一枚纪念章，同他熬过苦日子，过上衣食无忧的好生活，直到终老。他们生养了个女儿，叫金爱，像百合花，一位仙女。

班长要是不结婚，他就不是我岳父。他要是不生一位女儿，也不会是我岳父，要是没有父亲，谁都不会是我岳父。班长回来，邵排长和土改工作队走了。邵排长没走，班长的婚事怕搞不成。邵排长领导斗地主分浮财、分田地、分房屋，一位革命军人怎么能娶地主的女儿？这是阶级路线问题。村里人认为，一个男人九死一生回来，就应该成家，娶妻生子。村里也只剩地主家的女儿未嫁，这婚事合情合理。总不能让一个男人戴着军功章打光棍儿吧？

班长办喜酒，父亲和大巴掌坐上席。班长成了家，大巴掌就住进他家。大巴掌有资格住干休所。班长对他讲，你就把我家当干休所吧。大巴掌的轮椅没有轮，一条板凳用手支撑，挪到山顶，看日出日落。日出像冲锋，日落是躲进掩体。夜里惊梦，大喊："大鼻子来了！大鼻子来了！上刺刀，缴枪不杀！"有时候他会喊一句外国话："头到阿姆是舍夫！"也是缴枪不杀的意思。

大巴掌藏着一罐压缩饼干，一盒牛肉罐头，朝鲜战场缴获的。过苦日子挨饿，喝凉水吃野菜，也没舍得吃，留着有用，万一哪天又打仗呢？

1954年冬天，下十天冻雨，大地结出冰壳，油光滑亮，叫油光凌。这年马年，父亲的本命年。这年我两岁。我是1952年8月生的，龙年。母亲在地里捡绿豆，回去煮绿豆汤。母亲把我生在绿豆地里。干旱50多天，突然下暴雨。母亲说我命大，一出世就涨水。母亲不记得，脐带是她掐断的，还是我自己挣断的。那时候，正是上甘岭战役结束的时候。1954年冬天，父亲和班长他们送公粮到洗车河。那里是区公所，有粮库。一路上，过皮渡河，上方坡，过召市，上洛塔，一百多里山路。一人一担粮，人组成驮队。送粮队伍，穿了草鞋，草鞋套上铁码，冰壳上不会打滑。班长在朝鲜冰雪地里打过仗，走得快，冰壳子在脚下，咔嚓咔嚓响。班长一路上领先，放下自己的担子，再折回来，帮我父亲担一段路。这让父亲很过意不去。担子压在谁身上也一样重。到了洗车河，交了公粮，父亲请班长吃米豆腐。父亲对班长说："我这农会主席，本来是帮我大哥当的，大哥没回来，人还在不在也说不定，你来当这个农会主席吧，我当不好。你来担这个担子。你有办法，以后日子长，大家跟你过好日子了。”

那时还没有人民公社，成立了农业合作社，初级社，高级社。农会主席这个职务没有了。班长当了农业合作社的社长。人在自己家里吃饭，田土、耕牛、农具全归合作社公有。父亲找到班长，要求慢点入社。班长跟我父亲讲，不入社搞单干，是落后分子啊。父亲讲，只落后一两个月。父亲心痛他的牛，他要给牛放一两个月假。他每天给牛喂黄豆玉米。那头黄牛长得膘肥体壮。两个月以后，端午节那天，父亲牵头牛，把牛鼻绳交给班长，说：“我现在入社了。”这头牛的体质好，脾气也好。后来成立人民公社，它还是一头好耕牛。

我六岁时，父亲要我上学读书。他让我读书只有一条理由，有朝一日找到大伯的下落，好给他老人家写信。我读书，也就用心识字，到小学三年级，我就会认字典，一本四角号码字典，从头认到尾，错别字一起，一共能写一千多个字。这些字，没能给大伯写信，只是帮父亲写检讨书，父亲总爱讲落后话，讲种卫星苞谷不好，讲密植不好，讲农药化肥不好。办他的学习班，连他当年帮日本人修飞机场的历史问题也扯出来了。办学习班是为了父亲进步。班长和大巴掌坚持，不让开父亲的斗争会。说父亲的问题是先进和落后的问题，人民内部矛盾。父亲的问题，最先是阿亮提出来的。阿亮也是亲戚，叫我母亲大姐。旧社会讨米，我们家也经常接济他，生的熟的，匀出粮食给他。我父亲说阿亮懒，好手好脚不该讨米。阿亮是记住了。阿亮对我父亲最不满的是不该背后叫他亮瞎子。什么人啦！当面叫亮主席，背后叫亮瞎子！我大小也是贫下中农协会主席！

大巴掌和阿亮吵了一架，是在开群众大会的时候。阿亮在台上讲话，讲有些人就是落后，反对新生事物，这个人帮日本人修飞机场，是汉奸。大巴掌撑着板凳，一步一步挪上台，对台下百十人喊话。帮日本人修飞机场，不是一个两个人，都是汉奸？那是拉夫强迫。我大巴掌还当过土匪呢！阿亮先愣了一下，对大巴掌喊："你，大巴掌！听好了，你当过土匪就光荣？"大巴掌想站起来，但没有腿，他挺直了腰，拍着胸脯说："大家看看，我当土匪是丑事，我这抗美援朝纪念章是光荣的。人要讲良心。阿亮，我就不讲你了，你，为大家办了什么事？"班长把大巴掌抱下台。阿亮没喊散会，一个人先退场了。

我帮父亲写检讨书，越写越生气，对父亲说："爹，你怎么不跟大伯去当红军？怎么要帮日本人修飞机场？你那时没想过，你以后会是我爹吗？"父亲什么也不说，只是吧嗒吧嗒地抽旱烟，口水顺着烟杆流下来。父亲抽烟从不流口水，他抽烟的架势和做农活儿的架势都可上教科书。人抽着烟流口水，就同牛羊这类反刍动物差不多了。

良久，父亲吐了一口烟，他对我说："儿子，我以前不知道，有一天我会是你爹。真的，我从未想过。"

"儿子。"

"嗯。"

“儿子。”

“爹。”

我接着写父亲的检讨书。这不是父亲的检讨，是我与他的合谋。我写父亲说农药不好，农药用多了，人会得肝炎病。杀死害虫，就有了“杀不死的害虫”。化肥让土壤板结。邓家槽种卫星苞谷，密植就是高产，亩产千斤粮。集中劳力，白天干，晚上燃起火把干。苞谷种子拌了桐油和硫黄，防鸟防病虫害，也防种苞谷的人饿了偷吃种子。晚上干部清点人头，见父亲溜了，大声喊。我和父亲躲在岩角落里。父亲要我不出声，捉住要扣工分，还要挨打的。喊声很恶，我害怕。听到班长对干部大声讲，他肚子疼，请假回家了。病好后让他补工。

十二岁以前，我只知道父亲就是天天下地干活儿的一个人。人长到成年，才发现那个人就是父亲。一个人发现父亲，或早或迟，一般是在十二岁以后。我比十二岁长一岁。我在自信、期待、不安中考上中学，去召市小镇读初中。我喜欢两样东西，校长包胜的板书和毛笔字，植物学课朱长径的显微镜。朱老让我见细胞世界，这对我以后学医很有帮助，让我很好地领会渗透压是什么。课外必读书是《毛泽东选集》《鲁迅文集》，列宁的书，《共产党宣言》《进化论》，我全归类为文学书。书的世界很干净，我们都能背诵老三篇，《愚公移山》《纪念白求恩》和《为人民服务》，做一个高尚的人，纯粹的人，脱离低级趣味的人，有益于人民的人。

我认真读书。认真读书就不觉得饿。字可充饥，吃饭用笔筒。

端午节那天，父亲来到学校。他那样子，一看就是个爹。很多同学打量他，不知道是谁的爹。父亲大喊我的小名。我慌忙跑过去，叫父亲别大喊大叫，影响不好。父亲只叫我把东西清好，回家。我不知道出了什么事，只觉得事情严重。父亲说："看你们学校成什么样子，到处是大字报，校长都不敢讲话，还读什么书？"书是读不成了，跟父亲回家。学校的青砖白屋越来越远，看不见了。父亲一路讲他的道理，说我没读书的命。儿啊，你会认字典，回去一边帮我做点事，一边还可认字，比学堂里读书费时合算。我跟在父亲身后，这真是人生的倒行逆施。真的心痛，心痛得说不出一句话。

天黑了，还要翻过一座山。我和父亲保持一丈远的距离。父亲在我和山的黑影之间移动。

我们那一届上中学的，后来全离开了学校，说上头有文件，那一届初中一年级的，要返回去读小学六年级。几十年后，我在旧书摊上买回那个时期的文件汇编，花300元钱，也就是一个月工资，买那本旧册子，查看关于那个时期升了初中再复读小学的文件，但没那样的记载，没有证据。我只查到初中不再升高中，高中不再升大学的证据，那些证据与我无关。我把那册旧文件交给一家档案馆，得了1000元奖金，我用这1000元又买下宋版《史记》12册，木刻本，转让给一位朋友，发了笔横财。一切因果，都有自己的路径。

农耕农事，锄禾当午，种子，农具，父亲。这样的名词组合，经不起父亲的打量。父亲是主语，我和粮食是宾语。父亲的人生就是个祈使句。牛、农具、种子、泥土，都有父亲的气息。它们是父亲的一部分，是父亲身上的某个器官。母亲说，犁头和锄柄，让父亲摸成玉了。

十五六岁，父亲教会我使犁打耙，每天能挣10个工分。父亲对我很满意，认为我值得10个工分，生产队男人最高的工分值，等值四角多钱，等值三斤半大米，等值一只母鸡一天下了10个鸡蛋。

生产的男人全劳动力，一个劳动力日记10工分，妇女劳动力记8工分，半劳力记5工分。阿亮不是劳动力，记10工分。大巴掌由县民政局发钱，不记工分。大巴掌每天编两双草鞋交生产队，不记工分。兴修水利，大巴掌编的草鞋结实，男人女人穿他的草鞋，立了大功。阿亮有个要求，说他这个贫下中农协会主席没功劳有苦劳，要记一个全劳力的工分，再加贫协主席的工分，记一个半劳动力的工分。阿亮找班长讲了几回，大巴掌对阿亮说："社会主义是按劳分配，人要有点觉悟，你一张口就要，一要就有，你把大家当共产主义啊？"

大巴掌的草鞋在公屋里挂着，谁要谁拿。父亲穿自己编织的草鞋。草鞋让给不会编草鞋的人。自己有，莫取公家的，自己会做，多做一点。

修完贾坝水库，父亲被评为劳模。他把奖状贴在神龛下方。神龛上方是毛泽东主席像，覆盖在家仙纸上面。阿亮给班长反映，说我们家出了大事。班长来看了，对父亲说："老兄弟，能不能把家仙纸取下来？”父亲说：“你要我入社，我依你；让我去修水利，我依你。这个不依你。家仙纸上写的天地国亲师位，世世代代供着，把它取了还是神龛吗？”班长不再说什么，叹一口气，一个人扛着犁弯不换肩，没办法。

父亲唱着歌谣从桥上走来。单干好比独木桥，走一步来摇三摇。合作社是石板桥，风吹雨打不坚牢。人民公社是金桥……

喀斯特地貌分布地区的人民公社，水比黄金贵。一桶水，洗完菜洗脚，洗完脚喂牛。人民公社修了三座水库。卧龙水库、三元水库和贾坝水库。人民公社引两条地下阴河变地上河。洛塔的河流和接龙河。水利工地，班长说修贾坝水库就是战上甘岭，人人都是战士。父亲穿烂了18双草鞋，自己编的。大巴掌编织了200双草鞋。那是有霜有雪有冰的冬天，修水利的精神就是胡萝卜精神，每个人的手指脚趾冻得像胡萝卜。有人脚后跟皲裂，开口子像鱼嘴巴，用鸡油填上，再涂上生漆。父亲评上水利劳模，得了奖状和一条毛巾。他把毛巾给了我，说我是识字劳模，同龄的和大几岁的，我是识字最多的。15岁时，我能按顺序默写一本四角号码字典。可到50岁时，我只记住不多的汉字。

父亲要我记住，有了大伯的下落，给大伯写信，青岩山有湖有河，不缺水。大伯为争半桶岩浆水，和别人打了一架。父亲还要我捎上一笔，挑土也能当劳模。

修水利，是喀斯特地貌分布地区的大行动。班长说，领导人叫华国锋，他来看过洛塔的河流。我读过华国锋写过的一首民歌体诗：高山顶上修条河，河水哗哗笑山坡。昔日在你脚下走，今日从你头上过。

这是写韶山灌渠，我想是写洛塔。修完那些大型水利工程，过去十年，到1978年，又一两年时间，人民公社改建制为乡镇，班长当上村长。父亲领回农具和那头老黄牛，分到几百亩山林和土地。父亲供养老黄牛。不再用它耕地，买了一台小型耕地机器，不吃草，比牛好使。老黄牛算是退休了。父亲给它吃嫩草拌盐，吃苞谷和黄豆。老黄牛过惯了人民公社的集体生活，不习惯孤独，在栏里总是打栏。父亲放它出栏找伴。老黄牛见了年轻母牛就兴奋，一同吃嫩草，它会让母牛们先吃。那些母牛被卖，老黄牛一直跟着。到了公路，那些母牛被赶上汽车拖走。老黄牛追了很远，它大喊大叫，不知道那些怪物拖着母牛去了哪里。老黄牛死了，41岁，高龄。父亲一个人，在一棵松柏树下挖了个坑，把老黄牛埋了，一个很深的坑，怕老黄牛让什么野物吃了。

大巴掌领每月2400块钱。阿亮吃低保。父亲有了病痛，前胸和后背两处。母亲去世两年，父亲的病痛更严重。后背痛，是腰肌劳损，椎间盘突出。这个病，不知是当年土匪打的还是官兵打的，是给日本人修飞机场留下的还是修贾坝水库留下的。医生讲，是一个人一生的劳累留下的病。前胸痛，医生讲是胃癌。吃多了霉玉米。吃多了霉玉米，会长胃癌。父亲不知道，要早知道，他会不吃，多吃红苕，不会长出个胃癌来。

父亲到尿桶撒尿，在板壁上见到我的尿线，五尺高。父亲说我，不尿在桶里撒在板壁上，杉木板壁不禁沤。又说我该找老婆了。五尺高的尿线，是婚姻线。我对父亲说，我要马六，幺姨嫁到召市街上，吃喜酒时我见过马六，长辫子，瓜子脸，漂亮。街上的姑娘，就像酸麦李子，好看不好吃。不会喂猪，不会种苞谷。便请媒人去班长家，他家女儿身子结实、勤快，人也好看。班长女儿叫金爱，是我小学同学，聪明、好看。父子俩意见一致，齐心合力，班长就成了我岳父。订婚放鞭炮，告知乡邻，金爱算是名花有主了。请算命先生合了八字，择了结婚日子，金爱突然得了一种叫阴蛇上树的怪病，从脚底痛到心脏。只一天半，人就没了。躺在门板上，白布盖着，只露出一双绣花鞋。那几天，喜鹊不叫乌鸦叫。野樱红了，刺莓红了，麦子快熟了，苞谷苗一节节地长高。

父亲不停地砍树，那些树全是他年轻时栽的。他先砍了那棵酸麦李子树，再砍那棵酸梨子树，连那半酸半甜的桃树也砍了。一个人生命快完结的时候，会毁掉一些亲手制造的东西。我很心痛，那些酸涩的果子，是我童年的伙伴，它们随父亲去了。

父亲把我叫到床前，他从枕头下拿出一个包袱，打开，一套旧军服，斑驳的痕迹，一顶有红五角星的军帽。他对我讲了救解放军伤员的故事。钟石，河北保定人。保定，你知道吗?刘邦打仗的地方，包文正当官的地方。他要来了，你把这些东西还他，问他见到你大伯没有，你大伯是红军。他要没来，这东西你要收好。

父亲最后对我说："我死了，你就和我一样，没爹了。我把那些酸果树全砍了，你以后要栽，就栽甜的。有了你大伯的下落，要给他写信。"

酉时，太阳落山。父亲走了。我叫了声爹。我没爹了。

我离开父亲的山寨，去北京大学读书，我的专业考试是120分。我能默写四角号码字典。这是父爱，祖父要我这么做的。离开山寨的时候，来了个钟将军，县里的人陪他来的，他就是钟石，我把父亲留下的那套旧军服和五角星军帽交给他。钟石将军说："留给你吧。"

未名湖边，我见到一株桃树，那一定不是父亲栽的。

有了大伯的下落，我会给他写信。

牧　歌

和父亲争吵，两个人一天没吃饭。生气可以当食物，生三天气，等于多种一丘田。一直生气，你就是一座粮仓。

机器是人造的，那就不用买。你买屋，还真不如买一个鲁班。你儿子就是鲁班，会造机器，省钱。我这样绕，是想把父亲绕糊涂，给父亲设一个陷阱，要么买机器，要么造机器，二选一。

父亲是谁？他是我爹。我那点小聪明就是他遗传的。无论买机器，还是造机器，他都不同意，看不透我这点小心思，他就不是我爹。我和父亲，彼此不看对方一眼。他把锅碗弄得很响。他是乡间酒席的掌勺，厨事一点不笨拙。他故意弄出响声，是在告诉我，人是要吃饭的。有蚂蟥听水响的说法，循了水响，找到人浸在水里的下肢，吸食人血。有些丑恶，也是本能。父亲盛了一大碗饭，递给我一双筷子，我扒了几口，饭里埋了几片腊肉。我夹了一片腊肉给父亲。

和父亲亲近，是以食物开始的，一只鸟也会这么认为。和父亲疏远，也是以食物开始的，一只鸟也会这么认为。我和父亲，因为食物变得亲近，却从未因食物变得疏远。我一生的食物，都是父亲的味道。天长地久。在石器时代以前，就有盐的味道。然后是青铜和钢铁的味道。

父亲不会因为吃恨孩子，他只会恨孩子吃了饭不务正业。他一定很在乎孩子的谋食手段。父亲是生活的引路人，所有的父亲都会用经验和想象造就孩子，这是一只小鸟想不到的。木屋前后，有许多鸟，它们的食性与我们差不多。人喜欢吃的，它们都吃，它们有时也啄食辣椒和花椒。鸟在一个地方久了，就会有一个地方的食性，鸟的食谱，就是鸟的历史。鸟不吃盐，它不是怕生下一颗咸蛋，是怕生下软壳蛋，对后代不好。鸟有灵，会学人话。学人话的鸟，都有灵。杜鹃叫得归归阳，画眉叫得紫檀香。画眉也会学杜鹃叫。杜鹃一年叫一次，画眉还在老地方。布谷鸟在播种的季节叫：快种苞谷，快种苞谷。煮饭鸟会在吃中饭和吃晚饭的时候叫：煮饭——水，煮饭——米。煮饭鸟叫的时候，别干活了，收工吧，让身体和灵魂休息一下。鸟语简短、准确、悦耳。一只好鸟，从不浪费食物和语言。下雨鸟叫：雨——滴滴滴——天必下雨。它告诉人要躲雨，躲过小麻烦和大灾难。樱桃鸟，又叫刀刀雀，会讲故事：樱桃刀刀，丢失刀刀，公公打了，婆婆骂了，一索吊了。讲的是童养媳的故事。

声音在山里，人在屋里，鸟在树上。

木屋前面十几丈远，有一棵老枫树，树皮上长满树皮画，那是时光的涂抹，青绿，浓淡正好。如果把树皮画剥下，装上画框，更会见出几百年的笔墨功夫，只是那样，会伤一棵树。老枫树上有一团喜鹊窝。喜鹊落窝，它的尾巴还会伸出鸟窝外边。喜鹊尾巴长，麻雀尾巴短。

喜鹊是报喜的。这几天，喜鹊衔了一张一张的纸飞回鸟窝。我相信那是一张纸，白色，在太阳下发光。已经二十几天，那些纸应该是一本书了。木屋里没有书读，我要爬上树看看。我把那些纸取下来，用缝衣针订成一册，那正是传说中的《鲁班经》，一本禁书。读了《鲁班经》，会折寿，绝后。木匠有鲁班尺，无鲁班书。鲁班的手艺是如何传下来的？是越传越好，还是越传越不好？我在《鲁班经》的某一页，见到木牛流马这种东西，木与铜，还有神奇的自动力。我在书中仔细查找，没找到水动力、热动力、风动力这几样，没找到石头，也不见金戈铁马神牛，这正是鲁班神奇的地方。鲁班要的是新材料和创造力。铜在鲁班时代是新材料，在别人用铜和锣制钱的时代，鲁班用它制木牛流马。用心良苦，不让牛马累着，木牛流马也不同牛马争食草料。活着没脾气，又有牛马之功。木牛流马横空出世，就是惊天动地的大事。

我知道的，有三个鲁班。一个是老木匠，帮我家造猪栏祭的那个鲁班，他让肥猪长膘，母猪安胎，像猪快长、瘦肉精。他与土地神、灶神一样，是一件日用品。另一个鲁班是墨斗和鲁班尺，一种规矩。不依规矩，不成方圆。还有一个鲁班，就是《鲁班经》里会造木牛流马的那个人，造物主，总生异端，一种禁忌。

我对机器上瘾，真不怪那只喜鹊，不怪鲁班。我早就想做会飞的扁担，像蚯蚓那样会松土的锄头，不用扶的犁，会砍伐的风。像斧头一样精确，不伤庄稼和果树。这些念头，和人类宏大的构想比起来，非常渺小，我只想帮父亲省事省力，如果那样，父亲专做父亲，我们会有多亲近。机器和神，都是日用品，机器省力，神让人得到幸福，省力也是一种幸福。神可以让人躲开苦难。机器也能帮人躲开苦难啊。省力就是一种。我说不出机器和神哪个更好。父亲离机器近一些，母亲离神近一些。我呢，离两样都近，也远。母亲领我到山垭口，向着东方，太阳出来的方向，祈祷。神在远处，也在母亲祈祷的地方。

我没被神吓着，我曾被机器吓过一回，巨大的轰隆隆的声音，从地下传出来，我拼命地逃，爬到一棵树上。那声音一直在后边追，像一头咆哮的巨兽。父亲指着天空说，那是飞机在吼，可那个声音明明是从地下传出来的。那次惊吓，是自己吓自己。天上的是神，地下的是妖怪，天上的钻到地下去了，还不吓死人吗？纳西族哲人宣科写本谈音乐的书，说音乐源于恐惧，他的灵感，大概来自走夜路吹口哨这样的说法。那些人对我说，树林里有狼，洞穴里有蟒蛇，杀过人的地方有凶鬼，这些只让我恐惧，没产生音乐。

机器的轰鸣让我受到惊吓，没留下什么后遗症，没产生音乐，却给我机器的热情，也由此成为机器迷。这回是村上的哲人说，要你爱它，它先吓你。爱女人是以爱老虎开始的。温柔的灵魂，曾有猛兽守护。

鲁班最先制造的，一定是温柔的灵魂，然后是有灵魂的机器。鲁班制造的物件，木质的，铜质的，铁质的，都有灵魂，物质的老物件消失了，灵魂还在。

那次惊吓，梦里多了一架飞机。一些梦境，因为经历变得奇妙和丰富。人在梦里，无所不能。登山，扯一片云就上去了，渡江河如平步。最妙的是梦中无年龄，游历万千世事，不计年月日。梦里的飞机像大风筝，一只翅膀跌落下来，我骑了翅膀飞上天，给飞机接上翅膀，包上草药，一个骨科医生做的事，我都做了。我还和飞机说了一会儿话。然后人由高处坠落，柔软的云，云有香糯的味道。人间九味，那味道只梦中才有。

读过《鲁班经》，一开始没造木牛流马，我做的第一架机器是一条拐杖。一种叫大股筋的杂木，木质硬，让好柴刀砍出火星。这树生长在乱岩石中，年长一寸，十年长一尺，到能做拐杖，已是树精。树精做拐杖，取的是精气。以杖为犁，开天辟地，这条拐杖，后来陈列在我个人机器博物馆里，它躺着是一，竖起是1，是我的第一件造物。能制作一根拐杖，就能制造机器。多数木匠的经验，手艺是从制桶开始的。圆桶，扁桶，盆。木板之间，严丝合缝。壁缝底缝，滴水不漏。短板无碍，把长板锯掉，就不见短板。这道理，连学徒也懂。一只水桶缺了个口子，不会太在意。水到短处，就算满。认为不足的地方，其实是个限度。学会制作木桶，就能吃手艺饭了。东家西家，有人请你。一尺管三寸，一桶吃四方。圆桶律，手艺是圆心。人呢，就是个圈圈。会做桶，斧子、锯子、凿子、刨子、锤子，就用熟了，做卯榫也不难，雕刻镂钻，也会顺手。打家具，造屋，一通百通。手艺人老了，就慢慢做。多花些时间回味手艺，也有奇迹。修过转角楼。书家难写方块鼎，木匠难修转角楼。如果又造过水车，让水由低处往高处流，见识过，才会觉得，人望高，水望低，那不一定。如果又造过风车，才知用木如用风。风小，谷与秕混；风猛，谷同秕扬。也许并无《鲁班经》，只有手艺的回味。

从制作一条拐杖开始，我做过所有的木匠手艺。让我满意的，是那根拐杖，以及后来制作的一条扁担。野桑树，树龄十年以上，二十年以内。太老太嫩都不行。这个年龄的桑树，木质最好，软硬适度，制作扁担结实，有弹性。一闪一闪，像鹰展翅。这条扁担，挑两百斤不折不弯，挑七八十斤也灵动。好扁担轻重自如。歌唱家何继光唱《挑担茶叶上北京》，唱的就是这条扁担，气吞万里。如果是唱茶叶，那是采茶调。拐杖和扁担，都有音乐气质，它们一直像独唱歌手，也像行吟诗人。

拐杖，扁担，这样简单的事物，不会成为我和父亲的隔阂，机器也不会让我和父亲疏远。回想不久前的那天，我和父亲争吵，两个人气得吃不下饭，是我有不务正业的苗头。一个人打算不务正业，那真是不可救药。不务正业，接下来便是游手好闲，这是父亲最厌恶的。一个人安心做某一件事，久了，就成正业。好手艺就是这么做成的。王木匠后来成为掌器师，赵裁缝后来开了裁缝铺，喜欢敲打碗筷的二癞子，后来也成为打击乐大师，他先到省城，再到京城，又去东京、巴黎，一锤子就是一场戏。父亲不以为那样就好，他不喜欢。我也没把握。不务正业，就是做没把握的事。父亲应该是最务正业的人。他今天做这件事，明天做那件事。他砍柴，种植，有时还去集市卖猪肉。他的正业，就这样破碎。他犁田，腰上挂一只巴篓，一边犁田，一边捉泥里翻出的泥鳅。这时，分不清他是犁田呢还是捉泥鳅。

父亲的正业，是破碎的，又是丰富的。自由，随意，无长久之计。最多是一年之计，春种，秋收，循环不止。父亲的正业，不可言喻。父亲只在意自己耕种的土地。别人有耕种过的标记，他也会望一眼。即使秋天，不会收割别人的庄稼，靠别人的秋天吃不饱。

一心二用，似可兼得。一边犁田，一边捉泥鳅；一边下河游泳，一边洗澡；洗澡和游泳也许是一件事。一边晒谷赶麻雀，一边读《鲁班经》就不行。我正读到木牛流马一页，我一边读，一边用竹棍在地上画图。蚂蚁过来凑热闹，我正好把它们当成兵人，画一道乌江，兵分几处。画几条大河，分几处江山。再画木牛流马，牛头马身龙翅麒麟腿，结实雄壮。再画出机关，动作。书上有记，可载一岁粮，六百斤吧？秦时度量衡，老秤，十六两为一斤。看来，木牛流马是运输工具。是鲁班的本意。到孔明，做牛头，两只犄角，实为火炮，有攻击性。木牛流马归于战车。再计速度，群走为三十里，独行为五十里，一个时辰的驰行。一天十二时辰，日行六百里，不吃草粮，好过良马。我信鲁班，不信孔明。我制造木牛流马，一定要依《鲁班经》。

麻雀喜欢我这样不务正业的人，我就是个稻草人，它们可以放心吃谷，直到吃不下，再把谷粒排泄到谷堆里。麻雀最先知道下雨，它们躲进檐下。雨把我浇湿，把我画的图打烂，我把《鲁班经》扎在裤腰带上，然后去抢救雨中的谷粒，扒拉成一堆，用竹晒簟盖好，像处理一个暴死的人。《鲁班经》掉落裤裆里，然后又从裤脚管掉落出来，一页一页烂在泥水里。一本好书，就毁在这样的结局。我要抢救粮食，顾不上抢救它。无情，落在谁的头上，都是一场灾难。谷粒和《鲁班经》，谁遭受无情，全靠运气。父亲拖着一支响篙过来，他不是来赶麻雀，是要揍我。我闭上眼睛，等一个雷从天而降，等雨点般的敲打。父亲用旱烟杆碰了碰我的额头，没起个包，没流血。他让我吸一口旱烟，醒一下，现实一下。父亲不相信棍棒之下出好人，父亲只相信棍棒之下出好药，打伤药，疗治伤痛。盗贼和囚犯，都有秘药。雨停了，父亲和我掀开簟子，把谷子摊开。打湿的谷堆会发酵，变成糟子，不再是粮食。

经过一场小小的灾难，人事会有变故。父亲与我和解。他祝福我，手艺也是饭碗，有个好手艺，一生不会挨饿，也不会太穷。

那个冬天，我完成了木牛流马。冬天是个好季节，寂静，适宜沉思。记忆和想象，在这个季节交融、汇合。许多念想，像雪花一样飘落，一些念头，像积雪，在泥土之上。我的手艺，真微不足道，在高科技时代，我做了一件古董。我用了最好的藤条、金竹、椿木，一种血椿做骨架，它就有了血液。我用鸡血石给它做心脏，用水晶做眼睛。水晶是一种神秘的矿石，装上水晶就装上了灵魂。用麻和棕丝做成皮毛。找了几块铜皮做它的屁股。屁股是最应该好好装饰一下，它行动起来，屁股就很好看。如果是人，当然是看脸。我按下机关，它走得快，一个时辰三五十里的速度。让它驮上一副石磨，一百多斤，它一点不吃力。它像一头动物。好机器就是一种生物。它有自己的心思和记忆，有自己的家族血统，有自己的年龄，有自己的长相。它们的灵魂轻如蝴蝶，却比蝴蝶活得长久。一只船，是河流的岁月，一条扁担一根拐杖，活得像路一样长。

我给木牛流马取了名字，叫谷子。父亲养的那头牛，叫秧子。这样，它们就成了同类，不孤独，有伴。谷子不能和秧子在一起。秧子要吃，要排泄。谷子洁身自好，它们在一起会彼此不习惯。我先把谷子拴在一棵老柏子树下，它还是会被日晒雨淋。后来，我给它盖了树皮屋，让它有了安身的地方。我不知道它会遇到些什么事，一件东西，一经出世，就会有自己的命运，命运，是专为出世安排的。再好的手艺，制作一件东西，不能同时为它制作命运。

经过一年的农事，谷子的能力出色。犁田耕地，驮水，运粮，它扛下全部力气活。秧子闲下来，吃草长膘。谷子在哪里，秧子就跟到哪里。谷子犁田，秧子就在不远处吃草。谷子不干活的时候，秧子就凑上去舔谷子。谷子屁股上那块铜，变得光亮。这是一头牛的爱情表达。我在制造木牛流马的时候，没造出性别，不分雌雄，它没有生殖功能。秧子一岁多时，被阉了睾丸，劁匠用睾丸当下酒菜。我看见的。这爱情，对牛来说，没什么好结果。秧子的爱情只是一种味道，铜的味道。恋爱的人会变傻，一头牛也是。

秧子越长膘，父亲越愁。一头牛很壮，是用来耕田犁土的，不用它干农活，那一身膘就是个摆看的。牛的全称叫耕牛，不干活的牛叫什么呢？父亲认为，根本就不要什么木牛流马。父亲也知道，就算没有木牛流马，还会有别的机器。人总是希望，干活越来越省力。

后来的牛不再叫耕牛，改称肉牛，水牛和黄牛的统称。牛和猪羊一样，不再供着，不再是家畜的贵族。秧子不会再有耕牛那样光荣的称号，秧子变得越来越懒，父亲用它试了一次犁，它躺下，赖着不动。它不再舔谷子的铜屁股，也不舔自己。它一天一天地变成肉牛。

过中秋节，父亲动手把秧子杀了。我想父亲会哭。父亲说："出过汗的牛肉才香。"这是真的，很香，吃出香味才是真理。我以后再没吃到那么香的牛肉。肉牛的肉不香，没那个味。肉牛只长肉，不出汗。牛肉的香味，就像鲁班的秘诀，会慢慢消失。记忆会中断。

宰杀秧子的时候，没让谷子回避，它懂什么呢？谷子的水晶眼珠转动起来，流下眼泪一样的东西。它哪来这种液体？是不是水晶在熔化？或者，有含水的水晶吗？

父亲对我说，你那个木牛流马好，不吃草，不长蜱虫，也不会走失。它就是不会走失，也不知道它累不累。一头牛，走失了让人生气，找回来又让人快乐。

是啊，我想制造一头会说话的牛，知道累的牛，会走失的牛。

一头牛走失了，父亲有找牛的经验，把牛找回来，父亲会很开心。

开心就是一头会走失的牛。对我来说，是一件功德。

马 车

大伢说，我要吃猪。二伢说，我要吃牛。找个名字，当生肉吃，三女伢说，我要吃天。谁吃得多吃得大，算赢。两个哥哥反对：三妹，天不是肉，不算。三女伢说，雷公是玉皇大帝的鸡，吃雷公就是吃天。

童言无忌。童音可动天。雷雨忽然而至，顷刻千条水流奔涌，山为浮舟。又有狂风，揭瓦灭灯，大树折腰，路沉浑流，一线残笔，挂墨雷鸣闪电。

弓子生大伢的时候，就像下了场雷雨，山河变色。弓子生二伢的时候，只像下了场小雨。到生三女伢的时候，只像下场毛毛雨。

大伢会讲话的时候，弓子叫自己的男人，他屋爹。他是孩子，屋是他屋，爹是他爹。屋外头没爹。弓子在火塘边奶孩子，男人看孩子吃奶，弓子说：他屋爹，传一下火，添几根柴，大伢等下就睡着了。男人很听话。大伢学走路，生了二伢。二伢学走路，生了三女伢。三女伢满月，男人要出远门。又远又久。怕是要一年半载，三年五年。那些出远门的伙伴讲，人挪活，树挪死。出门路多，远处菩萨灵。一颗鸡蛋一块腊肉，到集市上才会变钱。带手艺出门，回来盖吊脚楼，到县城买洋房。没手艺，带一身力气，去填海，去扛高楼大厦。回来，不会折手艺，不会折力气。

他屋爹捂着弓子想了一夜，出远门。鸡叫头遍起床，男人一边洗脸一边说：我要把那只铜脸盆找回来。

那只铜脸盆是祖传的。几代人搬迁了几个地方，从一县到另一县，那只铜脸盆从未丢失。来了个过路客进屋讨水喝，见那铜脸盆，三个伢儿当锣敲。过路客拿出一包芝麻饼子，掰开有冰糖。三个伢儿要吃饼，要拿铜盆换。过路客用十块钱加一包饼子，买走了那只铜脸盆。过路客对弓子和他屋爹说：你们什么时候后悔了，就要回去，钱和饼子算送三个伢儿了。有情有义，不让人拿走那只铜脸盆真不好意思。过路客一走，他屋爹就后悔。上哪里去找那过路客？那只铜脸盆从此流落天涯。它在哪里被当锣敲响呢？

弓子拿了双千层底布鞋，让他屋爹试穿，看是不是合脚。给他屋爹做一双千层底布鞋，要费时半个月，先要用魔芋糨糊做棕壳子，布壳子，剪鞋样，用碎布一层一层叠鞋底，用煮过的熟麻绳纳半寸厚的鞋底。鞋面子要选直贡呢或灯草呢。弓子懂他屋爹的脚，像懂自己生下的孩子。他屋爹那双脚爱踩偏，鞋底外侧要加厚一分。树里女人来弓子这里偷样子，就是做不出她那样的鞋，样子不好看，鞋面和鞋底的线缝露针脚，长出龅牙。

鞋要合脚，还要跟脚，才能走长路。

他屋爹燃起杉树皮火把，挑起两只蛇皮袋，一袋衣服，一袋食物。弓子把他屋爹的衣服洗好，缝补被树枝剐破的口子，一件一件叠好，衣裤要勤洗，天凉要添衣。弓子把叮嘱一并叠进蛇皮袋。食物是炒黄豆、煮鸡蛋、腊肉和几样坛子菜。家里能带走的，就是这些。他屋爹挑着两只蛇皮袋，出门上路。他屋爹眼泪没流出来，就开始高兴了，笑嘻嘻的。弓子说：他屋爹，今天当你是新娘，唱一个。

新姑娘
你莫哭
转个弯弯是你屋
屋是大瓦屋
饭是大米饭
菜是肥猪肉
衣是缎子衣
布是绸子布
儿女是龙凤
公婆是金佛
身着新人装
脚踏五彩路

他屋爹接歌：

梦里千条路

一醒一江湖

心记来时路

来去一担谷

命中几粒米

狠劲攒升斗

弓子抱着三女伢，牵上大伢二伢，送他屋爹到山垭口。他屋爹从身上掏出两百元钱，那是卖山货攒下的钱。他屋爹对弓子说：钱留给家里，大伢读书要钱。弓子把那钱先缝在他屋爹衣襟里，要他急用时取出来。人刚出大门，就取出来了，男人就是性急。弓子要他屋爹把钱收好。无钱身不贵。在家千般好，出门时时难。

下坡。过河。上坡。火把点燃朝霞。他屋爹在那边山上打呵呵。他还唱了一首歌，他唱什么已经听不清了。

大伢说：爹去赶场了，回来有好吃的。

二伢说：我要吃泡粑粑、油粑粑。

大伢说：我要吃冰糖芝麻夹心饼。

弓子说：你们就知道吃吃吃，回去给你们煮荷包蛋。

二伢问：娘，爹去赶场，逢场天人多，爹怎么认得出爹？爹走丢了怎么办？

大伢说：二伢，你个蠢子，爹又不是小鸡崽，爹是大公鸡，爹还认不出爹？

弓子笑了。这两个伢，真是他屋爹的儿。

他屋爹出远门，日子就像一件衣服撕了个大口子，要细细缝补。做饭喂猪，三女伢抱在怀里。上坡做农活，三女伢背在背上。牛闲着的时候，要大伢二伢把牛赶上坡吃草，放牛回来，要大伢二伢带一捆柴一捆嫩草。二伢不高兴，大伢说：爹不在家，牛不能瘦，柴不能少。没柴火，一家人要吃生饭。

山还是一样绿，炊烟还是一样稠，一切好像未变。在那一个早上，女人和孩子力气变大，成了当家人，个个都是。三女伢也少了些哭闹。

他屋爹从小路走上大路。渴了喝路边泉水，饿了吃几粒炒黄豆。食物要慢吃，路还远。他想起那只跟过路客走失的铜盆，有些字。祖父告诉过他，那些字是人名地名。人名是在路上死去的先祖，地名是那些死去的人经过的地方。他屋爹走过几个地名，在大树下或岩脚宿了几晚。人家的屋檐下是不能睡的，有恶狗，哪怕你是无害通过。

一条缓坡，毛毛雨。他屋爹遇上赶马车的人。上行。马蹄和车轮，往上一尺，倒滑两尺。赶马车的男人在后边推，身子弯成一张弓。他屋爹把两只蛇皮袋和扁担放上马车，帮推马车。比扛木头抬岩轻松多了。马车上了一里多路的长坡。

他屋爹遇上了一个好人。人在路上走，遇上个好人不易。

不远就到了一个货场。马车上是些矿石，在这里装卡车，再运到一个地方，说是炼钨金。比金子贵。金子原来是石头变的，他屋爹很惊奇。

赶马车的人家，是一间铁皮屋。天黑了，雨越下越大。他屋爹没想过自己的鞋和衣服，他担心马车上的东西淋湿了会坏，幸好是矿石。赶马车的人插上电炉子，两个人围着烤雨打湿的衣裤，冒出热气，像两把开水壶。他屋爹脱下千层底布鞋，像泥水里打个滚的小儿，鼻子眼睛找不见了。赶马车的人从坛子里舀出两碗米酒，剥了两颗皮蛋。他屋爹取出炒黄豆，又取出一小坛酸萝卜。赶马车的觉得对不住，又找出一碟小干鱼。一人喝下两碗酒，赶马车的人抹眼泪。兄弟呀，我在那条长坡走了一千遍，你是第一个帮我冲上坡的人。天下啦，好人啦。

打了个炸雷，雨小了。这是一响停雨雷。

赶马车的人讲自己的故事：

我养了一群羊，一百多只呢。有二十几只母羊，再生小羊羔，就是开银行。娶了老婆进门，那个鲜嫩，像剥壳的荔枝。老娘欢喜，添财添喜。欢喜不知愁来。一场大雨，羊淋雨发瘟，一夜全死了。死羊丢了可惜，做成腊羊肉干，不卖，怕害人。自己吃。老婆年轻，壮实得像头母牛，吃了没事。我死牛烂马什么没吃过？粪坑淹死的猪也吃过。老娘吃多了死羊肉，病了一场，后来眼瞎了，求仙医也不可复明。

那些羊，是借钱买的，羊死光了，欠债拿什么还？留下瞎子娘和有身孕的老婆，一个人出来了，等我回去，孩子三岁多了，也不知是男是女。中间没回过家，远呢，在十万大山那边。又没挣到多少钱，回去不好见人。

兄弟呀，也就是在那条长坡那里，遇上一个赶马车的人，也是下雨，我帮他冲上坡。后来，他留我，和他一起赶马车，说好管吃管住，一天一百二十块钱，算下来，一年就是三万多块钱。满了一年，那个人要回老家，没结工钱给我，只把马和马车留给我抵工钱。这两年，我攒下十几万块钱了。攒到二十万块钱我就回十万大山那边，这马和马车就给你了。

两个男人挤一张床，两双臭脚，伸到对方的鼻子底下。他屋爹做了一晚梦，吃牛粪，臭啊。

相互闻过臭脚的两个男人，一定会成为好兄弟。你会拥有未来的两双脚印，脚力，千里万里的路。风雨和阳光。两个故乡，你的和他的。你还有歌：朋友一生一起走。

他屋爹留下来赶马车，两个人两股力，冲上坡不难。一只公鸡四两力，两个男人一匹马，力大千斤。赶了几天马车，从矿山到堆场，也就两里多远。他屋爹问赶马车的：把马路修宽些，卡车直接到矿山不好吗？赶马车的告诉他屋爹，路两边全是金丝楠木，还有别的珍贵树种，黄杨木，桫椤树，连一棵草也不好动。只有矿山是一座石头山。天上有卫星看着呢，还有老天看着呢。卫星看人，天看人心。人要是又懒又贪心，就要被惩罚。赶马车的见识多，天上人间的事都知道。

赶马车的人告诉他屋爹，这些石头熬成钨金，钨金炼成卫星，满天飞。马车上运的，是会飞的石头。

他屋爹说：兄弟，我会唱歌。

你唱吧。

他屋爹就唱：

一块石头飞起来
两块石头飞起来
三块石头飞起来
好多石头飞起来

赶马车的问：还有呢？

他屋爹：还有，唱不出来。兄弟，要一匹好马。力气熬成钨金，炼一匹马。

刚过中秋节，冬天就来了。大雪。好几个冬天没下雪。铁皮屋里，两个男人，十二寸的黑白电视机，小镇上垃圾场捡回来的。屋外飘雪，电视机也满是雪花。垃圾场捡回来的东西，很贱，打它两拳才会出图像。两拳三拳，打出了《新闻联播》。又一颗卫星上天了。兄弟兄弟，我们的石头飞上天了！靠火药冲上去的，像放爆竹。

这么大的雪，不知是从来的地方落过来的，还是从这边落过去的。白雪遮了山河，在想象和记忆中，路依然蜿蜒无尽头。

雪是年的信使。过年不差几天，赶马车的人说要回家了。他拆开枕头，一百块一坨的钱，十九坨。二十万差一坨。也够了，按计划是攒够二十万回家。人心要知足啊。还有些零钱，一块的，五块的。十块的，还有几张五十的，也归于零钱。一共一千六百一十八块。这些归你了，兄弟。别嫌少，钱就是种子，钱能生钱。马和马车归你了，再过年，你就和我一样，是个有钱人了，高高兴兴回家。回家的事你懂，先和孩子亲热，等孩子睡着了，再和老婆亲热。然后，好好睡一觉。哦，你要用冲上坡的力气和老婆亲热啊。你懂，这个，钱没这个好。你在外边挣多少她不知道，这个她知道。还有，你每次装完石头，再取下一块，这样，你和马都不会太累。要爱惜马。我走了，马就是你的伴。你想说话，你就和它讲，它懂。你想唱，你就和它唱，它爱听。它累了病了，你就给它喝酒，别让它太醉，它只有半碗酒量。你要让它离母马远点，见了母马，它就不和人亲热了。这个畜生，什么都好，就是有这个坏毛病。

他屋爹赶上马车，送好兄弟到小镇上转乘长途汽车，再到省城转火车，再转汽车，下车走半天山路，就到家了。三个人的山村。我给你画个路线图，哪天你想起我就来。

车辙很快被雪盖住了。分手时，他屋爹拆开衣襟线缝，取出弓子留给他的那两百块钱。这是我的心意，给老娘买好吃的，买芝麻冰糖夹心饼吧，好吃。

两个好朋友，在风雪中分手了，没握手那种仪式，也没说再见。说什么呢？

好吃的芝麻冰糖夹心饼，是同那只铜盆连在一起的。铜盆上有地名、人名、路线图，它自己走失了。

他屋爹回到铁皮屋，屋顶厚了一尺，积雪让屋里暖和些，不插电炉子，费电。在那块石头上坐下，冰冰凉。用屁股把石头慢慢焐热。再冷的石头也会被焐热。一块平整光滑的石头，坐上去是凳子，站起来它是一张桌子，摆上饭菜，或者摆上一副象棋。天涯相逢的兄弟俩，费了好大劲儿，才把这块石头移进屋。他屋爹才把石头焐热，站起来，怔怔看石头，下棋少一个人，吃饭少一双筷子少只碗。石头变成一个伴。那张床，拼了两块板，两个人睡，不太挤。现在一个人睡，把拼的两块板拆了，屋子就不逼仄。铺草要翻一翻，睡板结了，要松一下。像松一下土，庄稼就会舒服。

铺草里翻出一个本子，本子里夹着一支圆珠笔。打开它，会先看到那些阿拉伯数字。那是赶马车的人收支流水账。加号是收入，减号是支出。加的多，减的少。一月一小计，一年一大计。一年开支三千六百块，每天十块钱，早饭三块钱，中饭三块钱，晚饭三块钱。结余一块钱是一个月的酒钱。这些数字记了十几页。再翻，就是几幅画图，一匹马，铁嚼子，笼头，缰绳，没有马鞍，只有牛轭。拉马车的马。铁嚼子是含在马嘴里的铁，和缰绳连在一起，控制马，像控制机器，肉带铁的机器马。两个人一齐用力推马车，冲上坡，其中一个一定是自己，他屋爹笑了。还有一幅图：一个人平躺在床上，旁边放一只碗，一个女的拿勺子喂他。下边有一只鼓，鼓上放一根腿骨。看明白，是一个人病了，女人给他喂汤药。没那女人照顾，那男人的骨头就成打鼓槌了。没看懂，还以为矿山发生了凶杀案。

他屋爹想，兄弟画的那个女的就是她。微胖的小妇人，搭他们的马车回矿山。腿上放一个黑色的大提包，一对奶子摆在那个大提包上。小妇人黑提包拉链拉开，里边全是钱。他屋爹第一次见到那么多钱。黑钨金真值钱啦。小妇人说：这些钱送你们两个，要不要？这话真气人！赶马车的兄弟说：我迟早会把你的钱和人弄到手！小妇人下了马车，在那兄弟脸上拧了一把。说这小妇人出格吧，她那么有钱，不穿金戴银，一身粗布衣，与矿工们没什么不同。说她不出格吧，自己有男人，老是老了点，可不该惹别的男人。赶马车的兄弟告诉他屋爹，小妇人是矿山附近村里人，以前常来矿山卖菜，也拣点好矿石去卖，一次被捉，就成了矿老板的女人。矿老板是外地人，有钱，没钱怎么开矿山？说矿老板以前是盗墓的，还坐过牢。他发财了到这里来，买下一座石头山。他有朋友是搞地质勘探的，给他指了一条财路。他发财了也没忘记朋友，帮朋友买了个地质勘探队长。先前矿山尽是些来路不正的人和智障人，黑矿工，智障黑矿工永远不知道回家，路是黑的。后来，那些来路不正的人合伙抢了矿老板的钱，他去报案，连自己也被警察捉了，再没回来。这矿山就变成小妇人的。她身边的那个老男人，是她的勤杂工。她留下那些黑矿工，又请了些安分守己的本地人。她让警察帮那些黑矿工回家，分给他们一些钱。矿山的黑矿工没几个了，警察找不到他们是哪里人，他们会老死在矿山。小妇人打算修一处矿工养老院。

那天也是喝了两碗酒。他屋爹听赶马车的兄弟讲矿山的事，说恶有恶报，恶人很丑。善有善报，心善的女人就是漂亮好看。赶马车的兄弟说，这里连石头都是公的，男人堆里一个女人，一人看一眼就看成仙女。

雪没停。积雪一层层变厚。老家的竹子被压弯。松柏树成一幢一幢银色的雪屋，鸟和松鼠躲在雪屋里。

大伢二伢开年就要上学了。要做新衣，要做书包，三女伢也爱穿花衣服了。弓子请了裁缝进屋。一个师傅，带一个徒弟。一个大男人和一个小男孩。裁缝师傅手艺有名，接媳妇嫁女，都请他师徒俩。请手艺人进屋有讲究，好酒好肉招待。手艺也真是手艺，又快又好。三天工夫，两个书包，三套衣服，都做好了。还剩些布料，再给他屋爹做条裤子。人好几年没回来，不知胖了瘦了，等他屋爹回来再做吧。大裁缝说：比着我的做吧。弓子说：就怕他屋爹穿不合身呢。

结裁缝工钱。两个伢儿上学要钱，工钱要差点。弓子对裁缝说：钱有点紧，等卖了猪崽，年后结清，赶场天给你送去。大裁缝连说不要紧不要紧的。

晚上好酒好菜招待那师徒俩，弓子和三个伢儿在一边端着碗吃，没上桌。三个伢儿一人碗里放了片腊肉。

弓子屋里屋外忙了一天，三个伢儿睡了，她收拾好碗筷，也睡了。梦见他屋爹从山垭口那儿回来，敲着铜盆子，打锣一样。

大裁缝等徒弟睡着了，起来，踅到弓子床边，解她的扣子，拿剪刀剪开她的裤子。

弓子模模糊糊的，他屋爹？睁开眼。你？！大裁缝说：顶针不见了，我找顶针。三个伢儿也吵醒了。弓子对三个伢儿说：师傅说顶针不见了，你们拿他的顶针没？

弓子穿好衣服，点上灯，拿了剪破的裤子扔给裁缝：碰上剪刀鬼，把一条好裤子剪破了，给我补好。

天没亮，大裁缝叫醒徒弟，收拾好行头，走路。徒弟说：师傅，工钱还没结呢。大裁缝说：这回手艺没做好，东家骂我们是剪刀鬼，我们快走，还结什么工钱？

下雪天，不闲着，女人扎堆做针线活，做鞋的，来弓子屋里偷个样子。做双好鞋，等男人回来穿。谁家男人，就是谁家他屋爹。

他屋爹，鞋子穿烂了，还不回来？

那双和人一起远行的千层底布鞋，还是半新，回到铁皮屋，冬天暖脚。别的季节，他屋爹把鞋用旧报纸包起来，放在枕头底下。矿山的报纸都是旧报纸，他屋爹也认不得多少字，用它包东西正好。他屋爹用旧轮胎皮做了双鞋，赶马车穿上它不会打滑。结实，他给那位兄弟也做了一双。赶马车的兄弟穿走了那双鞋，留下一个酒坛子和半坛子酒。

少了酒伴，再好的酒也难喝。那天，赶马车多跑了两趟，人和马有些乏。他屋爹舀了一大碗酒，半碗洒在马草上，半碗自己喝。马闻了闻草料，打个响鼻，吃草，舌头像镰刀割稻子。好酒，兄弟，我俩慢慢喝。累了易醉，他屋爹趴在马槽上睡着了，做梦，问弓子，屋里进来什么人了？看不清脸，过路客？

小妇人每天搭他屋爹的马车回矿山，黑提包里装的是钱，不会是别的。矿山没银行，那么多钱，放在枕头里？那得要多少枕头？

每次装马车的，还是那个智障人。他是矿山最后一个黑矿工，他没有来路，像从某地飞来的一只鸟，落在这里，再也飞不回去。他把大块小块的矿石装上马车，装好后，再取下一两块，每次都这样。他屋爹赶马车离开的时候，那个人就会说一声：哈扎。他屋爹不明白那个人说的是什么。哈扎？是路上小心？一路走好？用力？辛苦？马？马车？他屋爹回一句：哈扎。那个人笑了，白牙，黑眼珠，一点不像智障人。

那天装完最后一趟马车，他屋爹一边用手比画一边问那个人：你，喝酒？他摇摇头，哈扎。哈扎，就是不要？那个人说：哈扎。他指了指胸口。他屋爹问：哈扎是你心爱的姑娘？那人又指了指天空。他屋爹问：云？那个人点了点头，又摇了摇头。

他屋爹突然像被针刺了一下。哈扎，回家？你说的哈扎，就是回家？哈扎——回家。

他使劲地点头。他屋爹紧紧抱住那个人，那个人像被雨打湿的流浪狗，筛糠一样地发抖。

他屋爹问过小妇人，那个人家在哪里？他想回家。他对我总是说哈扎，回家。小妇人告诉他屋爹，那个人不会说话，问不到他是哪里人。他也许是个孤儿，一直流浪。他在这里，矿山会好好照顾他一辈子。只能这样了。

每天收工的时候，小妇人会来搭他屋爹的马车，有时是专程送小妇人回矿山。这成了习惯。这一天，小妇人没来。天快黑了，他屋爹没吃饭，等着。等人的时候不饿。

很晚，月亮爬高，小妇人坐一辆小轿车，到堆场那里下来。然后那小轿车像狗追急了的黄鼠狼，跑了。小妇人一嘴酒气，骂王八蛋。女人骂起人来很凶，喝起酒来也很凶。在矿山没人见她凶过，她管钱，就是管生死簿。不凶，像观音菩萨。谁能惹观音菩萨呢？王八蛋才敢惹，王八蛋都是些狠角色。小妇人要他屋爹过来扶她。过来呀，扶我一下，就当我是你兄弟啦。他屋爹扶着小妇人进铁皮屋。她还在骂，骂完王八蛋，就说这铁皮屋里好臭，跟你那兄弟一样臭。自从你进了这铁皮屋，我就没再进来过。你那兄弟是怎么走的？是让我吓走的，我讲要给他生个儿子，他就夹着那条东西跑了。臭。她找出那半坛子米酒，来，兄弟，喝，喝死那些王八蛋！他屋爹抱过酒坛子，一仰脖子，半坛酒倒进肚。

他屋爹醒了，一身精光。小妇人说：你吐了一身，我给你洗了擦了。你想得到的地方擦了，你想不到的地方也擦了。你不是也给马洗身子擦身子吗？人畜一个样。

他屋爹说：洗什么洗？跳进黄河洗不清了。

小妇人说：看你那躺倒的样子，就想你那兄弟。他病倒在床上，我给他洗澡擦身子，喂汤喂药。没我，他骨头棒棒都打得鼓了。跑什么跑？男人再狠，一病一醉，就是一摊稀泥巴。

小妇人不要送，走路回去。

他屋爹对马说：兄弟，今天放一天假。不喝酒了。没酒喝了。马甩了几下尾巴，它懂。除了不会讲话，它什么都懂。

小妇人好几个月未来。他屋爹想，是躲他吧？到一个晴天，小妇人来了，人瘦了些，也白净了些。她抱着的不是那个黑色提包，是一个孩子。她把孩子递给他屋爹。

你看看，像谁？像不像赶马车的？

他屋爹抱着孩子，这么小的人，就会笑。他好生惶惑，不会吧，怎么回事？

一连几天下雨，那一里多的长坡很滑，难走。马上坡不会停，它知道一停马车就往后退。每趟装大半车矿石，冲上坡容易些。到第三个雨天，人和马都有些吃亏。那位装车的智障人兄弟，说声哈扎就跟着马车。他这回说哈扎，是帮忙的意思。他屋爹问：兄弟，你帮马车？冲上坡？他屋爹把一句话拆开，让智障兄弟好懂。智障人兄弟点点头。智障人兄弟要帮忙冲上坡，他才多装了两块大点的矿石，那是诚意，是出力的理由，冲上坡，他必不可少。

一里多的长坡，马车上了大半。雨下大了，淋得人和马睁不开眼。马突然停下来，不到万不得已，它不会停。马车直往后退。智障人兄弟大喊：哈扎！声响如雷。哈扎，这回是挺住的意思。

马突然跪下去，然后倒地，马车翻了。智障人兄弟一掌把他屋爹推出一丈多远。马车和矿石压在智障人身上。两千多斤重砸下来，一头大水牛也受不起。

他屋爹冲回智障人兄弟身边，把他从马车下拖出来，雨水和血水，像是一个人在水里同一条大鱼搏斗过。他屋爹抱着智障人兄弟，他睁开眼说：哈扎。声音微弱。

哈扎。他屋爹呜咽着说。

智障人兄弟只说出一个哈字，人没了。

马嘴里吐着血泡子，闭上眼睛。他屋爹喊了几声兄弟，它没睁开眼。它再也不会站起来。一匹好马，会和马车死在一起，路死路埋。他屋爹先取下轭，又摘下马笼头和铁嚼子，最后脱下缰绳。他屋爹对马说：我把那些东西从你身上脱掉，你去做一匹快乐的马，找一匹好母马，生几匹好马驹，告诉你的孩子，别再拉马车了。

雨停了。

小妇人抱着孩子，赶到铁皮屋，她身边跟着一个男人。小妇人说：兄弟，你看谁来了。

是你？

是我。

那位赶马的兄弟回来了。他要小妇人娘儿俩先回去，我要在铁皮屋里住一晚，兄弟俩说说话。

不插电炉子，那些话把铁皮屋烘得很热。

瞎子老娘死了。那女人，像剥开的荔枝，鲜嫩，跟耍猴子的跑了。屋前屋后长了一人多高的蒿草，大黄狗还在，从蒿草中蹿出来，扑到我身上。不怕你笑话，兄弟，我哭了，我又回来了。兄弟，好马不吃回头草。兄弟，不怕你笑话，那回我得伤寒病，是那个小妇人救了我。后来，她偷我，给我生了个儿子。她做到了，男人狠，女人更狠。她先头那男人，是杀过人的，她不怕，叫我也不要怕。命嘛，真不算什么。那个恶男人，后来被抓，毙了。

兄弟，我以后还赶马车。兄弟，我和你坐在马车上，马走到哪里，人就到哪里。兄弟，不要你帮我冲上坡，你只要唱歌。你唱起来真好听。你这样的嗓子，就该上电视。

他屋爹说：兄弟，我想唱歌给你听。

你唱吧。

他屋爹唱：

哈扎，哈扎，哈扎
白云底下
我和兄弟坐上马车
哈扎，哈扎，哈扎
芝麻冰糖夹心饼子
绸子缎子布
腊肉瓦屋苞谷酒
金山银山大太阳
哈扎，哈扎，哈扎

两个男人挤一张床，两双臭脚，伸到对方的鼻底下。脚臭，脚印也会臭呢。日子里也会有臭味。

日子就像臭豆腐，闻起来很臭，吃起来很香。

好月亮，小妇人在堆场那里放了张桌子，摆上十样菜，一坛酒。各人喝了两碗。小妇人问他屋爹：兄弟，你来矿山多久了？他屋爹想了想说：下雨下雪加上晴天，一共一千三百零九个日子。小妇人点了点头。兄弟，你该回家看看了。你想你的兄弟，再来。这矿山，给你百分之三十的股份，你兄弟百分之三十，你小侄子百分之三十，还有百分之十给那些矿工。你嫂子我呢，给你们管钱。

天亮，他屋爹还是两只蛇皮袋上路。一只蛇皮袋是马笼头、马嚼子。另一只蛇皮袋是衣服和一只黑色大提包，小妇人给他的，要他回到家才能看，路上不要打开，要对马车发誓。

赶马车的送他到小镇上，坐长途汽车。没那些告别仪式。

进屋，弓子愣了一会儿说：他屋爹，你？回来了？

三个伢没喊爹，不敢，怕是过路客，怕是请来的裁缝师傅。

弓子对三个伢说：你们的爹回来了。三个伢没叫爹，抢着打开两只蛇皮袋，看有没有好吃的。再去翻那黑提包，打开，一大包钱，一百块一扎，一大堆。

大伢说：好多钱，要吃什么有什么。

二伢说：你又没喊爹。爹，我要好吃的。

三女伢说：钱又不是好吃的，我要睡觉。

三个伢睡了，他屋爹问弓子，这屋里怎么有生人气味呢？

弓子说：你鼻子灵，家里请了裁缝进屋，你都闻出来了。

来了个老叫花子，一身干净，不像个要饭的，托着铜盆子。他屋爹一眼就认出那只铜盆子。是那过路客变成老叫花子，还是老叫花子从过路客那里得到这只铜盆子？

他屋爹问老叫花子：铜盆子卖不卖？多少钱都行。

老叫花子说：不要钱，只要吃的。

弓子留老叫花子吃过饭，给他十个糍粑、十个煮鸡蛋和一大包炒米。炒米里偷偷放了三百块钱，装一只蛇皮袋，打发老叫花子上路。

真是那只铜盆，地名人名在那里，生了些锈。他屋爹用火灰擦，越擦越亮，原来是只金盆子，那些人名地名，亮得像星星。

他屋爹把金盆子和马具拢在一起，锁进一口楠木箱。隔些日子就打开箱子看看，摸一摸，一件一件清点，再锁上。

到家的东西，别飞了。

石头下面有一条青蛇出入

纪念格村的一颗牙齿

在格村，人会活很久，然后安排一场病，讲一些故事，只言片语，有些落在枕头上，有些落在床边，有些在格村打转，有些在路上游走，像游荡的魂魄。

格村的日子很长，人活得久。一大早，我选了一个地方，就是路边的那块石头，阳面光滑，阴面长满青苔。我坐在石头上，打量老寨时间的长度。太阳光芒万丈，石头下面的青苔生长缓慢。亥，表姨，长发浸入河水，像植满一河水藻。亥直起身子，头发把鱼拖出水面。哪怕流水剪断她的发梢，老寨的日子也不会变短。

亥微笑一下，我身下的石头动了一下，像一只千年山龟在行动。微笑在河里，一个很长的微笑。我在的这处石头，正是日出和日落的中间位置，格村最好的地方。鸡鸣狗吠的声音经过这里，回音也经过这里，几百种声音经过这里，人和石头就很安静。人就是石头的眼睛和呼吸，石头是人的耳朵和心跳。要我的耳朵是一块石头，就不会被表姨亥咬穿。在月亮底下捉迷藏，我很快找到她。她的脸和眼睛，在月光里很亮，我看见了。这不怪我，一颗红了的樱桃是很容易被看见的。她说，过来，我给你讲句话，她咬了我的耳朵。她正在换牙，掉了一颗牙齿。她在衣服上擦净牙血，把一枚牙齿给我，算是赔了我的耳朵。其实，耳朵没缺，跟没咬过一样。一个人总是看不到自己的耳朵，它可以完美无缺，保留到最后。我是从那只被咬过的耳朵开始长大的。山中雷劈树，雷击过后，长出新芽，往上蹿得高。

耳朵发烧，是有人念叨。可能是胡说。这个胡说，很确定一直伴随我的耳朵。我有摸耳朵的习惯，让它发烧，然后生出胡思乱想。如果，格村要打量来来去去的太阳和人，选一个地方，就选一只耳朵。

我在路边的石头上待了几年，过路的人丢下桃核李核，也都发芽长成树。我倚着一片耳朵，长大不少。路边花开，和蜜蜂蝴蝶成为朋友，它们，也有三五只，飞舞围绕，当我是石头上的花朵。为了记住蜂蝶，我得用数字和简单的四则运算，这简直同前人的九章算术有一比。一只，几只，一群。

我长大了。格村木楼倾斜。太阳在东边，木楼在西边。太阳在西边，木楼又挪到东边。受影子拖累，屋会倾斜。数一遍，十二幢屋。一半茅屋，一半瓦屋。六个和六个。茅屋和瓦屋，各有肚肠和风骨。屋是有肚肠和风骨的。屋就是风中之骨，莫非是风中之物？茅屋里有陈年老酒，有腊肉，瓦屋里有的，茅屋里也有。装水的瓷缸，喂猫狗的瓷碗，至少也是宋朝的。屋顶是一层茅草一层黄泥，长满青苔，屋基坏了屋顶也不会坏。

瓦屋里会多几本老书和几笔新字。老书是族谱，新字是楹联。格村有多少人家，就有多少只狗。白狗，黑狗，黄狗，花狗，麻狗，长毛狗和四眼狗，它们集体统一的名字叫中华田园犬。它们守格村和青花瓷的狗食盆。如果主人不在，这些狗便好像是主人，鸡鸭鹅，猪牛羊，归它们看管。它们自己也会撕咬，咬出血来。不管什么毛色的狗，血都是红色的。如果有入侵者，它们会一齐吼叫。文物贩子、盗贼、野兽，不敢进村。格村没有蚊子，它们怕狗身上的一种气味。狗给格村的好处，我一样也做不到。我在路边的石头上看了许久，也想了许久，格村没有狗，会成什么样子？没有这块石头，我要在哪里？

那些狗叫得最凶的时候，是格村来了媒人。那些媒人，有时隔天来一次，有时天天来，有时一天来几次。那时候，表姨亥已长成一个妖精。一棵树长成妖精要八百年，一根藤长成妖精要一千年。狐狸和癞蛤蟆长成妖精，也要年寿。表姨亥长成女妖，是十八岁。说她是妖精，是她漂亮，聪明，迷人。媒人说，格村水好，姑娘长得好。格村水再好，也没长出第二个妖精。

一位瞎眼的媒人，被石头碰了一下。她在我头上拍了一巴掌。她把我当成石头，骂一句，石头不长眼，碰一个瞎子。说媒的人，全是女人。她们经过路边，没一个看见我。做媒的都是嫁过人的。她们曾经也骂过媒人。该死的媒人。快乐骂，不快乐也骂。这些嫁过人也骂过媒人的女人，做话活儿就像做针线活儿，好看又好听。格村狗多势众，媒人们的花言巧语，哄得它们直摇尾巴，虽然没一只狗会要一个媒人。媒人进门时说，那个人有一只眼睛看不见。出门时又说一句，那个人有一只眼睛看不见。其实，那个人就是瞎子，把瞎子一双瞎眼分成两只说，以为有一只好眼。人有残疾，媒人的话不会有残疾。媒人的舌头装了滚珠，她们是嫁过人的女人中，最会说话的人。讲话让人动心，让少女把身体和灵魂一起嫁出去。表姨亥，让媒人们心花怒放，又让媒人们无可奈何。媒人们说尽好话，最后会说一句，再好的花也会谢，再好的云霞也会散。有个媒人是经过疫区来格村的，村里燃起松柏枝叶和茅草清疫气，拿雄黄和大蒜水给媒人洗手洗脸，格村是无蚊村，不沾疫气。媒人冒那么大的风险过来，一定是为了表姨亥的美好生活而来，表姨亥即使铁石心肠，也会感动。媒人错过车船，走路来的。村里的狗驱走了媒人。媒人来时经历的厄难和风险，表姨亥跟随过去，也一定会遭遇那些经历。

媒人到来，表姨亥会上一杯好茶，然后坐上织机，理五彩丝线，编织永远也织不完的织锦。花容月貌，山河颜色，紫檀木梭子留下些香气。那些媒人后来不为说媒，只为看表姨亥和织锦。媒人们离开的时候，会夸格村几句，说这里的萝卜长得好，又大又脆又甜，扯一两个路上解渴。这样也没空手回去。她们还会说一句意味深长的话，一个萝卜一个坑。从疫区来的媒人，经过我身边，扯了衣领，掩过口鼻，和我说话。她要我像她那样做。我除了披在身上的风和阳光，只有一条短裤。我顺手摘了片树叶，捂住口鼻。假装和她一样，也是疫区来的。

她说，疫区那边阳光很好，人人穿大衣领，人人喝酒、喝茶。酒和茶叶价贵。她像要我去卖酒卖茶叶似的。我宁可在石头上一直坐着，不去远处。路上掉了一连串萝卜皮。媒人的指甲长，带了指甲专门剥萝卜皮。她们一边走，一边吃萝卜。格村的萝卜是药，吃着吃着，长在皮肤上的毒疣就掉下。媒人们比来的时候漂亮了，漂漂亮亮，再经过疫区，不会有什么大问题。天气很好，人会变成杰出的人。

在石头上久坐，我会变成一个药师，某一天，我起身，四方行走，不去做一个媒人，去做一个游医，把萝卜的好处，告诉疫区的人。石头坐成医书，而去做个有用的人。

格村木屋倾斜，我参加了一次箨屋行动。男人们离开格村，还没回来，我和村里老人、妇女、几岁的小儿，合力箨屋。石头支一块木板，木板支一根檩子，顶住屋的一处，一齐用力，屋吱呀作响，形影扶正。这次箨屋行动，让我有了些觉悟。在一块石头上胡思乱想，就是个坐石好闲的人。我用南竹枝扎了个扫把，扫落叶，又用南竹条做了个粪扒子，拾那些牲畜的粪便。做一只屎壳郎，为格村体面。表姨亥出门，穿上绣花鞋，每处落脚，就有花开，格村成一匹织锦，一个开花的季节。山那边的邻居，河那边的邻居，所有的村落，开满鲜花。格村也是一朵花，一朵向日葵。后来，我去遥远的北方，北回归线以北，回望南方，金色的向日葵，心中生出暖意。

鲜花不是花言巧语，媒人话多，没一句打动表姨亥。媒人说，好花会残，不早嫁人会脱发，变成尼姑就难嫁人。表姨亥的头发，依然黑亮，长发齐腰。她好像是故意的。

表姨告诉我，以后要注意，别坐那块石头，石头下面有条蛇。我当然知道，石头下面有一条青蛇出入，竹叶青，我们叫青竹飙，风一样快，有毒。它咬人，人会丧失意识，昏睡而死。我第一次见这条蛇的时候，它吐出芯子，是试探，也是犹疑。我就对它唱歌：

太阳出来啰吔
上山岗啰啰
挑着扁担郎郎车贯车
喜洋洋啰——啰啰

听我唱歌，那条蛇就跳起舞来，立起半条蛇身，左右摇摆。蛇是冷血，它会跳舞，我也会警惕。要是它的舞蹈是一种示威，是一种攻击信号呢？村里的狗，曾对那条蛇有过几次围攻，随后那条蛇再也没出现过。

那一年，果子很甜。秋月梨、橙子，吃起来像咬冰糖。天旱，雨水少。老桂木匠很老了，不再出远门做手艺，手痒的时候，就帮村里人家修理用残的家具，哪怕是修理一只锅盖，好歹也算一次手艺。他老了的手艺，是看云。天上现鲤鱼鳞，不会下雨，久旱。好手艺看云，很准。果树刚挂果，雀蛋大，天不下雨。奶孩子的二嫂对五嫂说，等男人回来，就会下雨。两个不知愁的女人，把天旱当成玩笑。好几天没水洗澡，心情却一点没变坏。前几天洗过一次澡，二嫂拿一盆洗澡水去喂牛，被孩子绊脚，一盆洗澡水全泼了，还好，全泼在萝卜地里，萝卜叶长得旺。二嫂对五嫂说，我这个人，就是运气好。

天干草枯，山坡显出一群黑乎乎的石头，这些老石头渴得冒烟。小河也干涸了，表姨亥一个多月没下河洗头发。老桂木匠讲过，格村人是因为这条河才来定居的，它成了一河沙子。河里没一条鱼，它们在河水消失之前逃走了。

表姨亥摸了摸我坐过的石头。这石头在出汗，表姨亥说。这块石头果然在出汗，阳面汗少，阴面汗多。我们认为，这石头底下，不太深的地方，会有泉水。我挖下几尺深坑，锄头像叩击坛子，下边有水响。再挖，有一股泉水涌出，水桶那么大的一股泉水。表姨亥把我赶走，叫来村里的女人，她们要好好洗个澡。

家家户户把水缸装满，又去浇菜地和果园。天旱过去，河里涨水，一半是浑水，一半是清水，有了一条耐旱的河，这里成了河的源头。那些鱼不再逃离。它们是从干旱那边游过来的。所有经历旱季的生灵，后来都是邻居。一场干旱，有水到来，我才明白，哭嫁歌是怎么回事。那唱歌一样的哭，哭爹娘，哭姐妹，哭左邻右舍，哭山前山后的树，哭坡坡坎坎，哭众多的流云和星月。这都不是架势和仪式，是歌哭告别。嫁，就是一个女人离开家，去另一个家。歌唱或者大哭，瓦屋还是茅屋，坡地还是坪坝，路远路近，雨季和旱季都会到来。

我问表姨亥，媒人们都对她讲了些什么？表姨亥说，她们什么也没讲，只讲她们自己嫁人的故事。她们长得美丽，嫁得也很美丽。她们给你讲的某个男人，不会是她们自己的男人，听起来是她们自己想嫁的某一个男人。听她们说些什么，我就听到竹林里的风声，惊动一只夜宿的鸟，翅膀扑打竹叶，鸟叫碰得风响。草丛里有纺织娘不停地叫，引出远近蛙声。媒人们打起瞌睡来。没织完一只锦鸡，媒人就不见了。媒人都是来无影去无踪的人。

等我长到十五岁，表姨十八九岁。好像这个亥来到格村，我就跟她来到格村一样。水是跟一条河到来的，雪是有了冬月和腊月才会落满山岗。

五岁的时候，和表姨亥捉迷藏，她咬了我的耳朵。我回去对娘说，我长大了要娶亥。娘说，你叫她表姨呢。我说，以后再不叫她表姨了。娘叹了口气说，其实呢。其实呢什么，娘没说。娘说，亥是个妖精。没有灾年，格村就没有妖精。我说，灾年多好，我不怕妖精。我跟着亥，踩她的影子，脚印在影子上做一些记号，如果不能娶亥，我就娶她的影子。

亥说话带川音，我们学话，我们这一代格村人，全一口川音。四川话带点喜乐，两句川话中间有半声笑，川话好学好懂好记。开关一句“说是”，说话的人像要代替别人说话，讲完一句，问一声咋个？像是问自己才说过的话。我听到的川音是这样子，大概是方言中的方言。我们学的，也就是这样的川话。川音像流水，流过舌头的河床，喜乐和自由，堆个雪人，捏个泥娃娃，也会说这种语言。果子就是这样变甜的。

表姨亥带着她的川音来到格村，像只小猫，雪地上移动半个身子。我娘抱她进屋，在我家吃了半年红苕南瓜，长成胖兔子。四婆婆领走她，跟她学绣花，编织锦。四婆婆一生手艺，没嫁人。她要这个人。表姨是亥时进四婆婆家，就给表姨取名亥。四婆婆是我家亲戚，祖母辈，我就叫亥表姨。下那么大的雪，我娘去菜园子，给每一棵白菜系一根稻草。这样，每一片白菜叶就会靠紧，白菜就不会冻死。我娘在雪地里看见了亥，像一棵白菜。亥是怎样一个人来到格村，冰天雪地，她那么小。亥到四婆婆家长到六七岁，没人来认领。四婆婆对人说，亥是她的女儿，是用绣花针从花朵里挑出来的。

格村媒人来得多了，在外地的男人听了有些急了。自己的女人，是不是被媒人捎带走了？下雪的时候，男人们回家过年。女人们计算着年前的日子，到村外五六里的山垭口打望，见男人从坡上下来，急忙转回屋里，杀鸡煮饭，假装没看见男人回来。男人解下腰带，交给女人，那是钱袋子。女人不碰钱袋子，只是打量回家的男人。钱不钱，人未变就好。年长年短，七天八天，过完年，长了力气，又出远门。在用力的地方，力气值钱。

格村的孩子，差不多都是同年同月同日生的。这家生孩子，那家也会生孩子。像瓜果，一齐开花，一齐结果。像有谁喊着口令，那些操练会一起到来。格村的奇事，因为狗气，没有蚊子，因为过年，孩子同时出生。卫生检查和人口普查，发现了这两件奇事。

格村偏远，又太小。像一幅画，画完了才添上去几笔，才有了几幢茅屋和瓦屋。新来的地方官巡村，总是最后才想起格村。到远处赶集市，天不亮出门，天黑回家。格村人出门，两头黑。到更远处，说起是从格村来的，别人以为天外还有个人住的地方。我一直以为，太阳先照亮格村，再照亮别的什么地方。我从近处眺望远处，就算远处是大海，我也完全看不见那里有一条鱼。远的格村，还有古代的彩陶，还有老青花瓷的狗食盆，还有汉代的古柏和叫千年矮的黄杨木。河几经枯荣，从未改道。

格村的事物，让我慢慢长大。长得慢没什么不好。亥也长得慢，她的年龄，没她的头发长得快。当她在格村的雪地里爬行时，我娘抱她进屋。她在别的什么地方失踪，永远地离开那一个曾经温暖的怀抱。人都有个亲娘，吮亲娘的奶汁。亥在某一天失踪了，她在这一边出现的时候，就是那一边的失踪孩子。她带来的川音，是她吮奶时候的声音，一朵花在梦里的声音，一只果子的梦。我们学会川音，长出一树果子。

四婆婆，是格村的祖母。我们就叫亥表姨，我们都是亥的亲戚。亥是四婆婆用绣花针从花里挑出来的。四婆婆针线好，那些失踪的花、失踪的鸟、失踪的蝴蝶和金甲虫，都是四婆婆用绣花针挑出来的。老桂木匠那只失踪的大黑猫，后来发现，它在四婆婆的针线里。四婆婆长寿，她的针线更长寿，这样，那些失踪的，就不会再失踪。

格村来人，最多的是媒人和劁猪匠，两种不同的职业，媒人的工作为生儿育女，劁猪匠的工作为猪少干蠢事，只是长膘。劁猪匠的刀是三角形的，柄连刀，全是钢铁，像古战场的一种武器，他们进村之前，吹羊角号，像发动一场战争。我看见劁猪匠把一头猪按在地上，取掉猪身里一件东西，然后拍一下猪屁股，念念有词：三百斤三百斤。劁猪匠的咒语，让一头猪有了三百斤的梦想。

乡邮员从未到过格村，土地丈量员和人口普查队员来过几次。土地丈量员，背一捆绳子，那绳子是先由尺子量好的。他们用量好的绳子去量土地、森林、庄稼地、宅基地。量到坟地那里，他们会犹豫一下。有人对他们说，这就不量了吧。他们就绕过去了。坟地叫阴地，归阴间管。他们也不量河流和峭壁，那是鱼和猴子的地方。他们也没量河流的工具。水深五尺为限，叫湿地，归林业局管。水深超过五尺，归海事局管，那叫河流，可通航。有树的地方，归林业局管，没树的地方归国土局管。土地丈量员不管这些，只管丈量。那次人口普查，九十九人，因为亥的到来，一百人，又因我的出生，一百零一人。表姨亥被算成外来人口，格村人口一直不好确定。以后，格村人口变化，一直是某数加一。加一，就是加上一个外来人口，没户口，表姨亥是没户口的人。那是个霜天，很冷。我在路边烧一堆篝火，请人口普查队员烤火。围着一堆火，烤火的人会成为朋友。差不多烤成朋友了，我对他讲表姨的事，说她聪明、漂亮、人好。人口普查队员说：再聪明再漂亮再好，也是要有户口吧？一个有户口的人，才算正式的人。我说亥很小的时候就来到格村，我们一起捉迷藏，她咬了我的耳朵，现在还留个疤。我把有疤的耳朵给他们看。他们轮流看了，问我，怎么证明，那耳朵上的疤不是被一只鸟啄的？我又找了些干树枝，把火烧旺，让他们烤得舒服一些。为了感谢我，他们给我一句话做礼物：没户口，会有麻烦。

后来，他们当中一个说，几个人笑。说不是烤火，是拉拢。这个我懂，就是把人拉拢来。我真的是这个意思。也真想交朋友。

表姨五岁跟四婆婆学织锦，学绣花。这年她十九岁。农历六月六日，格村的晒衣节。表姨亥晒织锦，晒刺绣，晒十九岁，五光十色，一河云霞。那些针线里长成的，天上飞的，地上走的，水里游的，花的，果的，叶的，说的，唱的，看的，一齐跑到太阳底下来了。吃不饱却是看饱了。吃的全靠扁担锄头，看的只靠一根绣花针，一架织机，十万彩丝。

人口普查，似乎关联身世，像一个人的胎记。表姨亥确实有一处胎记，长在背上。我娘给她洗澡时见过。我没见过，她自己也从未见过。

那年生的孩子，快三岁了，都已断奶。格村的女人相邀去赶集。她们从亥那里偷过花样子，从四婆婆那里学过针线，桃花绣朵穿在身上，鞋也是绣花鞋。来回四五十里路，绣花鞋不沾泥。她们像是踩着云走路。有水的地方，她们踩着石头，有稀泥的地方，她们踩着草叶。一场赶集，五十里舞蹈。她们赶集回来，跟来一位俊俏后生。他是追着那些绣花来的。他想看看，这些穿戴鲜花的女子住在哪里。

这个人来到格村，正是晒衣节。亥晒出的花花世界，好像是等这个人来看。这个人与我差不多年纪。一样的个头。我好像与他很熟。他像是我在河水里见到的自己的影子。太阳偏西的时候，他拿起照相机，拍下整个花花世界。看样子，他很会这门手艺。他说，要买一些织锦和刺绣，或者借一些，去参加什么万国博览会。不知他是买是借，他挑选了七八件。天快黑的时候，这个人走了。他不肯夜宿格村，说很忙。天黑赶路的人，一定很忙，我第一次见到很忙的人。我以前以为，劁猪匠和媒人是很忙的人，他们天黑也会留宿。如果劁猪匠和媒人连夜宿的时间也没有，我闲着就不好意思。

劁猪匠几次经过，看了看我屁股下的石头，你看看，你把石头都坐出血了。我坐的这块石头，有一张桌子大，阳面是褐皮，阴面血红。劁猪匠见的血多，所有的红色都是血。

很忙的那个人又来到格村，兴高采烈的样子。很忙的人送来好消息，亥的那些针线活，到了专家那里，说是艺术品。那个人很忙地赶来，要亥参加万国博览会。格村找出锣鼓，一匹红布，几挂鞭炮，准备送亥出远门。很忙的人说是巴黎。他又说了一遍，巴黎，确定不是泥巴。一个地名，黎明的黎，不是泥巴的泥。泥巴很近，很忙的地名才会很远。

很忙的人，一头汗水。又忙又急。亥没户口，也没身份证。很忙的人瞪了我一眼，那眼神，一束饿狗的目光，又怨又忿。我对很忙的人说，这不怪我，那么冷的霜天，我让那些人烧火。他说了一句，莫名其妙！很忙的人走了。他走了很远。我朝他背后扔了一颗石子，去吧！

来了个媒人，问亥愿不愿嫁劁猪匠，有没有户口，不看重，能生孩子就行。四婆婆拿了赶鸡的那个竹响篙，赶媒人，赶鸡一样。那个女的，扇着翅膀，跑了。

四婆婆领着亥，到我家来。四婆婆对我娘说：这姑娘长大了，你抱回屋的，你再抱回去。亥红了脸，对我说：我不是你表姨，你娶我。我两只耳朵发烧。那个晚上，亥成了我的女人。我发现她背上的胎记，像一幅地图。我说：我娶的不是个影子吧？亥又咬我的耳朵，她说：你娶了个妖精。

我坐过的那块石头不见了，一块有血的石头，见过那块石头的人说，那是一块鸡血石王。它被什么人偷走了。它有我身上的气味，我能找到它。它是我的一颗牙齿。

等过完年，我就把它找回来。

牛下麒麟猪下象

多好村在一地西北角。古书中天倾西北的意象。正午时分，也是斜阳。水东南流向。这地方人的性格，是地平线的性格，无止境的退让，不可触摸。在远处环拥，爱恋而贞洁。雨露阳光和风，生长植物和情事，多好村多好。

吴二元渐入瓜果季节。一个人给自己的灵魂和肉体穿上衣服，就变成了吴二元这个人。家机布单衣。母亲纺十斤棉纱，换两丈棉布。绞纱粗细，量定棉布的长度。纱粗衣厚。布衣多好。花只报信，好季节是从瓜果开始的。绿叶中的瓜果是脸，是表情。瓜果的汁液，足够滋润他们的表情。瓜果是吴二元的七种表情。桃是甜美，李子是快乐。葫芦是梦。南瓜是理想。苦瓜是哀愁。茄子是生气。辣椒是愤怒。冬瓜是大笑。红薯是沉默。大蒜是着急。七种表情，九种心思。不担心虫害。人心好，虫害少。虫吃味道。给绿叶撒些火坑灰，虫不会咬叶子，也杀不死虫，不结仇怨，虫子也就适可而止。也不用多施肥料，人有心愿，心想瓜果长多大就会长多大。不能念想太大。太大伤瓜果，断藤折枝，损了收成。

多好村能种的瓜果，吴二元都种植。他养了十几头牛，十几头猪，几十只羊，几百只鸡。多好村的人讲，那个吴二元，一个人有八双手吧？一个人做八个人的工。吴二元没有八双手，他的种养，靠瓜果和牛羊听他的话。他只要它们肥壮，不操别的心。一山多少野兽多少鸟？没见过它们有哪个饿死。万物共济，牛羊肥壮，瓜果长得好。瓜果是倒挂着的，牛羊是行走的。瓜熟蒂落，留下凝视泥土的眼睛。牛羊朝拜四方。飞鸟在空中拉出栈道，把森林做成城郭。

鼓锣齐鸣，似敲响大事。原是三棒鼓说唱。细听：有个吴二元，能人活神仙，牛羊瓜果开银行，还是单身汉。谁家黄花女，切莫嫁错郎，嫁人要嫁吴二元，乐坏丈母娘。唱三棒鼓的，二男一女，一老者，一壮汉，一妙龄秀女。跟着的人众，热闹，吴二元开后门，跑了。

词中人跑了，直到听不见锣鼓声。

说唱如花事，热闹一番，连个影子也走失了。唱吴二元就吴二元了？就有大姑娘嫁你了？你哪点长得乖长得好？

吴二元的牛羊瓜果好，是种好。良种，得良种得天下。

吴二元拂过露水，从雾岚中走出来，在云中打望牛羊和瓜果。听见有声音呼叫他的名字。声音尖细，且无回声。山中声音，尽有回声。有回声的声音是活的。羊咩，牛哞，鸟鸣，人语。回音四起，群呼应。无回音的声音，如无影子的事物，有如世界之外某种隐秘的东西。吴二元抬起头，打探声音的出处。

伍常氏无声地来到他身后，你听到我喊你了？那声音冰凉，草上的露顷刻变成霜。吴二元转过身，见伍常氏乌青紫黑混合色衣袍，瘟疫的颜色，牛羊最怕的颜色。那张脸却是艳若桃花，像一团乌云中露出的阳光，羊群开成白花，牧羊人开成一朵向日葵。伍常氏用三叶草或香蒿染了绿眼圈，用月季花染了嘴唇和指甲。伍常氏是有待确认的女人。她，权且用这个代词，她无艳史、情史、婚史、生育史。长发半遮丰隆，风云过处的柔美。她在隐秘处躲过岁月，永远好看的样子，把一生过成永生。吴二元每次见伍常氏，绵绵细雨，细密编织，见出女人的绣像。

村人彭老五进山砍柴，人未回来，一同进山的黑狗回来了，拖着湿乎乎的尾巴。那狗是有些阅历的，见过大场面，有过凶狠的搏杀。这一刻的狗相，像霜打过的瓜棚，像一捆湿稻草，失了一身雄浑的狗气。那眼神，像半明半暗的油灯。村人结伙，随黑狗进山。寻找失踪两天一夜的彭老五，雨淋熄了火把，黑狗带路，找到了彭老五。他抱住一棵合欢树，人和树，紧贴在一起，像一只蝉，被树粘住。力大的汉子把他从树上剥下，像撕下一块树皮。人抬回村里，掐人中穴，灌姜汤，人是活过来了，神志不清。躺了七天七夜，人从床上跃起，狂奔七八里，仆倒，死了。村人说，彭老五遇上妖邪，那妖邪不是别的，是伍常氏。不相识，就是怪物。

吴二元不说话，哪有这样的事呢？不是山里所有的蘑菇都会毒死人。那些好村邻，人亲话不亲。人和人，就隔几句话。笋子几层壳。好衣服在外边，好味道在里边。好话坏话，只当笋壳，话不进油盐。彭老五失常和丧命，也只是笋壳，不是笋肉。一如往事，留下一堆笋壳。一切总有应答，又互不打扰。

农历四月初八，牛羊日。吴二元摆上几坛糯米甜酒，几桶蜂蜜，糯米甜酒喂牛，蜂蜜喂羊。三棒鼓说唱团来了，一闹，吴二元从后门逃了。逃离三棒鼓说唱，在山岭上遇见伍常氏。满山岩石中的柔软，百花中的颜色。吴二元对颜色有些犹疑，征兵入伍，说他是色盲。缺色，让他英雄气短，断了金戈铁马的前程。上学写字认字，他会把一个字拆得零零落落，自己关上学堂门，不识书中颜如玉，不知书中黄金屋。他就这样留在长满草和树的山上，像一株野生植物，经历一年四季的练习和大考。他能在几十丈之外，分辨出叶子和果实、羊和石头、牛和树，认出桑树和枫树，南方的阔叶树，是鸟和松鼠的家。五月，李子熟透，采摘过后，有三五粒果子藏在枝叶中间，金色发亮，那是一棵树留给吴二元最甜的果子。

牛羊停了吃草，抬头望山岭上的两个人。一头公牛打了个响鼻，追欢那头毛色鲜亮的黑母牛。吴二元朝牛羊挥了挥手。它们接到信号，山坡太平无事，自顾吃草。

爱打扮的女人，不选乌黑青紫。选重色，要穿得起才配。有话，会穿衣服人穿衣，不会穿衣衣穿人。伍常氏的衣服不是织物，只是一些颜色。树皮的颜色，兽皮的颜色，羽毛的颜色。是颜色，不是织物。她无数次走过街市和村寨，骗过一双双眼睛。佛要金装，人要衣装。源于恐惧。

他们之间隔着几尺阳光，每次相见的距离。下雨下雪下冰雹，就可以躲进看守庄稼的炭棚和山洞，燃起篝火，讲一些暖和的话。一句一句往火里添话如添柴，越烧越旺。火是一张筛子。筛炭筛灰，筛米筛种，筛话筛人。传说，天下三天棉花，下三天油，再下三天火，焚烧万物，为火劫。火劫之后涨齐天大水。大水之后，无边冰封。三过劫难，剩一男一女，一粒谷。开口第一句是互道珍重，万物复苏，重见天日。

几尺阳光的那一边，女的说：

“我知道你在想什么。”

几尺阳光的这一边，放羊的回答：

“我只是想：想，也没穿织物。只是个胚胎。”

牧羊人想他的牛羊，迟早会进牲口市场，弄到城里。那里不是牧场，是供销社。供销社大，要什么有什么。供销社卖糖、卖盐、卖布、卖肉、卖米、卖海里来的东西，虾有犁弯大。供销社还卖土，土比肉贵。村里人越来越少，在城里买屋住。城里窗台上屋顶上可以种菜，方便，村里人进城，为图种菜方便，从窗台上屋顶上扯一把菜，脚不沾泥。屋顶上能种菜，那屋是什么样子？一座山？一个大土堆？进城的村里人，先是从供销社买土种菜，土越买越贵，后来就从村里运土进城，用不完的交供销社，不准私自卖土。私人卖土要供销社发执照。花大钱买执照，还不如买土。村里人在城里干不成别的事，只会卖土。不准卖土，就断了生计，成群结伙到供销社闹意见。供销社就发土票，每天几斤，自由交易。这种发土票的办法，也不是长久之计，要让这些新进城的人多些生计手段。供销社开卖聪明盒子，其实就是些生活指南一类的东西。这聪明盒子使用起来麻烦，又贵。后来就卖聪明水，瓶装的。像酒，又像百事可乐。这东西一上市，仿冒的多，要正规的店铺才能买到真的聪明水。很多聪明水其实就是百事可乐或别的液体。后来就有了聪明固体，贴了防伪商标。又有人掺了盐和糖，好一点的掺土。价格也不一样，掺土的贵点。

这些不是吴二元想的，是进城的村里人带回的传说，让人念想，要进城看个究竟。真正的供销社，只卖两样东西，公平和开心。城里人叫开心供销社。你要公平，就去供销社。你要开心，就去供销社。

几尺阳光，呼吸是一座桥，她和牧羊人的联系方式。

她从岁月的隐秘处过来，从地平线那边过来。她见到的第一位牧羊少年，是位骑手，在战争中死去。她用石头做成纪念碑，把岁月和赞歌埋在纪念碑下。她见到的第二位牧羊少年，是位琴师，后来瞎了，从独木桥上掉河里，淹死了。沙洲成坟，时光奏乐，一河琴声。她见过的牧羊人，有草药匠、盗牛贼、扯谎鬼、酒鬼、烟客、预言家、说客……他们死于尘土，他们葬于生涯，不见踪迹。能找到的，是长成竹子的羊鞭。比牧羊人活得久的是羊鞭。

她从地平线那边过来，遇见的这位牧羊少年是吴二元。她做好花开一季便是永生的打算，那相遇的牧羊人，没有一辆羊车。没有羊车，最美的女子也不会遇见她的意中人。要有一辆羊车，桑木的轭，红木的轩，椿木的轮子，挂满鲜花。车上的少年，让懂事的羊在美人的氤氲中停留。先有羊车，后有屋宇。传说中的洛神，长久地等待一辆羊车，直到洛水倒流，河底现出羊车，青铜车镶满宝石。牧羊少年头戴花冠。一河羊群，像滔滔白浪。

几尺阳光，呼吸是一座桥。气息里的故事，是一位女子的经历。娘胎里一笔带过，她长成少女时，被狼叼走了，村人追过几座山，找回一条腿，埋了半边坟。娘认出那条腿不是她的，她的腿有朱砂胎记。那条腿或许是叫花子的，瘦，皮包骨。那人肉是狼吃了还是人吃了？饥饿年月，土地神也挨饿。太阳没精打采。吃肉的在吃草，吃草的在吞石头。一个人从狼口里把小女孩抢下来，那人用竹刀杀死耗尽力气的狼。那个人是人贩子。人贩子比狼凶恶。人贩子用她换了一升苞谷籽和大半碗稀饭。买家是财主，无生育力。饥饿年代，有生育力的人不多，生殖力普遍下降，要买孩子也不容易。财主家给她穿的衣服，是从死人身上剥下来的。财主家有许多死人衣服。屋里，院子里，屋前屋后的树上，挂满各种布料的衣服，有棉袄、长袍和短衫。等到饥荒过后，人们生殖力旺盛起来，那些从死人身上剥下的衣服可以变钱，变粮食，变酒肉和田土。财主两口子后来也变成死人，她把两个死人丢进天坑，怕狼吃他们的尸体。她把所有的衣服，连同自己身上穿的也脱下烧掉。

她从此不再穿衣服，身上涂满野草的颜色。在女人的羞处，画上芭蕉叶。

牧羊少年见到她时，她就是这个样子。

她躲到一棵芭蕉树后边，再走出来，像从镜子里走出一个人。这回她穿上红绫衣裤，月季花的颜色。一步一步挨近。他想抱住她，扛起她跑回白石屋。他呆在那里，站成树桩。他想叫她的名字，才想起从未问过她的名字。她也从未告诉他。

自从爹娘消失在那大白布后边，他再没叫过什么人。村邻说，这孩子不爱喊人。村邻的亲疏远近，全在呼叫和应答。牛羊猪狗鸡鸭，也有呼叫和应答。在呼叫和应答中有了村寨，有了木屋与火塘。吴二元与牛羊呼应，与大山呼应，与爹娘的呼应只在心里。

爹娘消失在那块大白布后边，有月亮，有霜。晒谷坪的露天电影，鲜花盛开的村庄，供销社的故事。一些人在大白布里说话和唱歌，声音很大。那些人的话很神奇，说什么就有了什么。才说要修一口塘，就有了一池清水和鱼。男女才说相好，就生了个胖娃娃。说吃饭，就有了一桌酒菜。准备鼓掌，领导就来了。爹去大白布后边，以为是去僻静处撒尿。好一阵不见人回来，娘以为爹被蛇咬了。九月九，蛇进土。重阳节过了，霜降过了，哪儿来蛇呢？娘到大白布后边找人，也不见回来。爹出现在大白布里，把几只羊赶进供销社，娘在一边帮着赶羊。吴二元大声喊，不见爹娘应答。

看电影的人，把这些都当成电影。

电影散了，有人收起那块大白布，爹娘一定是被那块大白布卷走了。

吴二元帮人守牛，看羊。看一年羊，得一只小羊，守三年牛，得一头小牛。他只要母羊和母牛，会繁殖，十年后牛羊成群。村里弃了的荒地，他开垦种瓜果粮食。那些没人要的石头，他随便用，选了好看的白石，造了一座白石屋，多置些碗筷，去了的人会回来。

地平线的西边，有座白帝城，城里有座娘娘庙，庙里有道暗门，岁月止于门外。伍常氏就是在那道门里躲过岁月的。

娘娘庙挂过好多牌子，先是某某供销社，后是佛教协会，再是文物局。后来那些牌子全拆了，还是娘娘庙。

她乘船，走水路而来。航海志有记，水上航行，不耗岁月和时间，人不会变老。节省光阴，把好年纪留给她最后见到的牧羊人。

伍常氏嫁吴二元，摆了三天流水席。宰了十头牛，一百只羊。

人多，热闹，山村像街市。

牛羊耳语，没人听见。耳语过后的牛羊很安详，也死得惨烈。

石头上摆满酒菜，十几里外闻到酒香。在收割后的麦地，支起大白布，放露天电影。一对老年夫妇从白布里走出来。吴二元认出爹娘，安排上席，在枫香树下最大的青石板。

山里过了大婚的热闹，一年四季也接着热闹。春天百花盛开，秋天瓜果满园。美丽的新娘，带来好年景。添了人丁，又加了几间白石屋。

伍常氏生了一双儿女。女儿叫安儿，儿子叫定儿。

日子无忧。白屋人家，出了奇事。一头牛娘和一头猪娘难产。那几天，所有的牛不吃草，猪不吃食。三天三夜，牛儿生下来，跪拜五方，前腿支起，站立，高大。犄角长出岔角。吴二元爹说，那是麒麟。猪崽落地，鼻子一尺多长。猪崽见风长。吴二元娘拿来一把剃刀，在猪崽身上划一道道口子，切开猪皮，让猪崽放开身量，任其长大。那伤口不见流血，任其长大。这是一头真象。象皮可自行愈合。象皮可治刀斧伤。当年村人戚继光抗倭，官兵随身带一块象皮，负伤自救。倭人称奇，戚家军不死。

牛下麒麟猪下象，村人算是见过。

伍常氏没把不老的秘密传授给儿女，她自己也一年一年变老。

牛和牛，羊和羊，它们会找机会传递一句耳语。

牛相信，某一天，主人会给它们吃一碗糯米甜酒。羊相信，主人会给它们吃涂了蜂蜜的嫩草。

耳语相传，成为牛羊的歌谣。

荒　路

米汤。过路客说。他说的是山村的雾，雾像米汤一样浓。雾经过夏天，到秋天成熟，又稠又浓，到冬天，雾的一部分还是雾，另一部分是雪。过路客从大雾中钻出来，他戴着一顶红帽子，在晨雾中像初现的太阳。

路在雾里伸向四方，伸向要去的地方。等雾散去，路变得明朗，走路的人，会选大路或小路，近路或远路。过路客一口川音，我以前也见过他几回，他总是在秋天的大雾里走出来。他会讲好多种语言。他给有钱人当过保镖，给大人物当过厨师，他还赶过马车，当过水手。他告诉我，一直往北，会看到雪山和冰山，还有大海和大鱼。

我不打算去那么远的地方，我没有一条大船和很厚的皮毛衣服。我要走的只是两条路，一条路去远一点的集市，一条路去近处的树林子。

这天是农历八月初五，逢五逢十，赶集的日子。我口袋里有几枚硬币，要是在集市遇见宋瞎子，我会把所有的硬币丢进他的碗里，然后站在他旁边，听他吹笛子，唱歌，讲书。他从有人的时候讲起，人多人吃兽，兽多兽吃人。宋瞎子会讲书，我听得心惊肉跳。他喝一口茶，开始吹笛子，那声音像一支箭，穿过集市的嘈杂。有蛋破裂，长出满街鸡鸭。它们扑打翅膀，初鸣学笛音。牲口市场，那些公母，不论毛色，在笛声里亲昵。

这一天，我要去赶集，把口袋里的硬币全部给那位瞎子。我家的大黑猫从雾里钻出来，又钻进树林子。这么浓的雾，大黑猫一定会迷路。虽然口袋里装着硬币，但我还是走进树林，去找大黑猫。

我钻进树林，没见大黑猫的踪影。这么大一片树林，这么浓的雾，一只猫落在这么大一汪米汤里，如混沌中的一颗星星，它在，可就是看不见。它那又粗又长的尾巴，蓝宝石一样的眼睛，还有猫胡子。猫胡子，是猫的毫光，它能在黑暗中捕捉老鼠。我看不见它的毫光。

口袋里的硬币还在，我在大雾中想念集市里的宋瞎子。我把硬币投进他的碗里，他会朝我吹笛子，一口长气，像流水一样长，吹出低音，然后慢慢扬起，像云雀飞过天空。那是一种叫水竹的竹子做的笛子，节长两尺。一千根水竹能挑出一节做笛子的好料。笛膜也是水竹的膜，从竹膛里揭下的半透明的竹膜。宋瞎子的笛子是自己做的，有九个音孔。他只用六个音孔发音，还有三个音孔从未发音，这让我对他多了一些想念。三个不发音的音孔，是不是宋瞎子做坏的呢？把一节好竹子做坏了，就成了多出三个音孔的笛子，这在集市里是一件怪物，像三只眼的狗，五条腿的羊，长犄角的马，长毛的鱼，集市上总会有些奇怪的事。裁缝把褂子做坏了，改成短衫子；理发师把头发剪坏了，剃成光头；酒做坏了，当醋卖；肉臭了，多放些盐。

笛子是好的，有竹子的清香。有许多竹，南竹、斑竹、金竹、绵竹、水竹。竹子都是好的。我采过竹笋，它还没变成竹子的时候，我把它吃了。它本来是可以做成笛子的。

因为大黑猫，我没去集市。在树林里走了好久，雾散了，枝叶上挂着的阳光，抖落在枯枝落叶上，一地深褐的颜色。绿色的树叶，是树林的帽子；褐色的落叶，是树林的袜子。褐色的长筒袜，让每一棵树的冬天都感到不太冷。落叶一层叠一层，最下边有一条荒路，兽迹比人迹多。在所有的树林里都会有荒路，一条或几条，埋在落叶下面。一个砍柴的人和一头逃过陷阱的獐子，走过这条路，不知去了哪里。蹄印，掌印，梅花爪印。荒路像一条街，是无声的集市。

我看过落叶的正面和反面，没有大黑猫的脚印。大黑猫，它那双蓝宝石一样的眼睛就让人起疑，像是藏着很深的秘密。它藏起来，连自己的脚印也藏好了。它走过的地方，从不留下脚印。一只猫要躲什么呢？它的前世是一个人？它的来世会变成人？它躲它的前世和来世？如果是人，也有躲今生的。躲骂，躲罚，躲债，躲一场瘟疫，躲一场战争，也有躲人情、躲喝酒的。我躲过学，还在一棵大树下躲过雨。什么都不躲的人，才会走路，赶集市，才会有好吃的。一群蚂蚁，抬着一条虫，像是一场葬礼。村里的人，就是这样抬着棺材。棺材里会有一个死人，找个风水好的地方埋葬一个死人。死人埋了风水宝地，后人会过好日子。要饭的父子俩，老叫花子快饿死了，对儿子说，我死了，你用根藤拖我走，藤在哪里断了，就埋在哪里。小叫花子把老叫花子拖到一处温泉，藤断了。老叫花子被泡进温泉，那里变成一座坟。小叫花子叫朱元璋，老叫花子就是明皇帝他爹。树林里的荒路，有人经过不久，路边的小树有人砍断，一定是一把快刀，那些树是被一刀斩断，留下斜口的树桩。大树也留下刀疤，可能是误伤。我记起走过这条荒路，有几次是采药，还有一次，是和大黄狗追一头豹子。那头豹子拖走了一只羊，我和大黄狗追它。豹子把吃剩的羊用树叶埋着，我找回了豹子吃剩的羊，没见着豹子。几个月后，有人在陷阱里发现一只死豹子，已经腐烂。豹骨捡回来泡药酒，村里男女老少都喝过豹骨酒，不再患风湿病。森林警察查过这件事，后来销毁豹骨，就算结案。没查陷阱，也没追究谁喝豹骨酒的事，只说豹骨酒和风湿病没什么关系。自己有病，别找老虎豹子的麻烦。那位森林警察是位姑娘。全村人围着她，没听清她说什么，只是看她眸子很亮，牙齿很白，说她是个美人。

树林子里的这条荒路，走过人和兽。现在，我一个人在走。大黑猫，还有那些走过的人，在荒路的那一边，在一块石头后边、一棵树后边，在阳光的背面，等我看见。落叶掩藏的荒路和脚印，是留给我的口信。足音回响，从以前走过的某一时刻传来。风啸，砍柴的声音，猎狗和野兽撕打的声音，远处村落里的鸡叫，充斥在荒路的远处和近处。一条路听到的声音，比一个人一双耳朵听到的声音多。一条荒路也有耳朵。没有一条路会是寂静的。

一条路经过，就会有一些名字。草名，树名，石头名，山名，水名，地名。过路客走过很远的路，到过很多地方，当他从大雾里走出来，会带给我冰山、雪山、大海，还有一些名字，像雾一样朦胧，那过路客也像一团雾，是我一口气哈成的。

这条路埋在落叶下面。它什么时候变成一条荒路？它一开始就是一条荒路？我第一次经过它时，它就是这个样子。我踩着落叶，其实是踩着路。那些落叶，把一条荒路养护得很好。经过雷打岩、杯子岩、张口岩、猴子岩，经过老柏树、干杉、空心泡桐、金丝楠、血椿、香樟、痒痒树、狗骨头树。最先见到那些树的人，烧炭的，砍柴的，做木匠的，见不同的树，取不同的名。他们给不同的树命名。那些树照着名字生长。

那些草，一些是草食动物的粮食，一些是药。它们都会开花。食草动物吃过的芭茅草、丝茅草，又会长出嫩叶，那些草越吃越旺。蕨和葛，只有野猪才能吃到它们的根。野猪吃剩下的，就是人的储备粮，留到饥荒年月食用。庄稼是主粮，野生植物和野生动物，都是人的杂食。祖先就是这样吃下来的，留给我们一样的胃口。

我抓住一根藤，真臭。它结籽，鸟不吃它。它周围几丈地的嫩草，也没什么动物吃它们。这藤叫鸡矢藤，又叫鸟不食。碰上一株常山根，治疟疾的灵药，比青蒿稀少。松林哥从天坑里找到常山根，苦，酸，吃起来锁口，一冷一热的疟疾，喝一碗药汤就好了。再碰上一株赶山鞭，打伤药，不治刀伤治内伤。过路客的秘药中有这一味药。武林中人和做贼的都有这种秘药。打人的和挨打的，功夫之外有秘药。过路客吃打伤药，我问他，是摔跤了还是挨打了？他说吃打伤药强身，走路不累。走长路，秘药是伴。饭吃饱了，吃点药，有劲，有伴。我问过路客，你真没挨过打？他说，我会躲。会躲不挨打。会躲，比打伤药还好。我说，你那打伤药就没用处了？他说，打伤药还可以打胎。我想，这过路客还有比秘药更隐秘的东西，他可能做过贼，还干过一些见不得天日的坏事。又碰上岩川芎，药名防风。算命的胡先生会用这种药，治好麻脸五嫂的风湿病。这种草长在石头上，伴生的有九死还魂草。这种草枯成落叶样子，遇上水又会活。一种千年不死的长命草。

这些草全是药，村里有什么病，山里就有什么药。老人们说，药与食物是跟着人来到世界上的。饿了吃饭，病了喝药。他们说这些话的时候，我没饿，也没病。我一只手伸在袋里玩几枚硬币，另一只手去扯一棵草。草有穗，一株野燕麦，既是粮食也是药的一棵草。

这条荒路有几处地名，瓦场、石灰场、上广场、下广场、李家屋场、王家屋场、向家屋场。地名多。有瓦砾和断墙，有碓臼、石磨、碾盘，有碎瓷、断玉。李家屋场是我外婆的出生地，她的坟不在这里，她嫁到湖北我外公家，她的坟在那边。李家屋场也没人。王家屋场和向家屋场也没人。只有以姓氏命名的屋场。那些大屋不在，留一个地名守屋场。有月亮的夜晚，能见到这些老屋场的火光，以为是树林野火。下雨的时候，能听到老屋场推磨的声音，像打雷。老人讲，老屋场的红白喜事，开流水席，像赶集市一样热闹。南来北往的过路客，都来吃肉喝酒。他们谢过杀猪宰羊的主人，再走东南西北。我在李家屋场停了一刻，拾到一截断玉，我想那是外婆折断的手镯。我还拾得一枚银戒指，还有几件半残的瓷器。我的运气真好。

我碰到一个人，在没人的地方碰到一个人，就像碰到一个鬼，碰见一头野兽。不相识的人，在树林里相遇，有些惊骇。我用白眼看他，装鬼吓他。一眨眼，那个人就不见了。他的消失比他的出现更快，更让我害怕。老人讲，老屋场会有鬼留守。我见到的是一个人，胡子上挂着露水，哈着白气。他是采药的，或者是取陷阱里的猎物的。在树林里碰上一个人，不要和他说话，在河边碰上一个钓鱼的，也不要和他说话。集市上许多人经过那个瞎子那儿，都不会有一句话。采药的，钓鱼的，吹笛子的，听不见别的声音。说话散神泄气。不说话，把自己聚拢，会钓到大鱼，会采到好药，会吹出好听的笛声。

老屋场的石头门还在，我想那个人是从石头门走出来的。从这石头门走出来的人，是几百年前的主人。几处老屋场，住着主人和他们的子孙、太太和姨太太，还有长工和牛马。嫁娶的花轿是官轿。六月六晒衣节，树枝上挂满绸缎。晒谷坪晒的银子，是姨太太们和小姐们的私房钱。

那位骑在树枝丫上吹笛子的青衣少年，是个外乡人。王家大小姐先在远处听，然后坐在树下听。青衣少年吹笛三年，王家大小姐听了三年。桃花开了三遍，雪落了三个冬天。山里有豪杰来王家提亲，王家主人大概是答应了。抬着花轿来接人，王家大小姐不见了。几个强人弄瞎了吹笛人的眼睛。王家小姐出家当了尼姑。

几个屋场的人，一夜之间都搬走了。那些大屋，慢慢朽烂，瓦一片一片掉下来，后来房屋一齐倒塌，像山崩。老屋场变成地名，主人的姓氏藏在地名里。

吹笛少年在老屋场吹了三年笛子，听到大屋倒下，就离开了。他去集市吹笛子。吹了好多年，一直在那里。我把硬币投进他的碗里，他朝我吹笛，笛声渐强，他站起来，头发和青布衫飘过，笛声飞扬。

过路客经过，左手抓了一把硬币，右手一枚一枚地掷进碗里，每掷一枚硬币，就像射出一颗子弹。最后一枚硬币，把那只碗击得粉碎。过路客从腰带上取下一支笛子，先吹出一个长调，如孤雁飞过长空，接着又吐出万马奔腾。宋瞎子的笛音像一条小溪，在低处穿山透地，曲折舒缓；忽然如蛟龙出水，直冲云霄。两支笛子在空中相遇，过路客的笛子炸了。过路客吐了郁积的黑血，对宋瞎子说：“瞎子，你莫死。再过三十年，我来和你吹笛子。”过路客朝他说的三十年走去，很浓的雾。

荒路的尽头是悬崖。大黑猫蹿上一棵树。我爬上那棵树，树连根翻倒，我和大黑猫还有树一起坠落，把雾撕开。

硬币从口袋里滚出来，掉进宋瞎子的碗里，我听到硬币的声音，响了三下。

附记：

三十多年前，我在中国作协文学讲习所学习，同窗好友储福金陪同时任《雨花》主编叶至诚先生约稿，我将短篇小说《荒路》的手稿交叶至诚先生。过了几天，叶至诚先生托储福金告诉我，说可以发表，但应该写得更好一些。几十年过去，原稿已不知所终。重写《荒路》以纪念一个时代。

摆龙门阵的人

他从四川那边过来。四川那边龙门阵多。他胡子很长，垂胸，看不出他多大年纪，六十岁，或者一百多岁。他声音洪亮，一定是摆龙门阵练出来的。场子大，声音细了，在场人听不见。他的听力不好，别人对他说话，也不可细声。他不聋，耳朵里一直藏着某种秘密。他吸水烟壶，白铜的水烟壶，刻有古老的文字。粗丝绳系上挖耳勺。那挖耳勺是银质的，有花有纹有字。摆龙门阵场合，他挖耳朵。耳朵里滚出黑芝麻粒一样的东西。他一粒一粒地拾起，放在一张毛边纸上，再将它们分开，放进左耳右耳。他说，放进左耳的是他的生辰八字；放进右耳的是改朝换代和鬼神故事。他藏在耳朵里的秘密，是命运和故事。他说，也是药，可治刀伤、蛇咬伤、疱疮痈疖。

他是个游医。草药治病收钱。摆龙门阵不要钱。如果把他摆龙门阵当成卖药卖医术的吆喝，那就错了。他不急这个。没钱治病的，他不收钱。五嫂病了，关节红肿，不能行走。医生说，这个病叫类风湿关节炎，一种疑难病，治不好。摆龙门阵的人只用了一味草药，叫岩川芎，又臭又苦的药。五嫂的病治好了。这摆龙门阵的人没收钱，也没吃饭。待这样的神医吃饭，要酒要肉，要花大钱的。

这摆龙门阵的人从四川过来，姓胡，算命，治病，摆龙门阵，叫胡先生。

胡先生药囊里装着秘药，有奇香。灯红纸一层一层，包麝香、冰片、石乳香、牛黄一类。小铁盒装熊胆、虎骨。同一般草医比，胡先生显出贵气，药也贵气。吃饭时，自有银碗一只，铜筷一双。取一碗饭，夹几样菜，吃完不再添碗。不乐见别人筷子在菜盘子里乱翻，也最忌别人给他夹菜。胡子长，不喜喝汤。吃完饭，胡子不沾饭粒油水。别人担心的事从未发生。就是，一个人的胡须并没发生什么事。在他摆龙门阵的时候，有人划根火柴给他点烟，想烧他的胡子，被他那水烟壶挡住了。一个有趣的人，别人才会拿他打趣。

他开始出现的时候，一口川音，只叫他四川人。他一口川音摆龙门阵，讲前朝后朝，鬼怪神仙，狠人强人。一群人听惯川音，还学会讲四川话。东周列国未讲完，又开始讲《水浒》。《水浒》未讲完，又讲《镜花缘》。时不时穿插讲《封神榜》。听到要紧处，让人紧张。比方赵子龙长坂坡救驾。最紧张的是他那一句且听下回分解。也许是一天、一个月，或者几年，他才再来，摆龙门阵。他走了，又半年有多。他留下了几个草药方子。常山根治打摆子病，开喉剑治嗓子痛，鱼刺蒿治刀斧伤，桐油石灰水乳治烫伤，还有种治蛇咬伤秘药。这些药很灵。胡先生的医术扬名，是治好了村支书福昌夫妇的不孕不育症。夫妻生活八年，不见生育，得胡先生秘药治好，生了个双胞胎，且是龙凤胎。村支书是重要人物，一个坚定地反封建迷信的人。有了一双儿女，村里开会也要讲几句胡先生医术高明。他治好五嫂的关节痛，类风湿关节炎，世界性的疑难病症，难倒多少大医生。五嫂是普通人，没帮胡先生扬名。胡先生图名利，也就不会治五嫂的病。

村支书福昌的一双儿女，拜胡先生做干爹。胡先生为干儿女取名，男孩叫福子，女孩叫金花。胡先生排八字算命，这一双儿女日后是舞文弄墨做大事的命。又二十多年，福子学成木匠，做了掌墨师傅。金花去政府院内做了打字员。一个造屋，一个造政府公文。胡先生算命很准。命运在算命先生那里是可以演算的，是一个人的命运本来那样，被他算出来？还是一个人的命运被他算成那样？这好比你挖出多年以前的一个陶罐，或者你做出一个陶罐留给多少年以后。

胡先生走了又差不多十年了。

来过一些跑江湖的，有留胡子的，也有不留胡子的。他们的药不灵，摆龙门阵不好听，算命不准，混几顿伙食就走了，没一个留名的。在谁家的板壁上记有伙食账，烧酒三斤半，老母鸡一只，腊肉两块，鸡蛋十二个，豆腐一厢。这些小户人家的财产，落口江湖，再无消息。那些江湖人落下的姓名、籍贯，也是不可证实的。

又多久了，不见胡先生，也不会是假的吧？一个人，做了那么多真正的事，是为了装假？人有两种形式的假，一种如蚕。蚕成蛹化蛾，蚕丝还在。丝又成绸，成锦衣华寝。一种如蛇，假以蛇蜕，蛇在。可活千岁，成蛇精。真有质，假有相。如蚕蛇变化。见识的，记忆的，蚕或蛇，蚕丝或蛇蜕。

摆龙门阵的场地，人们自去听风看月，悠闲和凉快。时有人拍打自己，也就是拍打蚊虫。蚊虫的血其实是人血，一团蚊浆，涂在人的皮肤上。痒、烦躁。摆龙门阵就像下药，不躁不痒。荡气回肠的大事。缠绵哀婉的情事。英雄美人。鬼怪神仙。都像胡先生开的药方。人安静地听，蚊虫也就安静地吸血。摆龙门阵蚊虫来聚，出点血，也成乐趣。摆龙门阵，是摆一席话，到场的人，一人夹一筷子。人与蚊虫共一席，各自取食。

胡先生从四川那边来，一个龙门阵多的地方。从三国孔明到川军刘湘，从李白写诗到张献忠割韭菜，从杜甫结庐到红军过江。书上写的，口里传的，胡先生只讲出他能记住的。他讲的，多是书里少记口里少传的故事。他讲李白写《蜀道难》，是因为李白醉酒，一路摔跟头，还伤了腿脚。也因为这些，他才写行路难，难于上青天。他讲《水浒》，只讲杨志卖刀，好像他只记得这一节。他讲，一部《水浒》，除了杀人就是喝酒。人都落草，还排座次。杀人，也是仇杀，怒杀，拼杀，恨杀。唯杨志杀牛二，是厌杀。好汉遇泼皮，扰扰叨叨，也成杀机。胡先生摆龙门阵，有些想是自编的。他摆过植竹的龙门阵。话说，有四川两户人家，相邻。乡风好，人合。那边人家母鸡跑到这边人家下颗蛋，这边人家捡了送过去。这边人家母鸡跑到那边人家下颗蛋，那边人家捡了送过来。鸡来蛋往，日子顺心。母鸡下蛋，是要大叫几声的。是鸡屁眼痛，还是高兴，不得而知。也大概如多年后，人类有了微信这个语言通道，下了个蛋，是要在朋友圈晒一晒的那个意思吧。后来打量以前的事物，也不一定准确。有日，那边人家母鸡过来，大叫不止，却不见下蛋，是被偷蛋的老鼠吓着了。准备下蛋，老鼠来袭。那边人家明明听见自家母鸡欢叫，却久不见蛋送过去。本来已备好韭菜，要做韭菜炒蛋的，这一次也就算过了。又有多次，鸡过来，不见蛋过去。相欢眉眼也不好了。这边人家知趣，鸡来蛋往的日子，终不会长久，不如鸡不来，蛋不往。在自家院子里植竹，待竹子长高，竹林变密，那鸡就不会来往了。竹子长高长密，竹根穿透院墙，往那边人家发达。这边植竹，那边成林。不想竹子疯长，把那边人家长没了。竹子长进堂屋，戳破屋顶。越砍越旺盛。那边人家搬走，只剩一片竹林。鸡过去吃虫子，在竹林里做竹叶窝下蛋。

胡先生摆这个龙门阵，没有下回分解。那许多且听，许多下回分解，都是谎话。那菜式早做好了，只是迟早端出来。以为好味道，以为后面还有好味道。胡先生摆龙门阵，味道一直就好。四川来的，麻辣之外，又有其味。

胡先生的药摊，在街市的僻静处，热闹处是别人的药摊，多卖假药。有问胡先生，摆人多的地方好卖药，你摆个没人的地方？胡先生答：真有病的会找好药。那些卖假药的也不容易，就是卖个热闹。卖个热闹讨个生活，菩萨见怜。

胡先生的龙门阵里有菩萨。一个和几个。那些菩萨面目不太清楚，都有一种神力，正好如人希望的那样。于是，就面目祥和。我们在聆听中变得伟大。热土长出五谷。

胡先生龙门阵一个接一个。蚊虫们的好时机，吸食人血，饱了醉了，睡满一地。

也常有外地人来，他们也掏耳朵，挖耳勺也有银子的金子的，就是没好龙门阵。掏不出个好龙门阵，再好的挖耳勺也没用。摆龙门阵的场合还在，只是蚊虫也不来了。蚊虫们记得胡先生，那个人来了，好时光跟着来了。蚊虫们吸过血，记忆是深刻的。

传说胡先生死了，死在生产队的谷仓里。那是一间地主留下的谷仓。他和粮食在一起，死了。一定不会是饿死的。他在谷仓的板壁上留下几个字：人死如灯灭。他的毛笔字很好，有米芾之风。这几个字是真迹，证明一个人死了。有听过他摆龙门阵的，却找那几个字，可连那间小谷仓也没见着。是不是人连谷仓一起埋了？

胡先生会吃，会做好川菜。他能把冬瓜茄子做成肉，把纵菌做成鸡。他最会做狗肉，加柚子叶和橘子皮，再无别的香料。

一个会吃会讲会写的人，应该有许多自己的龙门阵。他有过女人？有过儿女？有过吃香喝辣？也曾有过高处和低处，围困和突围？胡先生的龙门阵，由他自己摆出来，也一定好听。

季节缓慢，冬天还是来了。火塘里火很旺，油茶很香。来了个山羊胡子。是胡先生，胡子长了，还拄了拐杖。人老了，声音未老，长期摆龙门阵练的。龙门阵摆到激动处，山根子会有回声。赵子龙——赵子龙——赵子龙。

他算过命的孩子，已经长大。命是另一个样子，不像他算的。人算不如天算。支书家的龙凤胎，儿子要做武状元，后来是木匠。女儿是文曲星，后来做了打字员。他治过的病人，有些活着，有些死了。他治好一种病，人又生出别的病。胡先生，医、算、说，三艺。医，终难治。算，实难尽。说，宽无边际。他精百种草，千种药，又哪能手到病除？他精于天干地支，十二命相。子丑寅卯辰巳午未申酉戌亥，年月时日，命相各异。开花不一定结果。甲乙丙丁，阴差阳错。花有消长，人有祸福。也就有说，那摆出的龙门阵才是好听。

胡先生归来，他要给大家摆摆龙门阵。他这回未带药草，未没带算命的万年历。他是专为摆龙门阵来的。卸下所有，只带故事。他像个篾织纸糊的人、灯笼人，连自己的影也拖不动，像是影子在拉着他行动。又像一棵老树，卸下所有的花朵和果实，最后卸下叶子。风把仅存的树干吹成铁，无量的阳光，是佛法，把真身炼成金佛，金塑的神像。

摆龙门阵，川方言。这个，也流行于泛三峡地区。如泛三峡地区的气势，奇峭，起伏。湍急，潭深流缓。与说书、讲故事到底不同。为写这篇小说方便，以下会将摆龙门阵转换成故事。胡先生的格式，就是一无格式。他讲故事无开头也无结尾。故事从不会自某一个地方长出来，也不会在某一个地方结束。如一条河，它不止一处源头，也不止在一处不知去向。它一次又一次地出现和看不见。河流，在每一个人的心中不会一样。

因为机缘，有人会见到涨水时的模样，有人会见到枯水时的模样。所以，河流是迷人的。像阳光一样迷人，像高山一样迷人。一个人经过了，会让自己着迷。

胡先生手搭凉棚，望天。蔚蓝的天空，全成了乳白色的云雾。太阳像一口烧红的大灶锅。这完全不是一个人要看到的景象。怎么会是这样的天象呢？他闭上双眼，摘了两片薄荷叶，贴上。清凉。少顷，取下薄荷叶。天空蓝如洗净的宝石，太阳明亮。阳光下，连石头也变得闪亮鲜活。那些圆顶的、尖锐的、平滑的、硕大的、细小的石头，各有相貌，共有石性。那些从海里生长出的石头，还有咸味。那咸味，是它们千万年的经历。石人、石马、石兽、石鸟、石鬼、石神。补天的石器，狩猎的石器，战争的石器，人间烟火的石器。木是石的妻子。石木风流，万古千秋。石头与太阳有过一次偷情，生出石猴，捉妖拿怪，大闹天宫。陨落人间，化成宝玉。石有多情，怜香惜玉。

胡先生坐在一块石头上，让众人在石头周围坐好。他开始摆龙门阵——讲故事。石头坐不坏，他的故事也讲不完。他穿了件蓝布长衫。拿一把桃梳子，梳头发，梳胡子。又端上水烟袋，那上面系了银质的挖耳勺。再端起那把方形的紫砂壶，一把比他年长两百岁的老壶。喝了一大口茶，再嚼一片甘草。这样开场，是要讲很长的故事。他从一块石头讲起，檑木滚石，一块石头，先击中了一个敌营的士兵，士兵的脑浆，溅在先锋官的征衣上。腥味的脑浆如烈酒，先锋官杀性大起，枪挑千钧巨石。忽然，有人进场，说有领导来了，下来检查，要大家去欢迎。男女老幼，顷刻散去。石头周围空无一人。胡先生自是讲他的故事。千钧之石，必有万钧之力招架。先锋官挑过一块滚石，又挑过一块滚石。那枪，自是好枪。那马，自是铁骑。来了七八个人，领头的叫彭四起。欢迎的人二十几个。人都离寨打工去了，剩下的只凑齐这么多人。本来可凑齐三十几个人。有人走亲戚或赴红白喜事。福支书家家喊人，连抱婴儿的月婆子也喊来了，他告诉大家，要拍巴掌就要拍响点。要像个发财的样子。福支书说，叫胡先生也来凑个人头。来人喊胡先生。胡先生正讲道：皇上十二道金牌来催，铁骑战滚石，先锋官哪顾下马接旨，这可是杀头的罪。掌声之后，有捕杀鸡鸭的叫声，有客来，有鸡鸭鱼肉。是红白喜事之外的客喜，喜鹊也是登枝欢唱的。众人吃个欢快。彭四起领首席，上座。福支书着人请胡先生来作陪，胡先生也是个体面人。胡先生讲到尽兴处。先锋挑十二块巨石，那石头自高处滚落，其势如雷。铁骑战栗，四腿齐折。那先锋官落马挺立，口喷鲜血，一如流星，击碎最后一块巨石。

胡先生也是领过上座的。他娶过五房太太，五次筵席，他是主人。父母已逝，他自是上座。后被川军将领刘湘收为门客。刘湘设宴招待，为他斟酒。他称刘湘将军，刘湘称他先生。那时，京有胡适之，川有他胡是之。川军议事，必有胡先生宏论。胡先生原为大户人家，明朝有过进士，清朝有过举人。年轻时被土匪绑票，掳入匪营，不为勒索钱财，只要他当师爷。要入伙，必有投名状。为匪，当然要打劫。打劫一财主，山大王要他抢一样东西。他挑挑拣拣，抢了一本书，《孙子兵法》。后刘湘清剿山匪，入刘湘府做门客。川军抗日，他随命到了前线。刘湘发给他一支勃朗宁手枪，让教官教他射击。战斗中，他与刘湘部队失散。两个日本兵进来，他正在看书。见日本兵来拿他，他从书本下取出手枪，击杀两个日本兵，然后从后门翻墙逃走。一路到万州，想取道重庆，回家同五房太太过日子，不想又被袍哥捉了，强留入伙。不到数日，这帮袍哥起义归顺解放军。他本来是写写宣传标语。部队流行打摆子，他用常山根的草药，治好了这种流行病。部队首长任命他为军医，营职。他从不摆自己的龙门阵。他的故事是四川过来的手艺人讲的。

来请胡先生入席的人回话，他一个人在那摆龙门阵，喊不动。

先锋官持枪挺立。众军士护回兵营。先锋官念念有词：

来时如风雨，去时如微尘。

乡间饭席，暴食情状。所谓大碗喝酒，大块吃肉，猫狗一旁看嘴，等候。猫望残油，狗望弃骨。猫看嘴，一副厌相。狗看嘴，一副猛相。看嘴，指看人吃饭。人取食，挑挑拣拣。筷子递食，舌知其味。吞落肚内，才显贪食。

席散，猫狗正忙。

众人复想起胡先生，看他是否还坐在那块石头上。彭四起也想看看，这个三请四催不肯入席的人，到底什么样的人。

彭四起见人，自是一惊。这胡先生不就是胡爷吗？此人正是爷爷的袍哥兄弟，爷爷最服的人。他给自己算过命，吃过药，讲过甘罗十二岁为丞相的。

彭四起叫了声胡爷，没应。扶他起来，人像在石头上生根一样，拉不动。眼不眨，鼻无风。闭口却有声，众人以为是山的回音，细听却是由胡先生耳朵念出来的。

五嫂说：是左耳念的，右耳里装的是药方。

彭四起领众就地建坟，以石为碑，刻字：

左耳千古事

右耳万种药

有两耳墓。某山。四川过来的路边。

从天坑古到卯洞

我一直想去卯洞看大鱼。卯洞是西水大河击穿十里青岩的水穿洞，河流的雄关，水底是龙宫，鱼大如船。大鱼的鳞就是钱币，它百年现身一次，卯洞出口的百福司就变得繁华，田土丰饶。

天坑古，是汉语和土家语的混搭，古，是山的意思。低处望高，望山。我第一次下天坑古，是骑在父亲的肩上。父亲肩犁，看我，牵一头黄牛，下天坑古犁土，种苞谷黄豆。崖壁老路，自上而下，像要坠落。我紧抱住父亲的头，怕摔下悬崖，我的恐高症就是那时留下的——行至高处就怕，到平稳处才踏实。

春种夏锄之后，苞谷黄豆还没成熟，离秋收还有一个月待收期，大人们要下河放木。杉木和松木，木头从山上林道滑下，在云口放飞，泻下河谷，一根根撬下河，木头在乱石中由人引领，叫“赶鸭子”。到两河口，散扎成小木排，到娃娃潭，小木排拼成大木排，再驾大木排到卯洞出口的百福司古镇。这里是父亲放木的终点，再往下，由长年走水路的木客，放木排下常德，过洞庭湖，到汉口。父亲放木，不叫木客，很业余。农活之外，“赶鸭子”到两河口，散木没标记，各人凭良心认领自己的木头。身壮力大的铜叉口，不管谁的木头，都拢过来扎排。

吴矮子个头只及铜叉口六七分，见自己的木头被铜叉口掳去，跟他论理。铜叉口说：“矮子鬼，这几根杉木没写你的名字，你咬得出血，它就是你的。”吴矮子人小体弱，却不受人欺侮。自己的东西，你想占就占？伐木的斧头扔过去，插进铜叉口的头，只剩斧柄。铜叉口倒在河里，像一截木头。没人给他收尸。尸体从两河口一直漂到卯洞，让大鱼吃了。吴矮子在山洞里躲了几天，不见动静，听人们讲铜叉口淹死在河里，喂鱼了。

吴矮子跑到铜叉口家，对那瞎子老娘说：“大妈，我杀了你儿子。”瞎子老娘搬了条凳子，抹干净灰尘，又递给吴矮子一碗凉水，对吴矮子说：“我那儿子是个恶人，他早该去阎王爷那里。阎王爷不收他，留他养我这个瞎子老娘。他死了，你帮个忙，把我也杀了吧。”吴矮子帮瞎子老娘挑满一水缸水，给她做好饭，把卖山货的二十块钱给了瞎子娘。对她说：“大妈，我杀了人，去县里投案。等我转世做你儿子。”声音听起来像个孩子。

瞎子娘问：“多大啦？”

“十六岁。”

“太小啦。十六，斧头不懂事。”

“斧头是脱手飞出去的，你儿想躲斧头，脑壳一偏，就被砍中了，他好像故意去接那把斧头。我就杀到人了。大妈，我不想杀你儿子，真的。”

“斧头砍伤自己的脚，常有，我见过。你也有爹娘，你去坐牢，他们伤心。”

“爹娘烧炭被倒下的树砸死了。我去挨枪毙。我来告诉你，我跟你儿无仇冤。”

瞎子老娘煮了几颗鸡蛋，让吴矮子牵着她，一起到县里投案。到了县里，她对警官说：“这个人杀了我儿子，我陪他来投案。留他一条命，他要做我儿子。”

吴矮子过失杀人，服了几年刑，出来找瞎子老娘，去做她的抱养儿。瞎子老娘由村里人轮流供养，他找到老人，老人领他回屋。那屋楼有村里人照看，不破不漏。锅灶农具，件件完好，像是等人回来。

吴矮子娶了个胖妹，人肥心慈，对瞎子婆婆孝顺。生了个儿子，取名吴道生。吴矮子长高了一些，一米五六长到一米六五。阳光好，矮子长个儿。吴矮子还放木排，到百福司，买些好吃的和好衣服回来，先给老娘，再给老婆孩子。

吴道生长到五六岁，我和父亲第一次放木排。他坐在他爹的木排上，吃苞谷粑粑，吹木叶。他对我讲，要同我一起到卯洞看大鱼。

卯洞，与天坑古处在同一道山岗。酉水与皮渡河之间，有一道刀背形窄长的山岗。卯洞在下头，天坑古在上头。一处望水，一处守山，两不相见，也山水相连。这造化，不叫人一齐看了。从这处到那处，必得走过路过。

卯洞，大河穿过。有大鱼，有仙气。洞上有洞，叫仙人洞。洞中有金碗银筷，谁家有红白喜事，求洞中神仙借金碗银筷，添喜。有人借金还铜，借银还铁。雷公劈了进洞的路，拆了进洞的天桥，断了人贪心的路。天坑古无仙气，有妖气，有巨蟒、千年山龟，吐气成虹。人遇虹气，生白癜风。杉木松木在山上，天坑古生杂木，刀斧嫌弃，留得原始森林。冬天，收完苞谷黄豆，天坑古里的农活是烧炭。

力更要我跟他去天坑古烧炭，烧一窑炭分给我一百斤好炭。《卖炭翁》只说人烧炭，没说炭是什么，好炭是硬木烧成的，敲起来有钢铁的声音，燃无烟。我读过白居易的《卖炭翁》，小学课本上的。我对炭比对苞谷黄豆更喜爱。我说，就一百斤好炭，跟你下天坑古。力更还讲，所有的碎炭给我，冬天上学，好烤火笼子。父亲不让我和力更下天坑古。我让母亲讲情，母亲让我带上一南竹桶凉白开水、几块荞子粑粑、几块豆腐乳，要我只吃自己带的干粮和水，危险处别去，在炭棚子睡觉要半醒着，在枕头下放一把斧头，有响动就起来，拿好斧头。

我“嗯嗯”应着，只是不明白，下天坑古有那么危险吗？

母亲讲，力更的祖父是个恶人，抢过我家的牛和苞谷酒，后来被解放军打死了。母亲说，我们不记仇，就怕人家记着。害人之心不可有，防人之心不可无。我对母亲讲，一百斤好炭，还有所有的碎炭呢。我叫力更“哥”呢，他没抢我家的牛和酒，也没烧我家的屋。父亲不情愿地同意我下天坑古。他给我一把斧头和一盒火柴，叮嘱要有什么事，就把炭棚烧了。他看到大火，会来救我。

我满腹心事，同力更下天坑古。我和力更用了两天装好一窑炭木，点火。晚上睡在炭棚里，半夜起来看火，火候到了就封窑门。封窑门是技术活，炭烧到正好，用泥巴封好窑门。我来的一桶和泥巴的水，被我不小心绊洒了，只剩半桶，我和力更每人往桶里撒一泡尿，和泥。很小的时候玩泥巴，也是这么干的。

天坑古里的杂木，都是好木。除了烧炭的青冈树、猴栗子树，还有金丝楠木、樟木、肉桂树。装第一窑炭木，是青冈树和猴栗子树。烧出的炭，是上等炭。力更说，这样的炭，火硬，好是好，烧炭的都会。他说要烧一窑香炭。砍楠木、香樟木、肉桂树，烧出的炭很香。我说我不干，砍那些树，要到公社领砍伐证。力更说，斧头就是砍伐证。我说我不砍，你砍，我不告发你。他犹豫了一下，砍倒一棵楠木，又砍倒一棵香樟。我说，那是做家具用的，烧炭可惜。力更说：“你根本不懂烧炭，不爱烧炭。两个人一条心，才会烧出好炭。”

睡在炭棚里，望月亮，望星星。天坑古的夜晚很奇妙，月亮和星星就在崖壁上亮着，很近，到山顶上看月亮和星星，反而很远。

月亮很亮，力更要我同他去半崖那儿。我说，我有恐高症，不敢去。他说晚上不见高，不怕。半崖有铁皮石斛，有岩蜂蜜。这都是好东西，吃了长生不老，人活到八十岁，还像个年轻人。我说不要，我就是个年轻人。

最后我还是同力更去了半崖。果然见到了铁皮石斛，像一串串鞭炮。石缝里有野蜂蜜，用先备好的竹竿戳进去，拖出一筒蜜，甜中带苦味，是药蜂蜜。力更说，人从这里摔下去就死定了，不会长生不老。我说，我们都小心点，不要摔死了。

我要把你推下去。

你不会。

你要告发我，我会坐牢。

我不会。

你要漏了嘴呢?

我早忘了。

力更走过来，我没法退让。动一动就掉下悬崖了。一拉扯，两人都会摔下去。我说好吧，你要把我的尸体背回去，告诉我爹娘，说是我自己好吃野蜂蜜摔下去的。你不会坐牢，好好地烧一窑香炭，砍的那两棵树烂了可惜。我说力更哥再等一下，让我再看一下月亮和星星，我以后再看不见它们了。

你看吧。过了一会儿，力更说，我要你和我烧香炭，要你看到香炭，像狗一样嗅它，那香气，像女人那样香。

回到炭棚，我很快睡着了。做梦，母亲做了一碗荷包蛋，黄狗呼哧呼哧地发出怪声。醒来，力更呜呜地哭。我想，他是怕炭烧坏了。

下雪了，炭棚外厚厚的积雪。天坑古积雪少见，这个冬天真冷。力更带了口铜锅，那是他外婆的东西。他垒了三块石头支起铜锅。他问我要了火柴，点火。煮上面条，打了两颗鸡蛋。他拿出一竹筒苞谷酒，倒了两大碗。我们没洗脸，烧炭的人不洗脸，脸黑得像锅底。没刷牙，我们从不刷牙。刷牙是小学老师和公社干部做的事。刷牙要有刷牙的命。力更说，喝开窑酒，今天开窑。我见他往面汤里放了点粉末。他说，忘了带盐，放点岩洞里的硝盐，不是老鼠药。

开窑，要等些时候才能出窑，太热。他看了窑内，又闻了一下蹿出的热气，一窑好炭。他说这一窑炭全归我。有两三千斤炭吧。这好炭要卖一角五分钱一斤。把炭卖了，当学费。一个人，要读书。力更说他要上峨眉山，他有个表叔在峨眉山捉猴子。捉猴子卖给当地研究所。捉猴子赚钱快。等他发了财，帮我读大学。他要我学好烧炭，还给我讲大道理，说烧炭的人是高尚的人。

力更走了。他大概是去了四川峨眉山。他会是个捕猴好手，都说四川的猴子要湖南人牵呢。

我没取那一窑炭，让炭留在炭窑里。炭一千年还是炭，不会变白。草木会变炭，炭不会变草木。

天坑古倒下的那两棵树，一棵金丝楠，一棵香樟树，没人追究那两棵树为什么倒下，躺在那里。山里的树，总有几棵会倒下。

两棵倒下的树，在天坑古躺了几年。金丝楠木做箱子，香樟木做柜子，是人们的喜好。我的小学老师们和那些公社干部，每人都有一口楠木箱。他们把衣服，袜子，每月领的工资，信——家书或情书，都锁在那口楠木箱子里，那箱子就更显宝贵。

一棵树的厄运是斧头，一个人的厄运是病。病是命运的锯子，慢慢地锯一个人。读小学六年级那年，我重病。才过正月十五，山上积雪，河冰凉，水中是山头积雪的倒影。我潜水摸雪，得了寒病，寒气入心肺，咳嗽不止。到夏天，我躺在滚烫的石板上晒太阳，祛寒气，不见好。老师要我休学。

我想起那棵躺在天坑古的金丝楠木，我用斧头砍了一截，扛不动。我掀起木头，让它翻跟头，翻了五千个跟头吧，从下往上，出了天坑古。再让它翻跟头，翻到父亲放木的木道云口，让它滚到河边，再翻十几个跟头，下河，赶鸭子赶到两河口，我的学校在这里。

我把这一截金丝楠木送给老师。我对老师说：我要读书。老师说：你就一边吃药一边读书吧。他给我请了名医张安子，吃了三服药，咳病好了。

学校旁边的悬崖，有麦冬草，麦冬果值钱，一把麦冬果能到供销社卖一角钱，能买一支毛笔或一瓶墨水。

我又被困在悬崖上。我喊，有人吗？能过去吗？下面响起一个声音，有路，你走过去。到悬崖下边往上看，那悬崖哪有路？只有一棵一棵的树，我是靠那些树攀过悬崖的。崖上答话的是瞎眼婆婆，瞎子看不见。她的声音就是大路，我踩着她的声音，走过悬崖。

瞎子婆婆，就是铜叉口的娘，也是吴矮子的娘。

天坑古离卯洞其实不远，我一直没去过卯洞。有一天，我会去那里。那里会有一条大鱼，它会给我一生富足。

李子案

一颗李子的僵尸，粘在活着的树枝上。李子花盛开，那僵硬的枯果被白色花朵掩埋。它潜藏在一树繁花之中。

它在枝头上挂了几个春冬。一直没有掉落，像一件悬案，谁杀死了一颗李子？它等待破案，查找真凶。

果子在成长中，遇一只蜂叮了，它会死。怪鸟的声音攻击它，也会死。有一只手摸过它，或者只是指它一下，它也会死。

它究竟遭受谁的攻击？真凶是谁？

一颗李子的命运，一般不会让人大惊小怪。不是所有的枝头都会开花，不是每一朵花都会结果，不是每一颗李子都会成活。

那棵李子树正好长在天坑边上。五月，李子和麦子成熟的季节。果香和麦香。六哥爬到李子树上采摘李子。他踩断枝丫，从李子树上跌下来。人没摔伤，腰上的弯刀掉到天坑里去了。

那天坑是个禁忌。有蟒蛇，有蜈蚣精，有瘴气。从没人敢下去。那瘴气是白色的，不是白天的白，也不是雪的白，更不是白菜的白。见了瘴气的白，会生出寒冷，让人失去知觉。人入瘴气，浑身现出白癜，成为顽疾。

六哥舍不得他的弯刀。那是好钢好铁匠打的，刀上有好铁匠陈燕山的火印。六哥像猿猴一样下了天坑，要取回他的刀。

半个时辰，六哥爬上天坑，取回了他的刀。他一脸惊恐，他没遇上蟒蛇和蜈蚣精。他发现天坑里有人尸，多是白骨。有一具女尸，蓝花衣，红绣鞋。长发，大眼睛。见六哥，那女尸就站起来。女尸的胸口上插有一把刀。

村里人把女尸取上来，一致认为，她就是失踪多年的九妹。

九妹在集市上摆过场子，跳过脱衣舞，肚脐上挂个金脐环。为了见那脐环，脱光。金脐环在。那身子柔软，像是睡着的样子，完全不像死去很久的尸体。不像挂在树上李子的僵尸。脱光的时候，不见插在九妹胸口的那把刀。

是谁偷走了凶器？

九妹失踪以前，也很少在村子里露脸。村子里好像从来没有这个人。九妹一共回来三次。一次是黄头发，她说是南方海滩太阳晒的。一次是绿头发，她说是南方海风吹的。一次白头发回来，她娘说，营养出了问题。到乡场上跳脱衣舞的时候，她是黑头发。

九妹的遗体不能进屋。这是村里的风俗。凶死暴亡者不能进屋，招凶。遗体放在村外的草屋，用一张竹凉席卷起。到半夜，九妹一只手从席子里伸出来，好像不习惯卷在席子里。这好像并不是个死人。脸还像她以前那样好看，身子还散发活的香气。

猜想，天坑里有石乳香。人在天坑里没死，不死的人是要饥饿的。天坑里没别的吃，就吃石乳香。人吃了石乳香，死了不会坏身子。

村里人没人见过九妹跳脱衣舞。她在集市上跳脱衣舞，也是在极隐秘的地方。能去那地方看脱衣舞的人，也很有路数。他们从隐秘的门进去，又从隐秘的门出来。他们进出也蒙着脸，只留两只眼睛在外边。像抢银行的劫匪一样，他们抢钱抢珠宝，绝不让当事人看见。九妹也从不关心看客是什么人，他们是些贼。手面大的，看一场会丢下几百块钱。

她帮家里盖了一栋屋，很体面。

就是新屋落成的时候，九妹和娘吵了一架，然后失踪了。

她在新屋里住了几天，没出门。某一晚，那屋里的娘喊，挨千刀的，我要杀了你。第二天，九妹的娘挨家挨户问，看见九妹没有？都说没看见。然后，村里人再没见到九妹。许多日子过去，九妹她娘问赶集市的人，见到九妹吗？

村里人已经忘了九妹，直到六哥在天坑里发现她的遗体。

插在九妹胸口上的那把刀不见了。她不见伤口，人们以为先前看错了。村长问六哥，你最先看见尸体，胸口上确实插了一把刀？

六哥肯定地说，是有一把刀。大家不是也看见了？

你确实看见了把刀？有？

村长又问六哥。

六哥经不起问。当时心慌，可能没有一把刀。

要不，再去看看，确定是不是有一把刀，有不有伤口。

村长拉六哥到村外草屋，九妹的遗体不见了。

九妹多次失踪，再失踪一次不奇怪。村里有事，多不必报警。一个好乡村，是一个完备的调查系统，兼有完备的处理机制。一只猫走失了，会在邻村出现，迟早会有人送回来，或者自己跑回来。有盗牛贼偷牛到贵州，一个多月，丢失的牛自己跑回来了。以前，有土匪来抢牛，它们会自己躲进山林。牛会认贼和匪盗，会闻贼子气味，贼人近它，它会发狠发怒。也有在集市上卖掉的猪自己跑回村子。村子里的猪气色好，就是很难卖掉。

九妹出走，总是没有征兆。她扯猪草，一背篓猪草放在路边，人不见了。有时候，在河边洗衣服，丢了衣服，人不见了。她总是突然消失。一去许多日子。这突然的消失，会让人有许多猜测。后来，人们就习惯了。她就是这样，想走就走了。出走，总要有个理由。负气出走，或者被诱拐。九妹不负气。她爱唱爱笑。见公鸡踩母鸡，她会打哈哈。她唱歌很响，好听，像一个人开演唱会，踩着狗屎，把鞋扔了，踮着赤脚回屋，见了娘打哈哈，妈，我把鞋子扔了。娘说，好好的一双鞋，扔了？多贵？娘一辈子也舍不得买。九妹娘打量她一阵，说，你哪像我女，不长脑壳，被人卖了还帮着数钱。九妹被人贩子卖过。女人贩子把九妹卖给幸福村的一家人。九妹对那里人说，我把人带来了，那货不值几个钱，你们看着给。九妹卖了人贩子，走了。

九妹娘问赶集市回来的人，看见九妹吗？问游走回乡的牛客，看见九妹吗？问从四川捉猴子回来的人，看见九妹吗？

回答说，见是见过，没搭上话。

问多了，回答说没看见人，你等她回来啊。

你等她回来啊。很多人都这样对她说。

后来是别人反过来问九妹娘，人回来了？

九妹又失踪了。停放在村外草屋的九妹不见了。她自己活过去走了？没留脚印，鬼一样地走了。鬼走不留脚印。

草屋外，有一行猫脚印。猫踩过尸体，死尸会复活。地上有几片芭蕉叶。那叶片正好连接猫的脚印。轻功好的人，踩在芭蕉叶上不留脚印。先落脚一片叶子，再将另一片叶子往前移，只需两片叶子接着移动，人就始终落脚叶子上。这就是江洋大盗用过的叶移法。

猫过尸，九妹复活。借叶移法再次失踪。

九妹失踪的日子，村子里通了水泥路。通车时辰，鼓锣如鞭炮，跳摆手舞，唱歌，九妹错过了这热闹。有几次红白喜事，所有人穿了新衣服，新鞋新袜。吃三天流水席。九妹没吃到这些酒席。过年，有村里外出的姑娘开车回来，下车的不是九妹。

九妹娘想，哪一天九妹会开一辆红色的汽车回来。做娘的想，哪一天，女儿大红大紫地回来，也好好热闹一场。

姑娘们嫁了人，怀了孕，生了孩子，没有了羞答答的样子，说话大胆了一些。李子花开的季节，南方风痒。不再是姑娘的她们，解开衣服，坐在一起，各自奶自己的孩子。谈论自家的男人和别的男人。闲话和乳汁，都很丰沛。

也出去，走失一年半载，十年八年，躲过孩子的屎尿哭闹，再回来等孩子喊妈。

这想法又大胆又好，只怕孩子断奶难。万一呢？

白乌鸦在树上直叫，是呀是呀。

这一年的李子结得很旺。五月麦香，李子黄亮。六哥望满树李子，呵了一声，李子亮皮了，完成了李子样。

在黄亮的李子中间，那颗僵李子露出黑脸。一颗死去的李子不会再死，永远地死着，成为记忆，李子命的囚果。

每到这个季节，六哥先看僵李子，再看自己的手，查看每一根手指，是谁杀死了一颗李子。每根指头都像凶手。他拿了镰刀，想削掉某一根可疑的指头。如果是打屁虫或者果蝇杀死李子呢？一只蜜蜂或一滴雨也有可能。

李子成为僵果也没什么不好。它不需开花，也不会被吃成李子核，它能躲过不幸的季节。

六哥一直想下去，然后想到九妹。

九妹还活在世上，她的胸口也并没有一把刀。她每次失踪，可能是为了躲避什么。像一颗李子躲避不幸的季节。她每一次失踪，如果真躲过了什么灾难性事件，那就是精心安排，证明了她的预见性，证明了她的精心安排。没有，她躲过的只是些平凡的日子。

九妹漂亮，她的行动并不见得有多聪明。她失踪后什么也没发生，还没演出就收场了。还不如一场脱衣舞。日子就像一块布，把所有人的脸蒙上。两不相见，一场表演功夫都是假的。

九妹再漂亮，失踪了也是假的。

六哥给九妹失踪找到这些理由：

一、她躲过了倒春寒，赤脚踩在冰碴子上。

二、躲过了李子花开。

三、躲过了割麦。

四、躲过了夏天的蚊子。

五、躲过了老鼠偷粮食的秋收。

六、躲过了几场红白喜事。

七、躲过了几场暴风雨和大雪。

八、躲过了采山货时被人强暴。

九、躲过了媒人和生孩子，她躲过了屎尿和奶孩子。

十、六哥不好意思这么想，她躲过了六哥，村子里唯一没有女人的男人。

谁把九妹从天坑里背上来？是我，九妹是我的女人。六哥的想法就这么简单。过了几天，六哥自己教育自己，捡回的女人不能归自己。路边得到一头牛，也是要送回主人的。

九妹失踪了，九妹归九妹。

有个骑马的男人来到村里，他从拉萨来。从马背上取下两个大口袋，交给九妹娘。一口袋钱，一口袋金子，还有一盒冬虫夏草。

九妹托人送来的。

村里人问九妹娘，你得了多少钱和金子？

九妹娘说，多，一辈子吃不完用不了。

拉萨和尚多，九妹嫁了个有钱的和尚。

不是吧？和尚是要成佛的。

六哥直摇头。那颗头越摇越小，像一颗僵李子。

如　风

季节变化，西水温热，到二十六摄氏度的时候，就放暑假了。杨长水只穿短裤，腰上系一只巴篓，拖一把叉鱼的钢叉，在村口的柚子树下等我。

下河玩水，打水漂，钻溺子，捉鱼，抓蟹。青鱼呆，鲤鱼快。我们是来玩水，顺便提一两条鱼，回家讨个欢喜。我们游水，鱼群会跟在后边，时不时踹上大鱼的头。我俩平躺水面，一群鱼围拢来，把我们当好吃的东西，嘬人身上最嫩的东西。

浅滩处，杨长水叉住一条过滩的大鲤鱼。大鲤鱼劲大，差一点弄坏钢叉。偏午，肠胃正等着食物。沙滩上有干柴，我们燃一堆火，烤鱼吃。

每个夏天，我们就干这样的事。我对杨长水说："我们要干点别的事。"杨长水问："干什么事？比捉鱼还好吗？"

我想要做的事，是去找这条河的源头。杨长水说了声好。我俩就去找西水源头。

在烤鱼的地方，望西水两头，看不出哪头是源头，水连着水，鱼也会游错方向。有鱼从一处深潭游过浅滩，游到另一处深潭，再也找不回去原来的深潭。杨长水说，往上河走，找西水源头，是我的主意，行动起来，还是要一个有见识的人做伴。我十二岁，他十六岁。我爱出主意，他有见识。他的见识，与别人不同。比方他说的上河，与远道而来的卖货郎说的上河不一样。卖货郎说自己是从上河来的，他的货也是从上河来的。他说的上河，是大河，大地方，是省城。从省城到州府，到县城，到乡下，自上而下，那里是上河，我们这边的人一生未到过的地方。赶集市，我们这边的人，卖一些土特产，买一点上河来的东西。上河的东西贵重，多了买不起。赶集的人卖掉自己的东西，得钱少，买不起上河的东西，就多看一眼，下回赶集，凑够钱再买。人多的街市，上河，上河，就是愿望和猜想。杨长水讲的上河，是一条河出发的地方。一条河，会有一条路靠着，人在路上走，会有流水做伴。到险滩急流，有鱼往上蹿。杨长水对鱼喊："同路啊。"一条鱼从水中跃出几尺高。杨长水说："他们那些人，也只会喊牛，喊猪，喊狗，我会喊鱼。你看见了吧？一条大肚母鱼呢。它怀孕了，要产子了，它会生出几百条小鱼。西水鱼多，我一喊，那些鱼会把一条河挨起来。"挨近的时候，我叫他长水哥，远一点，我喊他杨长水，喊他，像喊一条鱼，不应。会突然答一句：以为你喊鱼呢。

一路沿河，前头的河面收窄，是峡谷。路像一条蛇，往山上爬，钻进树林。河与路，不再伴行。沿河走，没有路。跟路走，会错开河流。再怎么走，我听杨长水决定。长水哥，怎么走？他说，嗯。一条母鱼，一年生一千条小鱼。十年一万条。一百年呢？一条鱼，一年长大两三斤，十年二三十斤。一百年呢？我说，现在呢？他说，现在鱼正产子，产鱼苗呢。我说，是走路还是走河？现在。十年百年以后就迟了。他这才抬头看了看前面，走了几步又倒回来，说，走河。我们就朝峡谷走。水边没路。菖蒲草，长满青苔的石头，藤条一样的小树。大一些的树长在悬崖上。这样的地方，走的人不会多，走的人再多，也不会变成路。在这样的地方，想起路有多好，再差的路也是路啊。找一条河的源头，这主意是我出的。走路还是走河，这临时决定是他做的。不会有埋怨。不埋怨就好，我俩都得到好处。他先快乐，我跟着快乐。

下雨了，很大的雨。雨点击落悬崖上的树叶，和大青虫一起掉下来。接着会是山洪，人在峡谷里，遇到山洪，不是好事，除非是一条鱼。长水哥，轰隆隆地响，是打雷吧？他说，山洪来了。雷响是天上落下的，这个响声是水上滚过来的。峡谷水急，鱼也要逃命的。鱼不能顺水游，那样会被水冲死，它要逆水游，往上冲。长水哥，你说怎么的就怎么的吧，我们被洪水冲走了，就找不到河的源头了。他说，往悬崖上走，快点，越快越好，越高越好。洪水到来，我俩爬到崖脚，离洪水一丈多高。洪水像一群发狂的猎狗，追赶猎物。崖脚处有一个凹穴，猴子或者松鼠停留的地方，有树叶和干草，一堆果壳，许多干果，板栗、核桃、野百合、山药。这样的地方，算是遇上了好人家。雨停了，悬崖上是星星和一弯月亮。星星和月亮看着我们。我娘一定在村头看着月亮和星星。我和长水哥在一起，我娘一定不太着急。好几回，我和长水哥脚跟脚出去，捉了几条鱼和一巴篓螃蟹回去。有回我俩出去三天才回去。我和长水哥是夜晚跑出去的，我俩看流星雨。亮晶晶的流星，落在远处，我俩去找那些流星，想捡几颗回来。迷路了。三天后回家，我娘揪了我的耳朵，要我听话。我说了一定听话，就是月亮掉下来也不去捡了。这一回，是去找河的源头，迟几天回去，我娘不会揪耳朵，她是个讲道理的人。

我俩吃了些生果子。长水哥说生果子吃多了胀气，忍不住的，你知道？我说，吃多了，肚脐眼会长出板栗树。

做梦。好大一张桌子，摆满鸡鸭鱼肉，糍粑炒米，还有甜酒蜂蜜。不知道先吃什么，被长水哥挤醒了。我推了他一把，说你一个人占那么多地方，把梦都挤窄了，怎么摆桌子？还吃不吃了。然后又睡着了。这回是猴子把我们吵醒了。长水哥一边抹嘴巴一边问我，你做梦吃什么好吃的了？几只猴子进来，要赶我们走。长水哥拿鱼叉吓它们。一只猴子抢了我一件衣服，蹿到悬崖上，朝下看我俩。我说，就当是付了饭钱房钱，猴子开店。也不能白住白吃。一峡谷的雾，踩着大雾，走过兽迹点点的路。几个时辰，走出峡谷。见十几幢屋，有瓦屋和茅屋。河边有几条木船。听见鸡鸣狗吠。我熟悉这地方，叫大鱼潭。我娘的出生地。有两棵柚子树的那幢瓦屋，是我二姨家。二姨家有条大黄狗，叫板凳。我大喊：板凳——那条大黄狗箭一样射过来，两只脚搭在我的肩上，舔我的耳朵。我娘的出生地，狗也很亲。大黄狗领我和长水哥到二姨家。二姨问我怎么来了。从峡谷过来的。二姨说，走峡谷过来，这么大的水，你俩飞过来的？二姨家没来过啊？走长岭岗，过拖船崖，再过油菜坪，油坊坳，西东车，旧施，过渡船就到了。你记不住地名，也要记路啊。我家板凳也会记路啊。长水哥接话，二姨娘，我们是追一条大鱼才走峡谷的。鱼不走路，只走河，我们跟鱼走。一条大鱼，水牛那么大，没长角。二姨没看长水哥，她看不见，二姨是瞎子。二姨会记路，还会穿针引线，会绣花。表哥在一边偷笑。二姨做饭，要表哥去找菜。饭没煮熟，表哥捉了两条大青鱼回来。表哥下河捉鱼，像菜园子扯萝卜。

表哥送我们出门，很神秘地笑，说知道我们要去哪里。我嗯了一声。要表哥给我娘报个信，我们要好多日子才回家，表哥对我伸大拇指。板凳跟了我们一段路，我叫它回去，它停在那里，看我和长水哥往远处走。

表哥给了我一盒火柴，我数了数，三十一根，表哥说，省着用，别打湿了。

黄狗板凳还站在那里，我举起表哥给我的那盒火柴，朝它晃了晃。

两个光膀子，一把鱼叉，一只巴篓。多了一盒火柴。我把火柴用一张树叶包好，塞进裤腰。一盒火柴，能保证任何时候都能吃到熟食。出远门，至少要带一盒火柴。三十一根火柴，我打算一天只用一根。不知道多久才会走到河的源头。进路边人家讨水喝，老人留我们吃午饭，苞谷粑粑，苞谷壳包的浆子，又香又甜。紫红的烧辣椒，不太辣，肉厚。这两样东西，夏秋之交才能吃到。老人说我们有口福。老人问我们去哪里，我一时答不上来。老人说，你俩来得远吧？路上久了，会忘记去哪里。长水哥说，我们去找河的源头。老人问，走亲戚？找药？我和长水哥对望了一眼，然后一齐摇头。我们希望老人知道河的源头，他会告诉我们怎么走，还要走多久。老人告诉我们，他到过好多地方，坐船，骑马，见过好多条河。他讨过饭，也当过牛贩子，还打过仗。我们想听打仗的故事。老人不肯讲。打仗就是刀啊枪啊炮啊，有人打死了，有人活下来了。就像耕土，有的蚯蚓被铧口切断了，有的蚯蚓躲过铧口，活下来了。

老人要我们多吃苞谷粑粑，少吃辣椒，吃苞谷长个，吃多了辣椒长痔疮。十男九痔，就是这么来的。好好的屁股，什么时候坏了都不知道。没个屁股是坐坏的，是吃坏的。

你们要去河的源头是吧？我半辈子也走过几十条河，大河小河，没见过一条河的源头。每条河都会有源头，长江、黄河也有源头。很高很深很远的地方。不走亲戚，不找什么仙草，去干什么呢？

老人还是告诉我们，这条河的源头在七姑娘山。他也是听人说的。我们要去七姑娘山看看。问老人，还要走多久？老人说，走得慢，要十天半月。走得快呢？我们问他。老人说，走得快要一年半载吧。

人老了，讲话颠三倒四。

我俩一路走，一路问。七姑娘山还有多远？碰见的路人回答：不远了，一二百里。走了五天，又问一碰见的路人，七姑娘山还有多远？路人回答：不远了，三五百里路。听起来，是越走越远。我问长水哥，我们是倒着走的吗？长水哥对我说，走路的人莫问走路的人，都不晓得远近的。哪里黑，哪里歇，天亮再赶路。

两个赤身人走路，路上人迎面走来，又不想捂脸，我们有鱼叉和巴篓，装着捕鱼的。巴篓里放几只田螺，用树叶盖上，有些腥味，巴篓装成有鱼的巴篓。一路上，鱼叉和巴篓是一伙，比我和长水哥神气。巴篓沾上鱼腥味，就以为自己了不起。人都是要穿衣服的，有了鱼叉，有了巴篓，还有鱼腥味，就算没穿衣服，也能走遍天下。如果巴篓里真的有鱼，比穿好看的衣服还让人喜欢。过有人家的地方，一群孩子追着我俩，要看巴篓里的鱼。长水哥只说没有鱼没有鱼。越说没有，他们偏要看。长水哥拿出一只田螺扔给他们说，吵什么吵？鱼变成田螺了。这一下，一群孩子吓呆了。

穿过芭茅草丛的路，有蛇穿过，被路烫着了，打了几个滚，钻进草丛。野鸭飞走，扑进河里，走过来一位穿白衣花裤的姑娘，长水哥要我别看。我俩侧身让过，她低头过去，也不看我们。长水哥说是河妖。我说，这河妖比人漂亮。长水哥说，你看她了？晚上会做梦，她会来捉你的魂魄。我一路上心怯怯的。我以前没走过多远，没见过河妖。在大鱼潭，我娘的出生地，见过那位叫马六的姑娘，在河边斜的沙坡，抱着打滚。她吃着糖果，吐出来给我吃，又要我吐出来给她吃。一颗糖果，吃到太阳偏西。马六就是这个河妖，怕什么呢？

那个晚上，我和长水哥是在木排上过夜的。很大的木排，像一把巨扇浮在水上，头小尾大。一群白鹤飞过木排。木排上只有两个放排的人。一个掌艄，一个摆尾。一定是两个狠角色，水上功夫好。我见过最大的木排，也就一二十根木头扎成的木排，这木排，是几百根木头扎成的，由小木排拼成的大木排。

两个放木排的，把大木排靠岸边停了，用一条粗竹缆拴在河边一棵大麻柳树上。那棵树长满青苔，那树叶可以毒鱼。那时还未禁渔，我们用麻柳树叶毒鱼，好在杀伤力不大。后来，我们不会这样害鱼了，长水哥觉悟比我早，他说害鱼就是害河。我们熟悉麻柳树，好像熟悉了放排的人。那两个人正在望天，看是不是会下雨，下雨涨水，他们要想好水路。

我俩上了木排，叫大哥，水上规矩，大哥是大，叫大叔大伯，让人不高兴，叫大爷就是骂人。两位大哥见我们水上打扮，又懂水上规矩，很是高兴。木排上有间杉树皮盖的小房子，里面油盐柴米酒肉锅碗齐全，石板的火炉，三块石头的三脚架。几块木板的床，床上的棉被颜色浑浊，汗气味很浓，只比我睡的有尿臊气味的被子好一点点。

水上伙食不差，有肉。两位大哥要我们喝酒，说是好烧酒。我和长水哥各人喝了半碗，很辣，假装说是好酒。月亮照着河流和木排，两位大哥要上岸，说到近处的村子里吃尕尕，就是吃肉。要我和长水哥守木排。他俩递给我们一把斧头和一把挠钩，要有人上木排，哪怕是个干部，也赶他走。长水哥说，我有鱼叉，三五人，不能近身。长水哥这句话，是听木匠说的，木匠给我们讲过《说唐》。听过李元霸，又喝了酒，说话就一夫当关，万夫莫开。

我想做个有河妖的梦，河水哗哗响了一夜，翻来覆去，一个河妖也没有。

天亮了，一河的雾。两位放排的大哥回来了，跟来两位姑娘，一位穿红花衣，一位穿蓝花衣。我问两位大哥，吃了尕尕没？他俩只是笑。

两位大哥问我们，要不要搭他们的木排去上河？我们说要去上河，看七姑娘山。两位大哥说，你们去的地方很远，到七姑娘山，会看到七姑娘。我们往上走，两位大哥往下走。他们的上河，是大码头。也很远。他们解缆索，两位姑娘提住缆索不放，两位大哥对两位姑娘说，一两个月就回来了。穿红花衣的姑娘说，你去年也讲这个话呢，一去一年多。穿蓝花衣的姑娘说，就是呢，讲话像打水漂漂呢。一位大哥拿出一张纸条，你们要买的上河东西都写在纸上呢，还有没写在纸上的东西记在心里呢。我们要回来，不会再等一年，保证。

在河边拉拉扯扯一回，大家分作三处，各走各的路。

放木排的人，到大地方卖的钱多，人就回来得迟，这个都明白，河里的鱼也知道，只是不说。河边的古栈道，小酒馆的老板娘对我们讲木客的话。小酒馆没一只苍蝇。老板娘系条白围裙，头发光滑，一只蚊子爬上去会摔跟头。我和长水哥找条板凳坐下，食客的样子。老板娘打量我俩，会从什么地方掏钱出来。老板娘问我俩吃点什么。我说不饿。长水哥说刚吃了呢。

老板娘一笑，很白的牙齿。她说，这几十里无村无店，你俩吃泥巴吃草？一会儿工夫，老板娘端了两碗面条，有猪油渣、荷包蛋。她说，你两个陪我说几句话，当饭钱。板壁上有木炭画的“正”字，像蚂蚁爬的。她说，那是记的账，木客欠的饭钱。等那些木客哪天把账结了，就把那些“正”字擦掉。木客不回头，就记在那里。关于木客的话，是从她那里听到的。告别老板娘，长水哥看了看板壁上的“正”字，有些抱不平，对老板娘说，我们碰到木客，要他们来把账结了。老板娘只去收拾碗筷，没听见一样。

路上，我对长水哥说，你不该讲那句话骗她。长水哥生气了。等我当了木客，我来结伙食账，把那些黑字都擦了，不让老板娘老记着。我叫了声长水哥，哥哥，你是个好木客。

刘驼子，你知道吗？就是那个篾匠。他上我家做过几天篾活，后来，偷我家的竹子，被人捉住。我娘说，放了驼子吧，竹子砍了还有笋子呢。刘驼子后来又砍我家的竹子，像自家的竹园，他编了竹器到集市上卖钱。我娘可怜他一家老小，只当送刘驼子半个竹园。我家杀年猪，刘驼子没肉过年，要借几斤肉，以后拿手艺还。后来我和娘赶集市，见刘驼子卖竹器，我娘要只篮子，抵那几斤猪肉钱。刘驼子大声喊，这女人我不认识，买篮子不给钱。他要让满街人听见。我娘拉起我就走，说认错人了。我说，是他，刘驼子，我认得他。长水哥问，真有个刘驼子？我说，真有。我见过这人好多回呢。后来，刘驼子长了背花，驼背上开一朵肉花，叫痈。自己挺了些日子，挺不住。他送来一只竹篮，找我娘要草药。你知道，我娘草药好，跟我外公学的。我娘用白花蛇舌草和铁灯台草，治好刘驼子的背花。后来，刘驼子不见了，听说他到上河去了，那边手艺好做。有木客说在大码头见过刘驼子，穿大衣，戴皮帽子，还有个年轻女子帮他守摊子收钱。他开了个刘驼子竹器行，发了财。木客走一趟上河，就带了很少的钱和很多故事回来。长水哥听了就说一句：驼子钱再多，也直不起腰来。

夏天，赤身走长路，脱一层皮。然后，晒成老铜，两个铜人。我们一天燃一根火柴，吃一顿熟食。烤鱼，烤苞谷，烤田螺，烤泥鳅。盐是从路边人家讨的。吃一些生食，什么能吃就吃什么。在路上，不比家里，生熟都能吃。吃着吃着就习惯了。吃生食力气大，野兽吃生食。我和长水哥吃成两头小兽。长水哥问我，几天了？我数了数火柴，还剩十一根。我说，二十天。再过二十天，暑假过完，新学期开学，怕是赶不到了。回去老师问我，我怎么讲？迷路了？回不去了？学校还肯要我不？长水哥说，回去是顺水，搭木排，搭船，十天八天不就到了？这主意好。长水哥是个好伴。我又快乐起来。快乐像风一样。像风一样刮过操场，像风一样吹上河岸，像风一样翻过山坡，像风一样奔向远方。黑板敲得再响，风也不会停。

往上，两岸靠近，河变窄，水流变小，鱼也跟着变小。那些鱼，是长大了去了远处，还是去了远处才会长大？一条河呢？就是一个想念，它在自己的想念中长成一条大河。想念，是一条河的食物，河流，吃自己的想念长大。河流会吃山的倒影，会吃落进河里的白云吗？它还会吃雨水和雪花。小鱼和大鱼吃河流，它们没牙齿，不会咬痛一条河。

河边的沙洲，有人挖一个坑，埋一个草扎的人。一个人不再回来，就会扎成草人埋掉。我们再不回去，会被扎成两个草人埋掉。梦见我娘，我对娘说，就回来。我娘也一定会梦见我。她揪我耳朵，醒了。

路不再沿河，又分开了。我们还以为就这样会走到头。走路还是走河？长水哥说，石头剪刀布，输的走路，赢的走河。要是一样，就一起走。走河还是走路，由我定。就一次。我说好，就一次。我输了，走路。长水哥走河，分开走，看谁先到河的源头，先看到七姑娘山。一个人走，会快一些。

分手时，我把剩下的火柴，十一根，全给长水哥。要他省着用，别打湿了。他要是先到七姑娘山，就燃一堆火。

一个人走路，风一样快。走过几处人家。翻过几座山。穿过一处树林，好像是一头熊，趴在我的肩头，热气喷到脸上。一看，是二姨家的黄狗板凳。这么多天，它一直跟着，怕我骂它，它一直躲着我。我一个人走路，它跑出来给我做伴。它叼着一块熟肉，刀头肉，敬神用的，不知它从哪一座庙里抢了菩萨的肉。好久没吃尕尕了，我和黄狗板凳很快吃完一大块刀头肉。看样子，它比我还饿。

又走了几天，看见一条小河，有位白发婆婆在河里洗衣服。我问她：老人家，七姑娘山有多远？

白发婆婆指着河水，水里有一座石峰，像是女人像。她又指着高处，高处是一座石峰，也是女人像。河水从高处流下来，像是从女人身体里流出来的。

白发婆婆说，那就是七姑娘山，那石头就是七姑娘。白发婆婆不见了。水中的七姑娘，站在一朵白云上。

这里应该是河的源头。我要在这里等长水哥。他是不是迷路了？是不是走到另一条河了？

月亮升起来，七姑娘山燃起一堆火。我朝山上大喊：长水哥——回声同河水一起落下。

我和黄狗，朝火光奔去。

出門踩一腳狗便
好兆頭
今天會走狗便大運

河东街事

本来，日子过得好好的，天晴落雨，多一顶斗笠就好了。一个发明斗笠的人，一个发明钱币的人，哪个更好？兴高采烈地去街市，都会垂头丧气地回家。买的嫌贵了，卖的嫌贱了。回家路上，斗笠底下一张苦脸，一副愁肠。街市生意，都是吃亏。赚到钱的，只是扒手。扒手也会挨打，也是吃亏。

街市赶集，不为买卖。是比人，看谁长得好看，脸好看，衣服好看。一个人要在街市好看，只要好看一回。后来有人对你讲，以前有个人很好看，讲的也许是那时候的你。如果你还会翻跟头，耍板凳，就有机会在街市演戏，当一回英雄。

我早起去街市。这个愿望很久了。到实现这个愿望的时候，我十二岁或者十五岁。饥饿和生病，记住食物和药的味道，记不清年龄。我打开百宝箱，取出丝麻混纺的赶街服，真正的汉服，祖上传下的汉朝官便服。后人一生可穿一次，赶街市或红白喜事穿一次。这件衣服经药水浸泡，不沾尘埃，不染汗渍，又一直安放在楠木箱内，千年如新，有汉唐气味。百宝箱内有铁钱铜钱金银钱，有地契房契、戒指、耳环、玉镯。这些东西，饥荒年月，也不拿去换粮食。饥荒年月，要的是粮食，这些东西不能吃，才得传存。凡是能吃的东西，都不会存世太久，米一年，腊肉两年，腌菜三年，鱼半日，鸡一日，牛羊肉半日，猪肉一日。动物尸体，易腐烂。文书过期，房契地契变成废纸，钱币锈蚀。多少穿衣人死去，这件汉服如新。

出门踩一脚狗便，好兆头。今天会走狗便大运，一脚踩上黄金堆。穿上汉服，一路疾风。路滑，稀泥敷路，几次滑倒，怕伤了祖传衣服，一生只得穿这一次，需用心爱惜。就要滑倒，想用膝肘支撑，被衣服托住，像是有一只手，凭空带住。想好宁伤皮肉，不伤衣服，也真是好笑。有些念头，有些事情，当时很认真，过后成一场玩笑。这是多数人的经历。只有少数人，开始是个玩笑，后来还是玩笑。

一路上有人看我，以为我是去街市唱戏的。他们一个个指着我一生只能穿一次的衣服，有人说我去演刘邦，有人说我去演项羽，有人说我去演李世民，有人说我去演个李自成，还有说我去演袁世凯的。这一路上，戏迷真不少。我看过傩戏、木偶戏、剧团演的汉戏、杂要、京剧、道士做法事，自己没学会演戏。听人说，天下第一难事就是演戏。大姑大姨长得好看，就不会演戏，鼻子眼睛长得太好，演戏就不像。一张脸不会万般变化，就演不好戏。我只会一句戏剧唱词：一杆好枪是花枪，一场大雪上梁山。

我编了个草环，戴在头上，插上两根芦花。有人说，我像个草莽英雄。有人说，这人是个疯子。说我是疯子的人，是女人，长得丑。人比人，长得丑的说丑话，长得好看的说好话。我都只装没听见。人说人，没听到才好。身边的老物件也会说人、说事、说天气变化。那些老锄头，一起说农人、农事。一条扁担，会默念一个人的力气。今天出门，石磨和路上的石板出汗，说的是天气变化，要下雨。人的语言和器物的语言更不相同，人的话有气味，也华丽，像唱戏，有声有色。器物的语言无声无色。人的语言来自器物。梦里，人和器物的语言混在一起。梦是从一张床开始的。一个人做梦，就是一张床在做梦。人和一件亲近的器物，同一个灵魂。一个人往西南方向走，无声处，会听到各种器物的声音。

我自西往东，我朝前，影子朝后。我向街市，影子向山林。一路上拉拉扯扯，是方向把影子拉长，再一寸一寸缩短，最后再躲进我的衣服，依附我的身体，假装是衣服的囚徒。影子扮成老物件，像有什么要对我讲。我在人世间的秘密，影子全知道，一个偷窥者，一个潜伏在身边的告密者，或者，一个尾随的杀手。其实，影子一直是个灵魂伴侣。

过河，从河西到河东。街市在河东，不是河岸，且离河岸还远。街市热闹，远一点好，远才有向往，才有趣。街市如在家门口，就无趣。像影子，就在身边，有意思吗？到三岔路口，有一块指路碑，无字，其实就是一块石头，叫聪明石。你想去哪里，聪明石就会给你一个念头，指出方向。我要去聪明街，石头给了我一个念头，我朝念头里那个方向走，不会错。一直往前，还会遇见两个人，一个读树叶的人，一个捡粪的人。赶街市的人，都会遇见这两个人。路边施茶水的人有时不在，读树叶的人和捡粪的人会在。这两个人，一个不停地和自己说话，其实是读树叶；另一个爱和每一个过路的人搭话，没人的时候就和一堆粪讲话。不断寻找可以说话的事物，他和蚂蚁、田螺或一粒沙子聊天。夏天蚊子多，他一边用蒲扇驱赶蚊子，一边对蚊子演说。他对蚊群说，你们不鼓掌？要鼓掌就拍响点。他拍一掌大腿，血糊糊一片。

我在一碗水那里，牛饮泉水，变成水桶，走路哐当哐当响。水桶会走，和尚就省事了。多几个和尚也有水喝。

到白茅地，一坡牛群。放牛的人是读树叶的人，他拿了一片树叶，大声朗读。他在读旧报纸。早几天，早几年，早几十年的旧报纸，他读得一字不差。他读过树叶的阳面，又翻过来读阴面。他先用高腔朗读社论，再慢读新闻，最后快读广告。读树叶的人先前是个大学生，打篮球被球击中脑壳，先是脑震荡，后失忆，去食堂常忘带饭菜票。后来退学，见有字的就读，那些字在纸上、树叶上、山坡上，他在大雾中会见到那些字，认识的，不认识的，琅琅有声。生字读熟，错字读对。树叶上没字，读多了，就会见字。很多时候，他在读报纸，报纸读完了，再读树叶，读树叶是假装在读，其实，是背诵报纸。过路人有读过报纸的，听出旧报纸的味道。

为不影响他朗读，我轻轻路过。路过的人，遇上一位朗读者，要安静。课堂、会场、说书的地方，都要安静。咳嗽、大声说话，会挨骂。安静点安静点，有人呵斥，然后是一群白眼，鱼肚白。有霜的早晨，天现鱼肚白，星月隐去。我是个不安静的人，小时候哭夜，三岁多哭破喉，说话像蛙叫，猫狗也嫌我。父亲让我生吃画眉蛋，治嗓子，待嗓子治好，爱吼，爱笑，爱唱。发音器官特别发达。参加学生合唱团，声量太大，讨人嫌，指挥唱歌的老师用手势往下压，我还是不能唱个好低音。老师对我讲，你站在队列里充个数，不唱行不？到十二岁那年，我才学会安静。不笑不唱不说话，是课堂里最安静的一个。也是那一年，我第一次评上好三学生。

经过朗读者，我很安静，生怕脚步声冒犯朗读。不小心踩落路上的一块石头，滚石如飞矢，从读树叶的人头上飞过，击掉他头上的斗笠，击破他的朗读声，还好，没伤到读树叶的人。他望我一眼，没见到他的眼神，他的眉毛遮住了眼睛。我对他讲，惊到你了，踩翻一块石头。他不看我，只讲一句：年轻人，走路风快，是要去外国啊？去格陵兰岛啊？他果然是个大学生，地理知识一点不含糊。我看过世界地图，知道那个地方，总是下雪。远，很冷。我能记住那地名，那里的鱼长在冰里，女人爱太阳。

我说，不去那么远，我去赶街市，去聪明街。他给了我一些树叶，对我说，这些树叶在聪明街有用，看运气。运气好，树叶就是钱。我收下了这些树叶，向他道谢。一个读树叶的人，肯把树叶送人，很珍贵。我看过每一片树叶，两面光滑，没有任何文字，叶脉也不明显。这是一种藤本植物的叶子，用茅草做成荷包，采摘刺莓。我想不出这些树叶有别的用处，但还是想带这些树叶到聪明街试一试运气。

街市在平地，老远就能看见。平地走路，看见屋，走得哭。人往前走，街市往后退，越走越远。一只鸟飞过去的地方，一个人要走很久。见到聪明街集市的人群，遇见那个捡粪的人。他在斗笠底下和一堆粪讲话。小兄弟，去街市唱戏啊？他叫了几声小兄弟，我才明白他是和我说话。他拖着一只有提梁的撮箕，拿一个粪耙子，一个职业捡粪人，才会有这两样行头。听说他先前也是街市大户人家，自然不会养身技艺，后来变破落户，走四方打三棒鼓卖艺，再后来嗓子破了，置了行头捡粪，每天只捡一筐粪，卖给种菜的，换一天伙食。民吃粪，官吃运。捡粪的日子过得好。话多，朋友多，讲梦话也在呼朋引伴。过路人，沟渠，畜类和它们的粪便。

那时有风，收割的稻田，稻草垛在田坎上站成一排。水田里有泥鳅和田螺，觅食的鸟在水田里跳跃。

捡粪人用粪耙子扒一堆呕吐物，扒出两件金光闪闪的东西。拿到路边沟里洗了，一枚金戒指，一坨狗头金。捡粪人大户人家出身，认得金子。他拿给我看，说这些人连金子也敢吃，吞金要死人的。得酒肉灌肠胃，呕吐出来也是福气。

我呵呵傻笑。我一傻，他话更多。他说，不一定每一堆呕吐物都有金子，总有堆呕吐物有金子。他知道排泄物和呕吐物的出处。他碰上一个发横财的人，手里玩着金子。捡粪的人对发横财的讲，财多招贼。聪明街来了个江洋大盗，金银财宝藏在多隐秘的地方，江洋大盗也会偷走。一急，那个人把金子吃了。又去喝了两斤好酒，走了半里，吐在路边。金子埋在秽物里，偏遇上捡粪人。

我又呵呵傻笑。这捡粪人，真像是念戏文。讲的比唱的好听。他凑过来，拿住我的衣服，说得了这样一身行头，就去街市唱三天三夜大戏。他讲得有底气，到底是卖过艺的人物。他编过《捡粪歌》，不带一粪字，不沾秽气。

早上来捡
捡捡
捡个书生
捡个书生
造个学堂
晚上来捡
捡捡
捡个花儿
捡个花儿
造个洞房
天天来捡
月月来捡
年年来捡
白天捡个太阳
晚上捡个月亮
捡个厨娘

热菜热汤

一针一线

捡个马夫走四方

捡个鸭客

…………

《捡粪歌》逗孩子们喜欢，追着他听歌，帮他捡粪，把捡粪歌传到七村八寨，传到街市，也传到读树叶的人那里。那时树叶还有很多空白，读树叶的人想把捡粪歌放进树叶里朗读，他不讲究，歌是好歌，就是不怎么押韵。

捡粪人捡来了坨热粪，用树叶包好，叫一小男孩送给读树叶的人，你对他说，是荞子粑粑。小男孩回来，带话，好好种荞子，等荞子开花，还早。一来一往，争口闲气。人争闲气，草争露水。

我沿街市和山野的边缘往前走，捡粪人追在后边说话。前面是个长发齐腰的姑娘，我跟她走进街市。街市肉多，有挂着的，横躺的，还有未变成肉活着的叫着的。好肉都有好品相，酒馆饭铺的色香味，都是好肉做成的。

满街食物，也有猪饲料。人的食物论斤两，猪饲料论箩筐。一箩筐米糠值一斤米钱。吃米糠的猪，长膘，肉香。屠夫在肉铺子挂一副猪大肠，肠子里有糠，他卖的是米糠肉，肥瘦各半，肉中极品。吃过米糠肉，才算见过猪走路。看过食物，也看过饲料，又见器具、作料。锅碗盆瓢，油盐酱醋，农具手工，吃穿用，纸笔墨，染织绣，锣鼓竹笛二胡，街市满目。

过清风街，过正气街，便是聪明街。在聪明街口，又见到那位长发齐腰的女子。一大嫂捉过那长发，问是真的还是假的。那女子不作答，往人群深处走。那大嫂抓了一把自己的头发，不相信长在别人头上的长发是真的。太好的头发像假的，又长又黑。满街人头，都长不出这一头好发。有好头发，人就聪明，但聪明街的人，差一头好发。我走在聪明街的石板路上，看那女子的飘飘长发，以为那是聪明街名字的由来。除了有一头好发，我想不出这里为什么叫聪明街。油街、米街、布市、猪市、猫街、纸烛街，那些名字都是有来由的。去米市买米，去猪市买猪，去聪明街买一个聪明。泥做的不倒翁，栽了几根头发，看起来不聪明，摇起来很聪明，见了就喜欢。不倒翁以前叫不倒翁，后来栽几根头发，叫聪明。聪明街口立了个很大的不倒翁，有两条大辫子，是用锅底灰画的。立在街口的这位叫大聪明。赶聪明街的人，先在大聪明那里领钱。领到纸，领到布头，领到树叶，那就是钱。把身上带的一样东西，放到大聪明屁股底下摇一摇，取出来就是钱。如果你带的是小布头，摇出来的钱也不一定好用，要看多数人摇的钱是什么，是纸，是树叶，同样等值，才是真钱，好用。大聪明帮不上什么，靠运气。我拿出几片树叶，在大聪明屁股底下摇了三下，取出树叶钱，大聪明摇头晃脑对我笑。这一天，大多数人摇的是树叶钱，纸片和小布头很少。这一天，聪明街流行树叶钱，阔叶，光滑，叶形一致。有这种树叶的人，笑嘻嘻的，运气好。我也笑嘻嘻的，挥动树叶，与人点头问好。有再多的树叶钱，也只能买三样东西，吃穿用，各选一件。选吃的，两斤肉，十斤米，十斤盐，一碗面，任选一样。选穿的，一双鞋，一件棉袄，一条短裤，任选一种。选用的，一把斧头，一根针，许多用具，任选一件。也不能全选贵重物品，穿的选一件棉衣，用的就只能选一根针。选对的，不选贵的，不会变傻。聪明街赶集的人聪明，要做针线活儿，选一把斧头用不上。

我在聪明街打转，在卖肉的那里站了一刻，又去卖衣服的地方看看，到卖斧头的地方，我拿起一把斧头看看，锋利，盖有铁匠姓名的火印，正好作为纪念品。我不认识造斧头的铁匠，我也不需要一把斧头。我没使用过斧头，也不打算使用一把斧头。我记得那个捉奸的男人，砍断老婆的情人一只手。我从此恐惧斧头，见到铁器，心就冰凉。路过铁匠铺，冷铁碰热铁爆响，火星子乱飞，兵荒马乱的样子，聪明街变傻了。在铁匠铺看了会儿热闹，我忘记了该办点什么事。过了午时，我的几张树叶钱已经陈旧，旧币不值钱，勉强买了个聪明——栽了几根头发的泥人不倒翁。那位长发女子也不见了，我没看见她的脸，也没搭上话。好机会都过去了。我手掌上托着泥人不倒翁，摇头晃脑，像唱戏。我跟着摇晃。衣服起舞，衣缝里跳出一些文字，如星星闪亮。我第一次发现，祖先藏在衣缝里的文字，大概是族谱，是流芳百世的愿望。我扮演祖先，在街市里行走，身边的杂货，祖先曾经触手可及。

聪明街的东头，是一条穿街市流过的小河。拦河的堤坝，漫过浅水，起落的洗衣棒捶打衣物和流水，搓揉洗衣女的私语和心事。河流与街市，隔一堵断墙。有墙的地方，都有一处禁地。或者，隐身之地。青苔斑驳，藤蔓翻墙。墙的临街面，有一篇文字，告示一类，新的盖住旧的，又有新的上来，重重叠叠，密密麻麻。先前叫字墙，后来叫麻子墙。是这些字守住了这面墙。那么好的青砖，都没被拆下来用到别处。黑神庙的墙，文庙的墙，都拆了，那些青砖，有的砌房，有的砌了猪圈。1985年，“大跃进”，大炼钢铁，有人动了念头，想拆了麻子墙造一座高炉。因为麻子墙上的字，没敢拆。后来，那些炼钢铁的高炉被拆了。它本来应该留下，像宝塔一样受到保护。麻子墙上有一首歌谣：

书记炉
真要得
又出政治又出铁

读这首歌谣，会让人想起那些大炼钢铁的土高炉。

没人能读通麻子墙上的文字。有一天，读树叶的人来了，他看了一层一层的文字，一边看，一边朗诵。是歌谣、报纸、告示，还有天气预报。也有一些人的名字，选名榜、功德录、光荣榜、祖传秘方招贴、小偷画像、商品价格、寻人启事、讣告、会议通知、流行病预防办法。读树叶的人朗诵半天，有人递给他一瓢凉水，他喝了接着朗诵，一个下午没读完麻子墙。

我站在麻子墙下，想认出一个熟悉的名字，找出一个姓氏相同的人，那便是我的祖先。他在西边抗击过匈奴，在东边阻击倭寇。他有赫赫战功，有光荣的名字。

很多人忙生意，我在打发时间。太阳偏西，我站在麻子墙的阴影里，祖先的背影，映在墙上，在墙的那边，我会看到他的肖像。

一个人站在麻子墙下，看墙上文字，念念有词，一边吃萝卜。我想起捡粪人讲过的笑话：一二三四五，不准吃萝卜。吃萝卜的人赶忙丢下萝卜。丢下罚一百，吃萝卜的人又赶紧捡起。捡起罚一百五。吃萝卜的人赶紧逃了。我演习了一遍吃萝卜读告示的笑话，那个人逃了。

捡粪人给我讲这个笑话时，我还小，才开始识字。他是要我多认字，不要长成笑话。他把笑话当成一个人，有鼻子有眼睛的。我万一长成个笑话呢？七村八寨，认得的字加起来，斗大的字装不满一箩筐。我找读树叶的人识字，他念过大学。唱三棒鼓的唱他是留日的大学生。捡粪人唱过这一段棒鼓词。唱到留日的大学生，下边就哄笑。唱三棒鼓的要大家莫把意思笑岔，留啊牛啊流啊扭啊莫混乱。

那些流行的唱词，在大西南，像夏日流萤。一些事物也会发光，它们在黑暗处闪亮。

我依稀看见，有腰腿病的婆婆躺在吊脚楼上，一家人在楼下吃饭，滴滴答答，有东西落在桌上，落在菜钵里，饭碗里，以为屋漏雨，正打雷下大雨。有腥味，是血。一家人爬上楼，婆婆被流弹击中太阳穴，人已断气。不是仇杀，是官兵和土匪对射，流弹飞击木楼，造成流血事件。一屋腥味，一床血，从楼上流到楼下。子弹也会发光，雨中流萤似火，雨在燃烧。

聪明街的青石板下，埋了一口石函，内有一把金刀，天黑时，它会溢出光芒，照亮一条石板街。读树叶的人见过石函，那石函有刻字，他认出是战国时的文字。拾粪的人也揭开石板看过。他赌博输急了，想偷金刀。他后面为何缩手不取，只有他自己知道。聪明街先前叫金刀街，一条英雄街，男女老少，都是武林英雄，匪人不敢侵犯。千年风雨，聪明街的每一片瓦都完好无缺。日本侵华，长沙保卫战，聪明街青壮年九十人出征，无人生还。聪明街一时成寡妇街。捡粪人说，有个人活着回来，他躺在死人堆里，一条腿伸在外边，日本兵用刺刀戳了几刀，他没敢吭气。在死人堆里躺了两天，那个人才敢爬出来，那条伤腿已长蛆。别人问捡粪人，那个人后来怎样？他回来了，人在哪里？捡粪人拐着一条腿，一边弯腰捡粪，一边叽叽咕咕不停地说话，像写日记，也是默念，把一些名字读活，或者，给一些事物取名，石二，草七，树八，说话有回声。

我在聪明街上走，夕阳照街，每一块青石板都像金子。一个人有许多金子会睡不着。那个时候，聪明街的大户，在别人做梦的时候，他们在数钱。捡粪的人在一堆呕吐物中捡得一块狗头金和一枚金戒指，几夜未睡着，叽叽咕咕念叨，捡得的不比买得的，三百两银子买不回的。他在那堆呕吐物边守了三天，等人认领金子，没人来领。能吐金子的人，像吐一口痰，是不收回的。他找到读树叶的人，让他帮忙，写一条失物招领。读树叶的人笑话他，哪有金子招领？来领的人都说自己失了金子，你有多少金子给人？真正的失主不会露面。两人一合计，拿金子到酒馆抵押，吃喝几次足够了，顺便和又白又胖的老板娘说笑。老板娘见了金子，笑成一朵花。老板娘做了一桌好菜，猪舌、耳尖做下酒菜，又温了一壶好酒。他们好吃好喝，忘了和老板娘说笑。老板娘问：有味不？两个酒酣耳热的人齐答：好味道。老板娘又上两道菜一壶酒，把脸递过来说：你俩只是吃，不说不唱？捡粪人倒满一碗酒，仰头灌下，破嗓子唱开：

大姐生得笑笑的
两个奶子吊吊的
我想摛手摸一下
心里有点跳跳的

老板娘打个哈哈，自己喝了一大碗。两个人吃饱喝足，老板娘说下次再来，你那两件金器，我先代你保管，我不缺几个酒钱。没几天，小酒馆关门了。听说老板娘和兽医站长私奔了。

捡粪人零零碎碎讲给我听，前前后后，叽咕了几年。太慢，重三倒四，听他讲话，我先准备耐心，他的流水账，从娘肚出来记起。他出娘胎难产，找来兽医接生。他从娘肚里伸一只手出来，娘说，他是讨钱呢，拿了一枚铜钱引导，他出生了。我问他当真？他说，真的假的，是娘说的。

听捡粪人说话，在路边。他捡粪，我捡他的话。没捡到什么金玉良言，不值得读树叶的人朗诵。我们那一带流行的新词，是读树叶的人找出来的，有些是从报纸拣出来的，有些是从经书拣出来的，有些是从街市中找到的。三棒鼓说唱大学生，是有个人考上大学。牛贩子就是牛客。写标语的叫标语客，大学生叫大学生，不叫客。

在聪明街闲逛，打发时间，太阳不耐烦等我，过了街市，从天边溜走。我上了凉亭桥，桥头的仙姑摆了个小摊，卖核桃板栗花生葵花子糖果酸萝卜。我们乡下人，会在街市认一两门亲戚，有面子，赶街讨碗凉水喝。我家与仙姑认亲，我叫她神仙姑姑。她向我招手，见我穿这身衣服，说我神仙附体，又遇贵人，会发横财。她说的真灵，我拿树叶钱做成一笔小生意，买了泥做的聪明不倒翁，又遇贵人又发财。要真算发财，是我家买了一头叫约克夏的种猪，配种赚钱，没它赚钱，我就不能闲逛打发时间。神仙姑姑对我讲，她认识街市的大人物，也是贵人，有时找他们，没有做不到的事。我说，有约克夏呢，一时不找贵人。神仙姑姑说，约克夏她认识，是一外国人，牧师，洋和尚。

回去的路上，土地庙旁，缺嘴巴用棍子打他的儿子。他让儿子跪着，边打边骂，敬菩萨的肉，你敢偷吃，爹娘的肉你也敢吃吧？缺嘴巴打一棍子，儿子就喊一声，爹啊！我扑上去，护着挨打的儿子，缺嘴巴又打了十几下，照我背上打，我那祖传的宝衣被打成一片片碎布，几千年的传家宝，毁在我手上，神仙姑姑说我会遇贵人，结果遇恶人。

回家，我趁黑脱下衣服，藏进箱子，和我的血肉一起，那也是祖先的传承。

下雪了，一尺多厚的积雪。来了个人，我差点没认出是读树叶的人。他穿了一身棉军装，戴棉军帽，两只护耳拉下来。棉军装是有中国人民志愿军的标识，衣领里有他的姓名和血型，A 型。那么，他当年是名志愿军战士，在朝鲜和美国人打过仗。

我递给他一碗米酒，一管旱烟。这只是礼节，他不抽烟，也不喝酒。他来递信，捡粪的人死了。他开始朗诵。

一个人
喝凉水
伤了肺
殒了命
那个人
陈世尘
隐了名
捡畜便
捡黄金
口舌多
腿脚病

骑过马

守过城

战长沙

杀贼人

日本兵

是凶狠

血换血

命斟命

山河在

浩气存

几十男女齐出征

一人生还不留名

大冷天，陈世尘喝凉水，伤了肺，死了。读树叶的人，给他擦洗身子，洗净一身粪气味，换上一套旧军服。他把自己备的棺材给了捡粪人。

读树叶的人踩雪走了，他要到别处报信。旧军服的衣襟上写着他的姓名，他叫冉金旺。他当过土匪，与捡粪人是把兄弟，在朝鲜战场上，他是机枪手，战过上甘岭。负伤后，他成了一名宣传兵。他的文化，也就是识字，是当宣传兵学的，他不是大学生。

我十九岁或者二十一岁那年，想要有点出息，想去干大事。我去修铁路。那条铁路，是用扁担、锄头、炸药、钢钎这些工具修成的。

一条了不起的铁路。要是遇上外敌入侵，这条铁路会有大用，会成为国家第三线。

我干了件大事。我不再打发时间。一个人有了自己的历史，就有了时间。

当我再次在聪明街闲逛的时候，人们问我，你出去这些年，都干了些什么？我说，我为国家修了一条铁路，他们先是惊呆了，然后大笑，看不出，你真的是个铁匠啊。

踵之痛

对事物有共同的命名，就会有共同的记忆。鬼，不管有没有鬼，只要有鬼这个名，记忆中便会有鬼。或有或无。菩萨也是这样，记忆中也有菩萨。鬼和菩萨，又分不同的名字，记忆中就有了各种鬼神。

我对脚后跟和踵的记忆，是混乱不清的，有时是脚后跟，有时是踵。在念成语接踵而至的时候，在读神话阿喀琉斯脚踵的时候，我明白什么是踵。在长鸡眼和踩到尖锐硬物的时候，我知道是脚后跟。总是跟我的是脚后跟，我一直担心的，也是脚后跟。其实，脚后跟只是像没长胡子的下巴。

那晚有半个月亮，我和辛一去岩坝院子，开一个会，村民选举大会，选村民委员会主任。这个职位，以前叫村长，后来叫村主任。两个名字，一个职务。叫踵，或者脚后跟，一样。有月亮，辛一还是举着火把。干杉木皮捆成一支火把。这种火把不会熄灭，不怕风，也不怕雨。它要是熄了，在夜里舞动几下，又会燃起火光。有月亮，火把会把脚下的路照亮，远一点的地方。没有火把却看不清，月亮也照亮路，还能照亮远处的山，能看见天上的星星。有了火光，月亮和星星就不太明亮了。盐和盐在一起，不会更咸，光和光在一起，一些发光的东西会变暗。白天看不见星星，虽然它们还在天上站着。辛一举着火把站在前边，我在她后边跟着。我后边是黑夜，和我连在一起，我也是黑夜的一部分。辛一就是白天，她举着一个太阳。我走在她身后，在黑暗中想她，像黑夜想着白天。火把烤着她，散发香气，和夜里的花香混在一起。我在后边抱住她。辛一说:别，别在这里。前边有块青石板，辛一坐下，火把放在一边，看似熄了，还燃着。热，辛一解开衣服。她说，摸摸我。我摸了她的手，又摸了她的头发。辛一叹了口气，说走吧。别耽误正经事，要选村干部呢。我摸了摸口袋，硬硬的，一粒黄豆。辛一口袋里也一定有粒黄豆。到岩坝院子的会场，我会把这粒黄豆投进一个人的碗里。一粒黄豆就是一张选票，谁碗里的黄豆多，谁就当选村长，也就是村主任。拿黄豆当选票，是照顾盲人和文盲，让盲人和文盲放心，觉得公正公平。不要欺侮盲人和文盲。瞎子是前世的错失，别人问路，往东他指西，往左他指右，让人走冤枉路。给人指错路，来生变瞎子。我问过亮瞎子，问他前生是不是给人指错路？他没生气，只说，前生我是谁？我做过什么？我不晓得，我只晓得这辈子是瞎子。

亮瞎子也一定领取了一粒黄豆。他也一定早想好了，把这一粒黄豆投到哪一只碗里。以往每一次投豆子，他都投对了。他投的豆子，总会在大多数豆子的那碗里。台子上会有两只碗或三只碗，每只碗代表一个人，左边是谁，右边是谁，中间是谁。安排投豆子的人，自己会闭上眼睛，装成盲人试一遍，怕出错。这些安排投豆子的人，都是办事人，靠得住的人，从不出错。这投豆子的选举办法，来自抛绣球征婚的故事。

> 二月里来龙抬头
> 官家小姐抛绣球
> 绣球单打薛平贵
> 薛家代代中诸侯

我最喜欢的游戏，是辛一摘一朵花打我。牡丹，绣球花，或者一朵向日葵。整个少年时代，我的身上总有花香，辛一的头上总有些花瓣。少年时代，和蝴蝶蜜蜂一起热闹。风好，阳光也好，能看见远方的黄连乌脊界，有名的金子山，在太阳底下闪闪发光。读过一篇小学课文，勤劳的老二，去金子山那里，带回一把锄头，勤劳若干，发家致富。老大也去了金子山那里，忙着捡金子，太阳回来了，老大让太阳给烧死了。读这篇课文的时候，阳光很好，能看见黄连乌脊界，老二和老大去过的金子山。读这篇课文的时候，我还小。老大和老二是一起去金子山的，老二为什么只拿一把锄头，一块金子也不要？老大为什么不少拿几块金子，在太阳回来之前赶快跑？老二为什么不拉哥哥赶快离开？亲哥哥被太阳烧死，他没有哥哥的一生，一点也不想念不难过吗？每当太阳升起，老二一点也不讨厌不仇恨太阳吗？课文很短，没讲我想的那些，我也没问语文老师。老师只讲了老二代表勤劳，老大代表贪心，太阳代表天意。天意？我十二岁没懂，十八岁还没懂。

天意，你知道不？我问走在前边的辛一。辛一说：我又不是天，你问天吧。火把短了一截，我们又走了一段路。一截火把照一截路。黑夜路很长，担心火把太短，会燃完。辛一比我更清楚火把有多长，她催我快点走路。走得快，火把会变长；走得慢，火把会变短。火把最长也只五尺，不要太长。这个限数就是天意。金子山的金子太多，捡不完，太阳就把人烧死。走夜路的人，期待有燃不尽的火把。辛一举着火把，照亮我们周围几尺远的地方，照亮绿色的草和树叶，照出黑色的石头，照亮刚好落脚的路。我忘了月亮和星星，忘了天亮。火把就是月亮星星和天亮。在很古老的时候，天地昏暗，没有太阳月亮星星，也没有雨，当然也没有草木与河流，没有火，没有人和野兽，忽然有了闪电和第一滴雨。几万年以后，有人才为那一次闪电和那一滴雨欢呼。我常常眺望远方的黄连乌脊界，什么时候有了光有了火呢？

穿过一片树林，惊飞栖宿的鸟。鸟在夜里看不见，瞎飞，撞到树干就跌落到地上。人也会有鸟眼病，天黑就看不见，这个病叫鸡目眼，书上称夜盲症。夜盲症也支持投豆子选举的办法。

辛一扭头问我：你投谁呢？

我说：不是去投晋四爷吗？

晋四爷不长胡子，下巴像脚后跟。因为没胡子，大家一般叫他阿晋。论年纪和辈分，该叫他晋四爷。

晋四爷家养了几百只鸡，今年有了一万多只鸡。那天，他给老婆讲故事。说有个人捡得一颗鸡蛋，计划把这颗蛋借邻家的母鸡孵一只小鸡，然后，鸡生蛋，蛋生鸡。再然后，把鸡卖了，买一头母牛。母牛生母牛，再生母牛，最后造大屋娶小老婆。老婆一生气，一巴掌把那颗金蛋打烂了，一颗金蛋啦。晋四爷女人听了直打哈哈，小气的女人难发家。晋四爷，你看你家的女人有多好，帮你养鸡发财，你有本事再找个女人回来，也好帮我倒洗脚水洗脚捶背，一起享福。

这几天，晋四爷家女人提了只篮子，挨家挨户送鸡蛋。她说送也是送，卖也是卖，不差几颗鸡蛋钱。有家人女的坐月子，晋四爷家送去两只肥母鸡。

你确定投晋四爷？辛一问。

确定。大家都会选他。

就为那几颗鸡蛋？

不是，他以前也给大家送鸡蛋。有人坐月子，也送肥母鸡。

他这人，嘴巴无毛，办事不牢，下巴就像脚后跟。

辛一自己长得漂亮，下巴长得好看，也不长胡子，她还是认为晋四爷的下巴不好。其实，没长胡子的下巴不一定不好。我自己的胡子也刚好青了下巴，像刚出土的麦苗。我没反驳辛一，怕她生气。她摸了摸我的下巴，说我的胡子不是胡子，是鼠毛。我向她保证，我的胡子一定会长好，又粗又硬，会扎人。我还是个半大人。我留在村里，没跟那些长得好看的人出去。

晋四爷长得不好看，留在村里养鸡，一万多只鸡，人手少，我们几个半大人，还有老人，帮他家做事。每人一天领八十元钱。管饭，有蛋有肉，算下来一人一天一百一十元钱。晋四爷对我说，晓得每天给自己算账，日子就过清楚了；晓得一年能帮自己算账，人就长大了。钱是给你的工钱，道理是白送你的。我说晋四爷，你不是我兄弟，不是我姐夫，也不是我爹，你真没把我当外人。他又说我聪明，听得懂人话。明年和他打伙，再养两百只羊，三十头牛，五十头猪。我说我不要多聪明，只要是人话，我都听得懂。晋四爷又说他的鸡也好聪明，听得懂人话，喊它们吃食就飞拢来，喊它们多生蛋它们就天天生蛋。听晋四爷讲话，让人快乐。他不只是个养鸡的人，还是个爱鸡的人。他除了下巴上没胡子，没有别的毛病。他喝点酒，不抽烟，不咳嗽吐痰，人干净清爽，还能天天吃鸡蛋。咳嗽的人是不能吃鸡蛋的。鸡蛋生寒气，凉性。一个人养了许多鸡，一定会生许多鸡蛋，若偏偏自己不能吃，这样的生活，一定是不幸的。

快点走，火把要燃完了。辛一说。我俩疾走。辛一叫了一声，她脚指头踢在一块石头上，脚指甲破了。我说，我脚后跟痛，从你的脚指头传到我的脚后跟，真痛。她说，胡扯。我脚指头怎么就连到你脚后跟痛了？我说的是真的，右脚后跟痛，只能踮起脚走路。她折断一根树枝给我当拐棍。我像老人一样走路，也像老人一样无力。

辛一说，快点。火把燃完赶不到岩坝院子，会也开完了，还选谁呢？

你到底想选谁呢？我问。

辛一说，人都出去了，只剩阿晋，也只好选他。等出去的人回来了，他们会问，怎么就选了阿晋呢？

我们村，是直辖村，晋四爷说的。晋四爷养的鸡，鸡脚杆套了个绿色塑料圈，有阿晋乌骨鸡几个字。他的鸡蛋，也盖了印，叫阿晋富硒鸡蛋。他的鸡和蛋，是地理标志产品。他的鸡和蛋往省里专供。听说还专供北京钓鱼台国宾馆。后来，我们那地方被评为国家级风景区，一草一木都归国家直管，我们村也当然算直辖村。我们村好，不好不算直辖村。草木好，四季开花。石头好，每一块都有灵气，长成菩萨像。水好，冬天温热，夏天冰凉。木楼在高山上，在白云歇脚的地方。鸟兽虫鱼，在风景里出没。

能看见的东西，都看得见，只要眼睛好就行。晋四爷手搭凉棚望天，他没看见人造卫星，连一架飞机也没看见。人造卫星是天眼，看见晋四爷和他的鸡，看见魔鹰和山猫偷袭鸡群。晋四爷以为，有天眼照看，他的鸡会安全。天眼也看见这一片风景，不准开山炸石，不准砍树烧炭，不准在风景区盖新屋。他不知道能不能养那么多鸡，是不是坏了直辖村的规矩。县里来告诉他，他的鸡在核心景区之外，对环境只有好处，没有坏处，鸡粪让草木长得更好。鸡粪是茶叶的好肥料。还要他养牛养羊养猪。肉卖钱，粪肥地。说话的人是管农业的副县长。晋四爷说，县长放心，好事情，我会好好做。过几天县里又来了个管旅游和生态环境的副县长，说养家畜家禽要适当控制，二氧化碳浓度超标，破坏风景区的空气。晋四爷说，县长放心，不好的事我一定不做。又过了几天，县长来了，说乡村振兴，发展经济是硬道理，要放开手脚，做发家致富的带头人。晋四爷说，县长讲得真好。后来，县委书记来看晋四爷，说要发展经济，也要保护生态环境。晋四爷说，书记讲出了我们老百姓的心里话。县里的人前脚走了，后脚来了又走了。晋四爷下巴长出胡子来。晋四爷的女人见自己男人也会长胡子，咦了一声。晋四爷对女人说：官越大架子越小。女人说：我看你是架子越来越大，家里来个客，你就把我当丫头使唤。你要当个村长，怕是要摆出个皇帝架子来。晋四爷说：你要看来的是什么客。大哥家姑娘是省领导家的保姆，开口闭口省长书记，张厅长李厅长，我不摆个架子，在晚辈面前还有什么面子？你娘屋里来人，还不是我炒菜做饭服侍你们？女人说：那还不是我舅舅是乡长？晋四爷突然像鸡骨头卡了喉咙，狠狠咳了一声说：爹亲伯大，娘亲舅大。我有事找你舅舅，他说，屁大个事也来找我乡长。哪像舅舅讲的话？女人说：我舅舅的话，你没听明白？事情办了就办了，不要对他讲。乡长是舅舅，你不懂？他还不是为你好？

阿晋担心，有什么地方得罪舅舅。现在是直辖村，听上边指示，好好养鸡。乡长是舅舅，当亲人待。看上边的意思，是要我当这个直辖村的村长。我当了村长，还是好好养鸡。别人该干什么干什么。养牛的，好好养牛。养羊的，好好养羊。养猪的，好好养猪。种粮食的，种菜的，种药材的都种出个好收成。能把事情做好的，就是好人。直辖村是好人村，好人村的村长是好村长。好人当好村长，轮着当。

晋四爷想着想着，下巴上的胡子又长了一些。

在晋四爷胡子变长的时候，我们的火把越燃越短。辛一催我快走，一拐一拐，等火把燃完还赶不到岩坝院子。那边不会久等，不差我们这两粒豆子。

金樱子花，白色的花朵，夜里也看得见，很香。每一朵都很香。有风，花香在春夜弥漫。风是从黄连乌脊界金子山那边吹过来的。

两个人走夜路，夜伴又是香风扑面，让我心慌心跳。两个人不说话，心慌心跳越厉害。我无话找话：

风是从那边吹来的。

北边？

东边，黄连乌脊界，金子山。

风是从地上吹起的，地生风呢。

两个人讲了几句话，心安静了些。安静地想。想我们急匆匆地赶夜路，去给一只碗里投一粒豆子，我们为什么不坐在石头上，等火把燃尽，看月亮和星星，听风，听樱桃鸟唱一个女子的前世，唱她怎样变成一只樱桃鸟。就是那位女子丢失了一把柴刀，被公婆打骂，上吊自杀在一棵野樱桃树上。小学课本上找不到这个故事。一位女子丢失一把柴刀就会死，要是丢失一袋金子呢？老大捡了一袋金子，被太阳烧死了。老二埋葬了哥哥，会不会再把那袋金子背回来？太阳不会把老二也烧死吧？太阳自己不要金子，它为什么要烧死捡金子的人？不必禁止人去捡金子，到金子山捡金子不会被太阳烧死，太阳离金子山和其他任何山都很远。太阳很热，它近处有一座金山，也会化掉，不会有金子，也不会有锄头，老大老二，不会到达那里。

我们要去哪里？我问辛一。

辛一说：岩坝院子呢。

我又问：去那儿干什么？

辛一说：开会，选举大会。你脚后跟痛，又不是脑壳痛，人变傻了？

脚后跟越来越痛，从小腿到大腿，从腹部到胸部，再往上，从脚痛到头痛。这怕是传说中阴蛇上树的病。人一截一截地坏掉，最后坏掉脑壳，变成白痴，人不能站立，只能蠕动爬行，行动由体内的阴蛇主使。这个病先在脚后跟那里，用头发捆住脚踝上一寸的地方，阴蛇就不会往上蹿。辛一扯了几根头发，帮我在小腿最细处捆了一圈，脚后跟慢慢不痛了，人也变得明白一些。心像月光一样清澈，像星星一样明亮。我能想起小学语文课的每一个单词，还有几首唐诗和几则寓言故事。我接着想，我以后会长成一个什么样的人，做一些什么事。我会遇上一些好人，有美好的经历。我要去黄连乌脊界那边，看看金子山。如果真有金子，我会多多少少取几块回来，拿一块放在水缸里，看起来像月亮，再拿一块挂在屋檐上，像一只灯笼。还拿一块金子吊在瓜棚上，懂事早的南瓜，在季节里先开花结瓜，青皮蜕去，一园都是金色的南瓜，金色的瓤子。

辛一说眼皮跳。右眼皮。左跳福，右跳祸。说出来讨口封吧。我说，左跳财，右跳喜呢。说大姑娘有喜，也是要挨骂的话，一时找不到别的好话。就是讨个口封，辛一不怪我。

说有修炼千年的黄妖狸，戴了草讨口封，问路人：我像不像人？路人说：像。黄妖狸立马变成人，给好口封的人一生好处。要路人给坏口封说不像人，黄妖狸会到那人的梦里来，变成小人，一生一世跟着，像脚后跟一样，赶不走。

辛一说她近几日，夜夜梦见小人，弄了一身鼻涕口水屎尿，洗了洗了又来了，还找她要糖果，躲不开。一个拇指大的小人，红鼻子，黄头发，舌头吊在胸前，缩回去就绕在脖子上。辛一在梦里拼命跑，跑过县界，跑过省界，那个小人像鼻涕一样黏在她裤子上，然后爬到她耳朵上，对她讲了句悄悄话，辛一吓醒了。

我问辛一，梦醒来你吐了口水吗？

吐了。辛一说。

那就好，没事了。

辛一要和我交换那粒当选票的豆子。我说：有什么不一样吗？

辛一说：当然不一样了。我投的那粒豆子是你的。我的那粒豆子是你帮我投的，是你一个人投了阿晋两粒豆子。我呢，什么也没做。

我说：你就那么不愿意吗？晋四爷下巴上是没几根像样的

胡子，但也没别的毛病。还有比他更好的人吗？

辛一反问我：你想过那些更好的人吗？

你说。

好吧。我舅娘，拿药草帮多少人治病？还是个好接生婆，村里五十岁以下的人，哪个不是她一双手接到世界上来的？

我们不是为选一个草医，也不是为选一个接生婆吧？

我大伯，那岩匠手艺帮人修墓碑，修石磨。你没见过死人？没吃过豆腐？

见过，吃过。我们也不选手艺。

我表叔，看过盐库。他看盐库的时候，我去他家做客，家里正好没盐了，他让我去一里多远的铺子里买盐。

这个，嗯，这个。你说的这几个人都好。但还是晋四爷强，他养了一万多只鸡，给我发工钱，送鸡蛋给大家。他以后还要带领大家养牛养羊养猪，种药材。我们会人强村强，样样好。

辛一说：我们是选人还是选鸡呢？其实呢，我也只能投阿晋一粒豆子，借你的手。

我看了看自己的手，一双好手。像刚长出的一片树叶，没被太阳晒黑，没被风雨吹打变硬，手背还没长毛。手掌也没长毛，手掌长毛就是祖先的手了。

我要把一双好手借给辛一，她用这双手投豆子，梳头，洗脚，抓痒痒。

辛一举着火把，从左手换到右手，又从右手换到左手，两只手都累了。她扭过头对我说：借你的手用一下。我接过火把，对辛一说：你不嫌我手贵，借给你了，你想用我的手做什么都行，就当是长在你身上的手。以后，你就是好人君子，你动口，我动手。

辛一笑了。你手借给我了，怎么动手？

火把还未燃尽，我们到了岩坝院子。会散了，会场空空荡荡。台子上有三只碗，两只碗都是空的，所有的豆子都在一只碗里。我想，那些豆子已被清点过。我和辛一对视，我们没赶上选举会。只怪路上的石头和脚跟。

我和辛一各自捏着一粒豆子发呆。辛一说：不能白来，也不能委屈了两粒豆子。

我们在那两只空碗里各自投下一粒豆子。投给我们自己。

那两只空碗，好像是谁特地留给我们的。

然后，我俩走出会场，舞火把，舞出红线和光圈。

若无疾，若无影

这孩子让娘痛了半日，到底是生下来了。接生婆彭四娘被七古寨人请去，为一头生头胎的母牛接生，赶不过来。孩子娘叫孩子爹拿了把剪刀，火上过了一下，剪了脐带，又用温水为新生儿洗身。孩子娘又自己做了一大碗甜酒煮荷包蛋。六颗蛋，吃了。女人说，拿秤来。男人问，拿秤做什么？女人瞪了男人一眼。秤拿来了。十六两老秤，七斤半。要是十两新秤，是有八九斤。头圆身长，五官周正，四肢如莲藕，且毛发稠密。

这便是一个完美的小人儿的出世。

一个人敢到世界上来，必然带了两样东西，性命和影子。然后，是病和喜怒哀乐。

这个人生于壬辰年八月初五辰时。龙年龙月龙日龙时出生，应是东南西北四海龙王。凡人无此命，必夭折。算命先生胡半仙说，这孩子可活到癸巳年八月初五。一周岁寿，做娘的欠他十二个月奶水。又说，四龙争水，拜寄水井，取名水寄，可得阳寿百年。

于是，备雄鸡，刀头肉，香烛纸草，拜寄一井泉，求名水寄。又井泉边做法事一场，刻碑，记生辰八字。井取名龙泉，碑取名龙泉碑。又用青石板围砌龙泉井，铺上一丈见方的井台，供村人洗衣洗菜。泉旺，四季不枯。慢慢养出青苔和小鱼小虾。这水井和几株古柏，显见村落的恒久，经受月曜日照。

胡半仙做了个三角形的符包，挂在孩子腰带上。要水寄长到三岁，到龙泉井喊声契爷，那性命才长牢实。到水寄六七岁时，撕开符包，里面原是几粒米，几片茶叶。他后来一直相信，一条小命是靠那几粒米几片茶叶挺过来的。满百日，不能吃奶，哭夜。人不能说话，只会哭。母亲听见哭就知道孩子饿了还是病了。母亲是给孩子最先看病的那个人。母亲除了是母亲，还是医生。子女除了是子女，还是患者。儿女有疾，母亲心痛。母子关系，也是医患关系。水寄娘细看他身子各处，确定水寄长了白口疮，医生说的白色念珠菌感染。取了龙泉水井清水，做成淘米水，再取天青地白草汁，用青蒿绒球蘸药汁轻拭，三日后白口疮愈。这一病，水寄一岁半就会讲话了。娘带水寄到龙泉水井，开喊契爷。对着水井喊了三声，那童音像画眉鸟叫。他第一次见到水里的影子，对娘说，水井里有一个人，在云朵上呢。娘说，那个人是你，你的影子。你在哪儿，影子就跟哪儿。人还有魂魄，魂魄看不见，就在你身上，帮你长精神。一个人走多远，翻多少座山过多少条河，影子和魂魄都跟着你。一个人配上这两样，人才算完整。

水寄喊过契爷，见过影子。他十一二岁一直玩影子，也一直生病。人生病了，就像饭变馊了，味道也变坏了，人见生厌，猪狗不吃。人病了，也就像是水井病了，它慢慢干涸，发臭，只剩下些污泥和一些虫子，后来，那些虫子也死了。那些大的叫水爬虫的先死，那些躲在大水爬虫下边的小虫后死。剩下些臭气，直到臭气消散，水井算彻底完了。每一年有大量的蝗虫和病了的庄稼一起死亡，从春天到夏天到秋天，冬天的雪像一场葬礼。有鸟飞着飞着就从天空掉下来，鸟是从翅膀先死的。翅膀上的羽毛一根一根地脱落，和落叶一起飘散。

在这些美好的日子里，有阳光和露水，有发芽和开花。水寄在这样美好的日子里生病和成长。他患过积食、打摆子、伤寒、麻疹和天花。生这些病叫过铁门坎，生命的难关。他还在火塘里滚过一回，像泥鳅在火灰里打滚，挖了油茶树根煎水洗，后来没留伤疤。伤寒病是热三天，寒三天，再热三天，自己就好了。打摆子吃一种叫常山的草药，很灵验。天花、麻疹吃排毒解表的药，僵蚕、蝉蜕一类。每病一回，就病出一个偏方验方来。中医草医好像就是这样子，先有药，后来病，再有医。医案所记，是先有病，后有医，再有药。

水寄贪水，玩水。一次被山溪激流冲走。浅滩处，被一块石头拦住，像一根树枝一样。他爬上石头，昏迷在石头上。一只螃蟹或几只螃蟹扯他的鸡鸡，把他弄醒，踩浅水处上岸。他想，那块石头就是药，那螃蟹就是医生。山溪的虾蟹，自有盐，生吃或油煎，当零食或下酒菜。螃蟹多腿，每一条都是援手，解厄难。水寄不吃蟹，不吃鱼虾，不吃一切水族。

水寄每经厄难，像是蛙断尾，蛇蜕皮，日日见风长大。影子也随之变长。影子怕病，一病躺下，影自不见。只有没病的时候，影子才跟随前后左右。水寄翻了一座山，过了几道河，影子跟着，怎么也甩不掉。水寄对影子说，你怎么就不生病，找个地方躺着？如果你的影子真的不见了，他在别的地方会做些什么？他不会代替你生病或者挨饿，因为你一样在饥渴和生病，它们不会随了影子消失而消失。它们就像一个乞讨者，只跟你讨要，不会跟影子讨要。影子离开人的时候，是一种危险，在某个危险的场合，做一些危险的事。捕蛇，闷水，攀岩，盗窃，抢劫，闹事，一切胡作非为。人不能控制影子去做什么。影子的自我行动可怕。一头牛，要用牛鼻绳牵着。

玩影的年龄，读影的记事。

白天追影子，夜晚有梦，被影子追杀。影子化作各种恶人恶兽，追杀至绝境，以莫名其妙的理由，戴一个罪名，无可逃遁，直到惊醒。

因为多病，梦中奔走总是乏力。

人无千日好，花无百日红。人好着好着病了，花开着开着落了。

水寄生了几场大病，人还没长大。要长成个大人，就能去远方。去四川捉猴子，驾木排过卯洞。长大总是好的。树长大，牛羊长大，鱼长大，苞谷红苕长大，瓜果长大，哪个不讲好？雨下大了，才是好雨。人要不长大，就是个病，叫矮子，和聋子哑子一样。

胡半仙又来算命，水寄该进学堂，做学生，学文化。学生有孔夫子保佑，不生病。读书练精气神，识字可抗病毒。水寄上了学堂，不见有病。置了纸笔墨砚，还有算盘，这些东西似可镇邪气，百病不侵。

读书到五六年级，要去二十里外的完全小学寄宿。那个地方叫两河口，有学校、卫生院、供销社、人民公社委员会。那真是个好地方。在乡村之内，又在乡村之外。委员会的人是公社干部，其实，还有社员，社员就是村民。公社在两河口，前边是一条河。无名。在干旱缺水的喀斯特地区，一条河不需要名字。下河，河边，河里，河是主语，无论放在一句话的什么位置。公社的后边叫左氏春秋。公社左边是魔鹰潭，母猪洞，右边是田氏屋场。两河口先前是乡场，有铁匠铺、布店、面馆，逢集市有牲口贩子和小摊小贩，四乡八村的人来赶集。后来这集市消散，长满芭茅和蒿草。1958年，这里建土高炉炼钢铁。人多。又建了一座洋房子，是人民公社的办公地，十几个公社干部。乡村供销社、邮电所、广播站、卫生院、乡村完小，还有半个篮球场，一个跳高跳远的沙坑，木制的乒乓球桌，也有随时搭建的戏台，篮球场也是露天电影放映场地。傍晚，有人吹笛子，拉二胡。天黑，小洋楼亮起煤油灯，学生晚自习也点燃煤油灯，多半是用墨水瓶做成的。水寄的煤油灯是一颗炮弹做成。他拾柴时拾得这个东西。据村里有个曾经给日本人修过飞机场的讲，这是迫击炮弹壳子，不知是日本人的，还是解放军的，也有可能是国军或土匪的。

水寄用它做了一盏灯，拔了个白酒瓶做了个罩子。这盏灯在晚自习时亮起，就像是一盘月亮，别的灯成了萤火虫。班主任走进教室，看了这盏炮弹灯，没说好，也没说不好，只说，这周的作文题目就叫“灯”，或“造灯记”。后来，这道作文题到底没出来，因为正上演革命样板戏《红灯记》，别的灯都不行。这灯，除了照明，还可取暖。外边飘雪，关上门窗，晚自习的教室暖烘烘的。教室里一齐朗诵鲁迅的《从百草园到三味书屋》，或者李白的《望庐山瀑布》。

年轻的班主任把一本《青春之歌》带来阅读课堂朗诵。青春之歌真是好歌。

……五月的鲜花开遍了原野，鲜花掩盖着志士的鲜血……

……今天你把红旗交给了我，正如昨天他把红旗交给了你……

卢公足下：余与足下俱系北大同学，而令戚又系余之同乡，彼此素无仇隙。乃不意足下竟借口宣传某种学说，而使余妻道静被蛊惑被役使。彼张口革命，闭口斗争，余幸福家庭惨遭破坏……

无仇隙。尔开口革命，闭口主义，使其妻道静为尔所蛊惑……

水寄不知这些文字，就像不知唐诗。这些文字是纸上的河流，是河流中的游鱼，与学校门前的溪一般，让少年快乐。要好好读书，长大了当一名小学老师，或者当公社秘书。秘书文德，与班主任老师是好朋友。他俩常一起下棋，聪明人的较量。他们快乐，他们衣服很干净，没有泥巴和汗渍，比山民的生活条件好。山民的衣服没泥巴和汗渍，就是共产主义了。

他们俩，是山民的生活目标。为了衣服上不沾泥巴，像过节一样穿干净衣服，就要吃苦，坚持，等待。人要努力，才活得像公社干部。人要衣装，佛要金装。穿戴像样，让人尊重。穿戴让人分辨出公社干部和社员。公社干部就像个新郎官，走到哪里就会被追捧。坡上做农活的人，远远见到公社干部，就会一起喊：干部来了。

群众很好领导，领导也希望他们把猪喂肥，粮食丰收，不缺衣食不缺水，房子好住路好走。

其实呢，公社仁宽书记月工资四十八块半，养一家老小七口半人。进县城开会才穿一回新衣服。有五角星的军用挎包，力士牌球鞋，夏天是绿军帽，冬天是呢子帽。

呢子帽，绿军帽，力士牌球鞋，等我当了干部，我都要——水寄想。还要上海牌全钢手表，还要红灯牌收音机，还要四节电池的手电筒，下河捉螃蟹不用火把，走夜路不怕蛇。把黑夜变成白夜的电光啊，把墨黑融化成光芒的电光啊，把路变得踏实的电光啊。

我要。

水寄最先实现的愿望，是四节电池的手电筒，他从公社干部丢弃的垃圾里，找到废弃的手电筒和锡质牙膏皮，焊接成一支长长的手电筒，用麦冬果在供销社换得些钱，买了电池、手电筒灯、水银喇叭。下了晚自习，他一个人跑到河边，一照，看得见水底伏着的鱼。等到八月十五，水寄把一柱电光射向月亮，那铜镜反射一束光下来，成熟的玉米黄亮如金。多好的夜晚，真的，说有光，就有了光。

水寄对光亮很着迷。那光亮，像糖一样甜，像肉一样香，像风花雪月一样惹人。山花朵朵，鸟鸣，疑是阳光的声音。那些野樱桃，花开过后，红的是糖樱桃，紫的是酒樱桃，鸟吃鸟醉，人吃人酣。有叫倒钩藤的野生茶，每一片嫩叶都有阳光的香气。河水透明，阳光泻下，把生灵植入河流。鱼虾的城郭，最繁华又最安静的街市，鱼王和小鱼小虾一水相容，各得其所。鱼在这里，是养性情的。岸上流传的谣言，大鱼吃小鱼，小鱼吃虾米，这毁鱼族鱼祖的流言，鱼不曾入耳，不恼怒。这条河里的鱼，或许什么都吃，但不吃鱼。即使是蛇，也只吃青蛙。蛇吃蛇，叫蛇吞象，极少见。母猪吃猪崽，是猪狂，少有。吃鱼的鱼是猛鱼，不在这条河，在别处。这里鱼好，不伤同类。

水寄喜光，乐水。他想变成一只大马虾。长很长的须，像戏台上关公戏帽上的野鸡毛。鱼虾的故事就是慢慢长大，从一个角色变成另一个角色，没有戏文，没有开台锣鼓，也永不收场。不歇的街市。鱼衣虾服的城郭。

两河口的乡村完小，两层楼的木屋。这里除了几颗钉子，余下都是杉木，松木，枫香木。到处是废纸，墨迹，粉笔灰，学生，先生，各种小虫。蜘蛛在结网。燕子垒窝。水洗岸。石头推移时间。是的，时光也打磨石头。石头本来也是有须发的。

先生们睡木床，床前是一张书桌。书桌上是教科书，学生的作业本，红墨水，点水笔，还有一个烧木炭火的圆炉，木架上安一口铸铁锅。

红墨水和点水笔，是老师批改作业用的，钩对叉错，红色的印记会让学生铭记一生。

先生住楼下，学生住楼上。其实只隔一层木板。彼此动静，其声可闻。班主任老师新婚那几天，动静异常。夜静，有碗碟响声，老师说是大黑猫偷吃食堂的猪油。

学生睡楼上通铺，稻草是床垫，上面放一床被子，折过来半边垫，半边盖。这样的铺，只要打个滚，被子就全摊成垫子了。做梦，会有雪飘在身上。冷。烧火取暖，那火怎么也点不燃。最好不要有跳蚤、虱子、臭虫。这三种寄生虫，是穷人的寄生物，只跳蚤是与猫狗共有。

学校不允许有跳蚤、虱子、臭虫，这也是人民公社最起码的要求。高一点的要求是除四害，老鼠、麻雀、苍蝇、蚊子。它们都是流行病毒的宿主。流行病，就是株连的意思。一株连累另一株。草连累到树。竹子的病是开花，结果出竹米。然后，竹子一根一根地死亡。竹子的死相是残忍的。先从竹枝枯死，然后是竹竿一节一节死下去。竹根烂掉，不再生发春笋。竹米先是竹谷，去壳成米。好吃，像大麦，可做竹米酒。谁家孩子做满月，也叫做竹米酒。大概是笋子成竹，老竹会死的意思吧。

植物不容易病，生了病也容易好。

人病了用药草医病，草木病了不可用人药煮汤。十年树木，百年树人，人比草木贵气。把人说成草民，是让草木轻贱。

人没树活得久。所以，一个人做许多事，只是做了个开头。

麻雀季捉了一场麻雀，麻雀还是到处乱飞。开个头，没结果，就忘了这事。老鼠、苍蝇、蚊子也就放过去了。一开始，一条老鼠尾巴奖一两米的饭。上年纪的人还记得这些事。好多事若夏天行雨，打个雷，闹一闹，下几滴雨就过去了。

雨不能下太大。大雨折庄稼，刮土地的肉，让大地剩些白骨。泥沙弄瞎鱼虾的眼睛。要河水清澈，鱼虾的眼睛才会明亮。小河有风雨桥、独木桥，还有跳岩。跳岩在浅水处，摆几块到十几块大石头，一跳接一跳，踩石头过河。也有石拱桥或渡船。这些过渡方式，都是人的愿望，把路延长，让行程更远，不要止于山河。独木桥总是用枞树、杉树或枫香树搭成，一棵树躺下，搭河成桥，人过去，牛也能过去。牛过独木桥不难。难的是那样一道题：河这边有三只狗，河那边有三只狼。一次只能过一个人和两只狗或两只狼。人要把狗送过河。三只狼会吃两只狗，两只狼会吃一只狗。一只狼不敢吃两只狗。人要想个渡狗的办法。

有人做这个计算的时候，聋子姨父从独木桥上掉下去，端午节涨水，人掉下湍急的激流，人不是鱼，会淹死。聋子姨父是被牛拉下去的。牛掉下去，他紧抓着牛鼻绳不松手，人和牛一起掉进洪流。牛后来爬上岸，没死。聋子姨父上岸时，已是一具尸体。他白发老娘一边摸他的光身子，一边哭喊：儿啊，你不死就好了啊——她一个人哭，旁边的人看。等她哭完了，才上来几个人把尸体抬走。白发老人只一个独儿。儿死了，她后半生无依靠，也要寻死，跳水，上吊，吃农药，都被人救了。

她吃过农药，风湿病也好了，眼睛也亮了，活了很久，直到公共食堂解散，人民公社也改成乡镇了。她没有赶上乡里通电通公路，也就没赶上火化，新时代的好处没赶上，连火葬这样干干净净的待遇也没有，依了旧办法土葬，有人捐了副棺材，垒了个坟堆，不大，没有立碑。

聋子姨父死了。公社书记说，等有钱了，那里要建座风雨桥，或石拱桥。直到人民公社改名，公社书记调走，风雨桥也没建成。

日子久了，这事就忘了，好多事都这样。时间埋没了好多事物，也埋没死亡和承诺。

人掉进河里，魂魄也就永远掉河里了。河里也就有了人。魂魄像鱼一样，是没有声音的。

鱼在水里睡觉，是水的床，盖着的垫着的全是水，鱼的屋，城郭，路，全是水。鱼用不着睡稻草的通铺。水寄在稻草铺上睡了半个学期，忽然浑身奇痒，挠挠，现一堆白疙瘩，发烧。卫生院医生说是风疹，过敏的病。有田姓同学在被窝里哧哧笑，一旁的向姓同学吼他，你笑死吧！被窝里放屁不奇怪，蒙住被子笑，必定有阴谋。水寄想，他笑什么呢？别人痒你好笑吗？吃了药，不见好。星期六回家取伙食，娘见水寄一身疙瘩，给他擦上桐油，在火塘边烤。止痒。星期天背伙食回学校，娘让他带一包六六六杀虫药，洒在稻草里。娘说，稻草里可能有臭虫。水寄照做。

六六六粉的毒杀，造成一次最大的死亡事件，翻开稻草，是一层一层臭虫的尸体。成千上万的臭虫死了。一户或几户穷人家有臭虫，但不会有小学里的臭虫这么多。水寄成历史上杀死臭虫最多的人。杀长毛贼子，剿匪，死亡数字加起来也不如这次杀死的臭虫多。这些臭虫扫了两撮箕。

六六六药粉是农药，毒杀害虫。公社干部说它是经过六百六十六次试验搞成的，所以叫六六六。

那些日子，田姓同学患了梦游症。晚上，他的铺位空着，快打起床铃时，他才回寝室。一身焦湿的。问他去了哪里，他说，去龙王那里吃好吃的，借钱。他上课老打瞌睡。向姓同学问他，龙王借钱给你没？他说，快了快了，等龙王把钱印好了就借给我。等我有了钱，就天天吃好吃的，你来我家搭伙食，跟我吃好吃的。我还要把水寄那盏炮弹灯买过来，让大家围着我看书，我还给大家发糖果。我要买几支钢笔，一支笔写语文作业，一支笔做算术题，一支笔做自然历史地理，一支笔画画。上音乐课，我用钢笔打拍子，上体育课拿它记分。

他又说，我给你讲这些，是秘密。你只能讲给同学听，不能告诉老师。老师知道，就会不让我找龙王借钱。

向姓同学问：你不会骗我吧？

他说：不会。再说，我能骗你什么呢？你又不是龙王。

田姓同学问：你不告诉别人吧？

向姓同学答：不会，我发誓。

我是说臭虫的事。

臭虫？不是死光了吗？

我先不知道臭虫会长那么多，真会死人的！

下雪、积雪。融雪。

两个季节。

野樱桃开，残雪，或者野樱花。在河流里，白云和花和雪，那幻影，让人相信不死，相信来世，相信生命即万物。

正月。二月。冷。

水寄下河，在深潭处游泳。

三月生病，四月不见好。咳嗽，咳嗽，一种特别的噪声。劳累一天的父亲，不得安眠。人不睡眠会死。父亲说，你生个别的病不好？得个害人的病。天亮我还得种苞谷呢，忙呢。你只是咳……

儿子成为噪声，比高音喇叭还刺耳。还不如死了好，害人精！

父亲老了，再生不出儿子。他也只这一个儿子。但儿子成了噪声。把夜晚咳破，把家咳成灾难，把父亲咳成杀手。

病就是这样。久病无孝子，久病无慈父。

水寄对父亲说，我不咳嗽了。我忍着。他找了只瓦罐，想咳，就对着瓦罐咳。咳破了三只好瓦罐。咳嗽败家啊。

六月天，农家的六月，炽热。水寄躺在火烫的青石板上，让大太阳烘烤。咳病因寒生。这暴晒可治寒气入内。晒到七月半，咳嗽渐好。

三十里外有个张安子，乡间名医。水寄一边走，一边咳，一边问，到了名医张安子家。张安子给了一味药，叫无影木。

吃了无影木，人就百病消除。只是，不会再有影子。

到八月中秋，病全好了。

大病一场，以前的事忘了许多。发痒的时候，会记得臭虫。记忆长在人身各处，味道长在嘴里，饥饿长在胃里，臭虫和痒长在皮肤上，所有的生物中，臭虫和蛇是看得见的阴谋。看得见，还是阴谋。看得见长相，看不见毒。

回到学校，要读完最后一学期。打了赤脚踩在楼板上，裤脚用麻绳扎了，怕臭虫钻进裤裆，那地方让臭虫咬，不好挠。

学校还是那样子，老师和同学见到他，一点也不惊奇，好像他从来没病过，从来没离开过学校。也没人发现他是一个失去影子不再生病的人。

上体育课的时候，向姓同学围着水寄转了一圈，问他：你把影子藏哪儿了？

水寄说：在你身后。

向姓同学自己打了个转，只看见自己的影子。

你把你影子藏到我的影子里了？

水寄说：随你怎么想。

排队点名的时候，田姓同学打瞌睡。打着呼噜，垂涎三尺。

半夜，向姓同学悄悄唤醒水寄，贴着耳朵说，起来。两个人悄悄走出去，向姓同学说，我知道他在哪里，他在找龙王借钱。

两个人脱鞋，过河到对岸的竹林。田姓同学正在竹林里，把竹叶堆了好几堆。见他俩来，一点也不惊慌。

田姓同学说：钱，好多钱。他说那些竹叶是龙王的钱，等龙王哈一口气，竹叶就变钱了。

水寄问：他这样子，病了吧？

向姓同学说：那铺草里的臭虫是他放的，你不该做炮弹灯，他本来是要做个更好的灯的。你不该抢先。他放臭虫咬你。臭虫咬过的人会变傻子，变矮子，变结巴，变聋子。他放了臭虫，心神乱了，就变成这样。梦游症。

水寄说：我害了他。

水寄走过去，对田姓同学说：喂，你知道不？我养了好多臭虫，养得又大又肥，油炸了吃，很香，像吃蜂蛹。

田姓同学一听，“啊”了一声，梦醒一样。他问：龙王呢？

他“啊”了一声，梦游症就好了。

最后一个学期读完了，三个人一起考上了县立四中。刚进中学校门，要停课闹革命，红领巾变成了红袖章。

三个人一商量，再回去读小学吧。

有的是时间，按日子计算，还有两三万个日子吧？

下一场雪

游戏从游戏开始，故事从故事开始。我试图寻找从未开始的事物，很难。人强不过开始。一块石头，也有开始，成为峭壁，成为高山。石头的生长，会很缓慢，游戏也是。

跳房子，是从赣开始的，她给我们带来了这种游戏。她的名字，是我遇到最难写的一个字。一开始，我以为是两横一竖。她告诉我，章、夂、工、贝，合起来就是。一个难写的名字，变成一个聪明漂亮的女孩。

画上九个格子，投掷沙包或扁平石头到格子里，人跟投掷物在那一格站定。沙包好控制，石头不好控制，她就像沙包，我就像一块卵石。我总会在格子里摇晃。我没有格子，是她慢慢把我变成格子。其实，择缓处爬坡，找浅处过河，吃适量的盐，吃煮熟的饭，那也是我的格子。因为没经历跳房子游戏，我从不知道，我也是有格子的人。我有一件粗格子棉布衣服，母亲纺一斤二两纱，换一斤棉布，互不找钱。从土里捡回棉花，母亲在桐油灯下纺纱，把我纺成格子少年，竹制的纺车，吃棉花条，吐纱，长出纺锤。在变成格子少年之前，我先变成纺锤。

语文课本里有黄道婆的故事，母亲没有语文课本，她一边纺纱，一边讲舅舅的那些事。舅舅十二岁，外公外婆染瘟疫死了，舅舅成了孤儿，投奔姐姐、姐夫，也就是我的父母。多了一张嘴吃饭，就要多一份劳力。舅舅十二岁，历练太差，锄草时总伤了黄豆苗和苞谷苗。父亲心痛庄稼，骂他。小男孩再没回家，跑去当土匪。他本来是要当红军的，天黑，又下雨，跑到土匪窝去了。压寨夫人留他当勤务兵，帮她背包袱。祝三部队剿匪，迫击炮弹把舅舅和包袱炸成碎片，压寨夫人当场就哭了，她心痛那些碎片，绸缎衣服和金银首饰的碎片，一块碎玉卡在小男孩的骨头里，金戒指卡在小男孩的眼睛里。她从碎片中捡出几样完好的。叫人把小男孩的碎片和衣服的碎片一起埋了。她说：等祝三部队走了，要给小男孩立个碑。

母亲说：你爹心狠。说完了她接着纺纱。母亲没再给我讲舅舅的那些事，她大概忘了。忘了一些事，纱就纺得匀称。纱纺得匀称，我就能穿好的格子衣。我穿了好的格子衣，在风中行走，我会是一个好的格子少年。

这一切，都和母亲纺纱有关。

我穿上格子衣，就想和赣一起跳房子。地上的格子，总是由赣画好。赣说：你穿那么好看的格子衣，你来画。我画了九个格子，有半个篮球场大。每条线都很直，搭起来很周正。大格子，我投掷石头不会失手。赣投掷沙包有点费力，优劣算是扯平了。格子的大小影响游戏的胜负，但并不改变游戏规则。我俩轮换着画格子，她画的小，我画的大。有时，我俩也交换投掷物，她叫我石头，我叫她沙包，我们都是投掷物。游戏套着游戏，我们用石头剪刀布竞猜，决定先后。起跳，像投掷物一样，在格子里落定。

南方的地平线不太明确，远处是山脊，河流隐没处，若有若无的回声和林子里的鸟鸣。我想画很大的格子，把风画成游戏。

游戏就是友谊，和人一起成长。直到某一天，我和赣交换投掷物，作为纪念。那一年，我十七岁，她十六岁，奇数和偶数相加，得数是奇数。

赣来自江西，她的名字是一条大河的名字。在我的世界里只有两条河，小河大河。她爸那江西口音，听起来比写个赣字还困难。我们叫江西人老表，赣爸就是表叔。表叔是乡里一般干部。一般干部是什么干部，什么职责，我不知道。乡长对表叔讲，他当年也是一般干部，做到乡长，在一个地方干了八年。八年，就是从小学一年级到高中的时间。表叔笑着说：八年我也不会当上乡长，但我一定会当上哪个小崽子的老丈人。八年，我用八年时间跳房子，学会蛙跳、猫跳、跳蚤跳，立定跳高两尺半。我连跳十几块跳岩过河不湿鞋袜。乡长用八年时间，和村民一起修了十里长的悬崖穿山公路。八年，用棕绳拴在腰上，人挂在悬崖上，修路人叫他吊瓜。路修通了，村里人还叫他吊瓜。他本名叫南正，时间一长，就变成吊瓜。猴子偷了棕绳，吊瓜一样挂在悬崖上，崖上搭起人与猴和瓜棚，吊瓜找不见棕绳就骂猴：我是在修路，你装什么猴？

悬崖边还有人喊：吊瓜，县里罗部长来了，快下来。

县委组织部的罗部长告诉吊瓜：组织决定，你是乡长了。吊瓜说：报告部长，县里多给我钢钎、炸药、大锤、棕绳，等路修通，我给你当个好乡长。

乡长后来对表叔说：那时我是一般干部，也真想当个乡长，当了乡长，才知道我就是个吊瓜。

表叔刚来的时候，叫特派员，后来取消这个职务，他就是一般干部，不过，大家还叫他特派员，他反正算个领导。我怕他，他一双眼睛爱打量人，我生怕他打量出什么。每次见他，我会低眉垂眼，一双手在衣襟上不停地擦，人做过什么，会在手上留下痕迹。我这双手没干过坏事，当然，也没干什么大事。最大的事是拿根木棒学孙悟空。我还搓过棕绳，只能牵牛。吊瓜挂在悬崖上的棕绳，是父亲搓的，结实。父亲搓好一根棕绳，拴在自己腰上，一头拴在树上，吊下悬崖，这样先试一次，然后交给吊瓜。虽然父亲对他搓的棕绳很有信心，但还是要试一下棕绳牢不牢。只有关切他人生命，才处处安全。父亲骂了舅舅，舅舅当了土匪，被炮弹炸成碎片，父亲会一生忏悔。我想，这是父亲搓好每一根棕绳的原因。我会和父亲一起沉默，因为我曾杀死过一条蛇。它很可能是无毒蛇，于人无害，但是，我哪会知道呢？

表叔那眼神，让我心虚。

我患过麻疹，高烧，长许多疹子，很痒，不能抓挠，那样会变麻子。我问母亲，我会死吗？母亲说，不会，有观音菩萨保佑。梦见向深渊坠落，围绕着棉花一样柔软蜜一样甜的东西，以为那就是死亡的样子。病好了，脱了一层皮，蛇也会蜕皮，蛇蜕一层皮会长大一次。

表叔打量我，像是看见我的梦。和赣跳房子，她跳进一处深潭，我也跳下去。我不怎么会游泳，在梦里会游，踩着水像走平地。我把她抱上岸，她没死。我把她放在鹅卵石上，让太阳晒干她的头发和湿衣服。她问我，跳房子的格子怎么涨水了？

表叔那眼神，是不是看见我的梦了？

表叔问我：多大了？

我说：特派员，明年十二岁。

表叔又问：今年，多少岁？

我说：今年十三岁。

他笑了：我只听说土地会减产，年纪也会减产？明年你该十四岁吧？要不，你今年十一岁才对。

表叔的话很智慧。人间的智慧他全有。他是光，我是黑暗。他是火，我是一夜的雪。遇见一个人，无论他年纪多大，让我走近，如果他对我有期待，就是让我消失，像一滴雨消失在河里。从此随波逐流，又奔腾万里。了却一滴雨的厄难，做一泻千里的打算。

我出生在农历大年三十的午夜，往大处说，属龙，往小处说，属蛇，处壬辰、癸巳的中间。毛泽东诗词“山舞银蛇”，讲的是我。“金鳞岂是池中物，一遇风云便化龙”，讲的还是我。我讲不好自己的年纪。我和那一夜的雪花一起飘落人间。雪落无声，雪把声音留在浮云之上，把七彩颜色留在云霞里，无声洁白，惹不得的世界，好好落一场雪。我降生也没声音，没哭喊。俗说是梦生子，就是一生不会说话，只会呼吸。因为呼吸，母亲才会有母亲的宣告，这孩子是活的。我用小手拍了拍母亲，让她惊喜，让她放心，我是活的，生命比哭和说话重要。一条鱼也没声音，不哭也不说话。一滴雨落在河里，彼此问候，从来无声。蛙能唱能哭能说话，闹了池塘和水井，一哭破喉，一唱云雨，当它遇上东海来的老乌龟，它都说了些什么呢？

表叔问我多大年纪的时候，天开始下雪，我的年纪在十一岁和十二岁的连接处，我一直搞不清楚岁数。上学时报名，老师问我几岁。我说不是五岁就是六岁，要不就是六岁七岁。老师就在我年龄一栏填上六岁。老师说：从现在开始，你六岁，以后一年长一岁。还怕什么呢？多大年纪，在那儿记着呢。关于岁数和这“呢”字，老师没少提醒：你写一篇五十个字的作文，写了三十几个“呢”，句句有“呢”，你只会写这“呢”？我说：老师，那怎么办呢？帮我写年龄的老师，后来一直是我的语文老师，教我们语文和作文练习。她从我一大堆“呢”字里，找出几个好句子来。去年开过的桃花，今年又回到树上了呢。你们看看，有谁能写出这样的好句子？同学们就不敢再嘲笑我，我成了小有名气的“呢”字号人物。大扫除，我在废纸堆里捡到一封信，信封一角是一枝梅花，清芝同志收。她要走了那封信，信是她的。才知道老师有个名字，叫清芝。她问我：没看信吧？她脸红了一下，比平时更好看一些。她又说：你也看不懂。我也红脸过，红脸有时是撒谎，有时是秘密。我不会说，不会让别人知道清芝老师的秘密。她脸红好看，一定是个好秘密。语文课本里会有一两首古诗，“两个黄鹂鸣翠柳”，赣问老师，两只鸟能说两个鸟不？清芝老师要我说说，我说：我们家有几个鸡，几个猪，一个狗。清芝老师说：你们看，那个味道你们慢慢懂，不过，你们写作文，树上有一只鸟，不要写一个鸟，这是语文课。语文课，三个字，一字一顿，她说的是重音。不经意的种植，有意愿的春秋。

表叔是普通干部，做一些普通的事。他是校外辅导员，体育健身运动委员会专干，有时他帮忙写标语，那些标语很有民间性，后来成为民间笑话。他本来会讲笑话。他有时也是农业技术员，有时又是兽医。

他问我多大岁数时，在下雪。他打量我的身高，说体育可以增高，还可以增智。他是不是嫌我矮，说我低智？他一打量，我就灵魂出窍。他的打量像一条鞭子，我的灵魂像一群羊，一只羊的碎片，满地乱跑。羊群是羊的碎片。灵魂撒满山岗。这一刻雪花飘飘，梅花开满山岗。他问我多大年纪，再打量我的身高、四肢和头脑，看我适合哪一样体育运动。

在他的打量中，我俩完成了一次聚合，一次统一。我们一致认为，跳房子也算一项体育运动。还有跳绳和荡秋千。他的体育分两类：一类是劳动的，捡牛粪、挖土、搬石头；一类是游戏的，跳房子、荡秋千、游泳、打球，还有武术。踢足球不行。能摆张桌子的地方，能收一升谷，一个足球场，能收几十担谷呢。山里也没地方安放一个足球场，篮球场也是小号的，从发球线可直接投篮，让对手防不胜防。他后来去体育学校当校长，训练出两位举重奥运冠军。据说，搬石头是他重要的训练方法。

表叔的来历很神秘，他怎样从江西来到这里？传说他是半个博士，没读完博士，去卖猪肉。从省里下到县里再下到乡里，一路飞流直下，当了一般干部。女儿赣和他一起来到这里。他在这里找了个老婆，妇女主任，也是拿工资吃国家粮的，漂亮，会唱歌，比他小，比他女儿大。她叫王礼花。她唱麦浪滚滚闪金光，鸟不吱声，河里的鱼会跃出水面。我被臭虫跳蚤叮咬过的皮肉，就是她的歌声治好的。王礼花教赣唱歌、拉二胡，被跳房子耽误了，我真过意不去。别人对我跳房子早有闲话，跳房子跳不出大房子来，跳不出宫殿大厦，跳不出好吃好穿。赣说：有什么呢？我爸妈从不怪我，只要我喜欢。

跳房子的格子里是我，教室的格子里也是我。这许多格子，有的装着约束和理想，有的装着自由和快乐。我把这些留给未来。我以我不明不白的年纪发誓，我并未耽误什么。当某一天到来，也就是一个人未来的那一天，查寻年龄的十一岁或者十三岁，当时不曾错过理想，那个年纪就是理想，年龄耽误不了什么。那个时候，那个年纪，我从小学考取初中，又原则上要求回原校读小学。原则，原校，就此成为一生最深刻的两个名词。名词，常常是多义性的。时间折叠，方便携带。我记起那次，表叔问我多大年纪，我说明年十二岁，今年十三岁，我要给我的回答打一百分。

表叔和我说话，应该挑下雪的日子，万物朦胧，声音就明白。透明的声音穿透雪花，少年的影子在雪地上跳跃，一只脚站立，影子是投掷物。一抹雪野，田埂土坎，埋伏的格子，是我的祖先，劳动者的游戏，跳房子的痕迹。在这样的下雪天，我能听见祖先的笑声。他们裸出前胸，裤脚管遮不住的脚杆，烤出火斑，人皮红花，笑出摇晃的火苗。烤出肉香，祖先的皮肉和猎物的皮肉香混合成火塘的气氛。

穷人面前一朵花，穷不过三代，那些谜语和谚语就是在下雪的时候烤出来的。烧酒也是烤出来的。父亲给我一碗添蜜的热酒，漫天燃烧，群山起舞，大地摇晃，我变成一朵雪花。

雪地上有鸟的爪印，我画上一些格子，把鸟的爪印留在格子里，给那些鸟留下一些记忆，它们像是刚跳过房子。

赣落在格子里，尖叫。我想她是踩着了硬物，或者是一枚可怕的钉子。她叫我过去试一下，她踩着了一条鱼。格子，快过来，一条大鱼，它要跑掉了。我用右脚试了一下，又用左脚试了一下，没有一条鱼。雪水融化，淹了我的脚踝，淹了我的腰，漫过头顶，我在水里变成一条鱼。雪地里不会有一条鱼，那是自己的影子。我说：赣，没有一条鱼，你踩着我了吧？踩着你的还是我的影子了吧？

她踩着了大地，一条大鱼，大若鲲鹏。

积雪易化，新叶染绿南方，覆盖了我不舍的日子，一切忽然而至。清芝老师说：你们毕业了。我这个毕业班的班主任，是最后为你们送行的人，你们留下桌椅陪我，我不能再陪你们。能陪你们的，是各自的理想。她给我们的，是理想，还有那些漂亮而工整的粉笔字。漂亮工整，是她的锦绣图，藏着她的理想，理想是一支笔，字写得漂亮。

她把我叫到她的房间，有桂花的气味。我熟悉这气味，每次经过她的窗前，灯光从纸糊的格子窗照出来，有桂花香。她的房间是卧室兼办公室。一张挂着蚊帐的床，花被子花枕头。一张办公桌，钢笔毛笔铅笔粉笔，还有点水笔和小蜡笔。一大堆学生作业本和语文课本，还有一个地球仪。一管竹笛用红丝线挂在板壁上，几张电影剧照。一个洗脸架，搪瓷脸盆和搪瓷刷牙缸，热水瓶和一副碗筷。这所有的物件，都沉浸在桂花的气息中。

她送给我几本新的练习本，把我的语文练习本和作文本留下。

我还留下了跳房子的格子，留下那条河，轻轻地说话和唱歌，昼夜，四季。

我记起借了她两本书，《唐诗三百首》和《青春之歌》。我还给她。她接过去，又递给我，说：你留着吧。除了跳房子，我最喜欢的，就是这两本书。在《青春之歌》这本书里，她画了好多波浪线。

未来的某一天，我站在积雪的山岗，目力还好，鸟瞰低处的河流，跳荡的波浪线，画过时间的大地，阳光写下的金句。爱和慈祥。受许多纪念馆的启发，我想在那里建一处乡村教师纪念馆，建一幢大房子，摆上乡村小学的器物，还有吊瓜的绳子，画一些跳房子的图形。那里会有一棵桂花树。

在下课铃和上课之间短促的几分钟，我们来得及望一眼近处的河流。

和赣分别的时候，我们交换了投掷物，她给我一袋小沙包，我给她一块小石头。我们把投掷物放进书包，和写坏了的笔放在一起，古老事物的残渣，少年的剩余和理想的小鸟，一起装进书包，谁的书包就是谁的博物馆。

赣送给我一本《钢铁是怎样炼成的》，那是她爹送给她的书，有她爹的赠书签名。封底盖有南昌新华书店蓝色的印章。我忽然生出少年的悲哀，我不一定长成保尔·柯察金，她会不会长成资产阶级的冬妮娅？她穿裙子，搽雪花膏，她将来会不会像电影里的女人，涂红唇染指甲穿貂皮大衣呢？她妈和清芝老师，是穿列宁装的。

那次雪地里跳房子，她说踩到一条鱼，叫我去试试，右脚试一下，左脚试一下，没一条鱼。用两只脚乱踩，还是没一条鱼。雪地里有没有一条鱼？就看什么样的脚。我喜欢吃鱼，如果雪地里有鱼，我会天天去踩雪，直到踩出一条鱼来。

冰雪消融，道路伸展。一梦醒来，第一眼见到的会是一双鞋，所想的是路。一条路从梦中跌落，阳光或月光把路照亮。路不是踩出来的，是万丈光芒指出来的。太阳和月亮，有光芒万丈的手指，火把的手指会短一些。融雪，是从冬天到春天的事，真的很短，雪的童话才开头就结束。要是万年雪山，就是一个无始无终的样子。后来，我做了一回卖茶人，走川滇茶马古道，一个人、一匹马、几个钱、一些牛肉干巴和茶叶。我来到丽江拴马，看见玉龙雪山，一座神山，安放梦境的积雪。我的马竖起耳朵，听雪山的声音。马一声长啸，挣脱缰绳，朝雪山奔跑。它像光一样，奔上雪峰，成为一匹雪马。

这是未来某一天发生的事。

在明年十二岁今年十三岁那一年，我原则上回原校，就是从中学回到小学。历史可以重复，我不愿意，不可以重复。重复没有乐趣，我不会像以前那样跳房子，而且，我和赣交换了投掷物。我和清芝老师有过告别，我把过去留给她了，我不要回到过去。过去是长夜，是苦日子。

父亲也反对我的重复。他的反对态度毋庸置疑，但那不是我的态度。我的重复和他的关节炎一样，是不可忍受的。四季可以重复，岁月不可以重复。他把我看作颗粒无收的寡年，还消耗粮食，他不能再供我读书。父亲有严重的关节炎，我的命运也会患上关节炎，那是一定的。父亲用锄把量了我一下，等我长到锄头把高，再让我干他认为重要的农活。人的这个高度，是父亲的人生经验，也是他的思想观念。舅舅当年没这个高度，就逃离，因此丧命。

父亲先教我搓棕绳，粗的细的。集成一捆，卖给供销社。供销社的棕绳堆满一大间房子。这么多棕绳，大概有许多人要吊在悬崖上，像吊瓜一样。修路，采药，采岩耳，采岩蜂蜜。凡是在悬崖上讨生活的人，就需要一根好的绳子。如果没学会别的，就学会搓棕绳。父亲说，棕绳搓得结实，别人会信任你，把你当好人。嗯，我会把自己搓成好人。父亲在悬崖边上搭了个棚子，是我们搓棕绳的场地。父亲面对悬崖，我背朝悬崖，我和父亲面对面。这样的姿势，一直保持到某一天。父亲握住棕绳的那一头，拉一拉，控一控。告诉我搓得不紧，松松垮垮不是好棕绳。我搓好一段棕绳，就往后退，直退到悬崖边上，风灌进衣服，背脊发凉，如果风兜着屁股，就是掉下悬崖了。那一头有父亲拉着，也就不害怕。那一回，我真的掉下悬崖，我拼命抓住棕绳，父亲把我拉上来。父亲对我说：你搓出了好棕绳。你要明白，一条好棕绳比爹更靠得住。这条棕绳留着，不卖。父亲做了个扣，打个死结。那个结，像记忆一样牢实。父亲说：有这条绳子，能解一生厄难。一句真言，飘落一生的雪花。积雪的山岗，有披雪的荣耀。父亲不喜欢落雪，误工，消耗太多的柴火。除了雪花，还有关节炎，还有霉玉米。霉玉米吃了长胃癌。父亲把粮食种成毒药，他长了胃癌。父亲最后一个夜晚，听风吹门响，他叫我：你舅舅回来了，快去开门，我要和他抽一袋烟。母亲说：天还没亮呢，他舅舅不敢走夜路。父亲是活不到天亮了。他咽气的时候，抬起一只手，指着大门，不知是让人出去，还是请人进来。

父亲的葬礼，本来是沉痛的日子。爱说笑的人依然说笑，本该大哭，却有人歌唱。我对人们的同情心表示怀疑，他们不该庆祝一个人的死亡。他们在山坡上挖一个土坑，埋葬了父亲，埋葬了一个好人。在别的葬礼上，人们会一样歌哭说笑，我原谅他们，记住一个亡灵，只是一个活人的事。常常梦里，为父亲下一场大雪。

卖棕绳攒了些钱，我买了一头公猪，白毛，叫约克夏。这头公猪就是种子银行，配一次种，先是两块钱，后来涨到二十块，疯涨十倍。真是会捞钱不费力，费力不捞钱。约克夏打破了黑毛猪家家有的神话，它配的种生出来的全是白毛猪。养了约克夏，我忽然觉得对不起语文老师，这配种可以，配唐诗宋词不行。近墨者黑，近约克夏者白。

我坐在路边的石头上，很少有人经过。我像等一个人。这只是我闲着时的习惯。太阳偏西，来了个人，绿色的衣帽和同颜色的邮包，他看了看我，确定我是一封信的收件人。乡邮员有他特殊的判断力。他取出一封厚厚的牛皮纸信封饱绽的信交给我。

我在石头上读那封信，信很长，九页半纸，后边还有一页空白纸，十一页。正好对应我某一年的年龄。

信是表叔写给我的，就是赣的爸。她妈的名字我已完全不记得，只记得她一唱歌，鱼就跃出水面。

我在路边的石头上读这封长信，直到日落，有大雁飞过长空。我想这封信是夜深人静的时候写的，字里行间满是烛光。信里很多文字写我，这些文字，是表叔当时对我的打量，我读出父辈的慈祥。他写他如何无能为力，没能够帮我继续读书，读出一个未来。我不怪他，无能为力，我懂。无能为力，也是一种能力。谁说鸡毛不能上天？鸡毛上天，靠的就是无能为力。他还写到他的夫人，赣的妈。她当了音乐老师。吃多了辣椒和酸菜，嗓子坏了。吃辣椒酸菜的日子，会让声音磨损。他说，人一辈子，会被日子磨损。他终于写到他的女儿赣，她现在是一名青年舞蹈家，跳一种踢毽子、跳房子、跳绳、荡秋千的集成舞蹈，说她的功力就是和我跳房子练成的。我不知道那是一种什么样的舞蹈。他在信上说那是一种独创的舞蹈艺术。也许就像某种秘药，几种药做成的丸子。他还附了一张赣跳舞的照片，一点不像资产阶级，像个美丽的村姑。表叔在信里说，女儿经常问他，爸，都说我漂亮，我不像冬妮娅吧？他爸就说，嗯，有点像。女大十八变，谁都可以漂亮。李铁梅漂亮，冬妮娅也漂亮，白毛女还要三尺红头绳呢。表叔最后写到他自己，过两年就退休了，现在已不是体育学院的院长，退居二线，专做几个体育课题。如果我愿意，可作为特聘专家到他那里工作，专门研究跳房子这个体育游戏。说跳房子学问大，最初发明于古罗马，后来成为世界性体育游戏。我听说过各类专家，没听说有跳房子专家，那个好玩吗？

我在石头上坐了很久，自己不饿，约克夏不饿吗？那头猪一定饿坏了，饿坏了的公猪还怎么配种？我买它的时候，问过约克夏的原主，种猪好养不？这外国猪吃得惯乡下食物不？那个原主说，好养，你只把它当成一头猪就行。一日是猪，终生是猪。不像人，会变得不好伺候。那个人讲，三天不喂食，它一样能配种。

镇上的畜牧站站长是我小学同学，他捎口信说，母猪发情季，站里种猪不够用，能不能支援一下，应个急？畜牧站站长是官场中人，平时往来不多，少有一见。他会说，我这个官不大，也就管几万头牲口。牛马猪羊，都归他管，我的约克夏也归他管。赶集市碰见他，我请他下馆子。他说我的钱来得容易，不要亲自出力。他爱打哈哈。我记得他，是他有一个万花筒，从小圆孔往里看，动一动，会变出不同的花，很稀奇。我不待他同意，拧开万花筒，里面没一片花瓣，只有三块小镜子和一些彩色的碎玻璃。那么好看的东西，原来是一场假。我不能复原万花筒，他要我赔钱，我说没钱。他说好吧，我不向穷人要钱。他的家庭成分是地主分子。他是一个进步青年。我心存感激，安慰他，就是五颜六色的碎片，以后不会上当了。这完全是耍赖。

我欠着他的情，他要我的公猪去支援，又不是要钱，我要还他个人情。

一大早，我背猪赶路。头天晚上，我就做好背猪架子，煮了些黄豆。约克夏吃了煮黄豆，我把它放在架子上。它挣扎，大叫。我说别吵，去赶集市，有好事呢。到镇上有二十多里地，它一路上哼哼着。我怕它伤脚。公猪又叫脚猪，它完成工作，靠四只脚。它伤脚，是一场事故，会造成危机。路上遇见一匹马，驮着两个大包，很重。那时，我还没有一匹马。没一匹马替代，那一天，我要背一头一百多斤的猪走路，这是一定的。这头猪呕吐起来，它早上吃的煮黄豆，从衣领灌进我的背上，像臭虫爬。我心痛我的格子布衣服，只有赶集才会穿它。

闻到一股香气，我熟悉的雪花膏香气。一抬头，看见是她，长大了的赣迎面走来，是她。她一眼认出了我，叫我格子。

是你？！

是我。背猪。我背的是一头有名的猪，叫约克夏。

一头有名的猪，或者会给我争一点面子。背猪就是背猪，背什么猪也一样。

赣笑了。

我的舞蹈老师也叫约克夏，法国的大舞蹈家。你的猪也这么有名。

她说，回来找我，再跳一回房子。她摸出一枚扁平的石头，那是我们互相交换的投掷物。她问我：你的那个呢？我不想骗她，说找不见了，不知什么时候丢失了。

我放下背猪的架子，解开绑猪的绳索，它赖着不动。我踢了它一脚，去吧，爱上哪儿配种就上哪儿。你这头猪，滚。

清芝老师还是毕业班的班主任，教语文。她留短发，一半是白发。她一直没结婚。我为她守着一个秘密，就是我拾到的那封信。写信的人一定爱过她，她也一定爱过某一个人。我不敢问，老师，你为什么不结婚？

赣给清芝老师带了好多礼物。一副手套，一条围巾，她自己织的。一本歌曲集，两罐麦乳精，一大包西洋参。她说，西洋参能治慢性咽炎，她常给妈妈吃这个。

三个人围着圆炉烤炭火，很少说话。

清芝老师拿出一本作文本，是我的，她一直留着。她念出我那时写的一句话：

去年开过的桃花，又回到今年的树上。

她说：你写得多好。

我想补上一句：所有开过的花，还会再开。我怕老师说我多话，不够聪明。

清芝老师打量我和赣，她说你俩要是一对人儿多好。赣红了一下脸，她说：他才不要我呢，他把我当冬妮娅，当资产阶级。

老师说了一句，都什么年代了？

下雪了。瓦上变白，大地的雪越积越厚。赣拉着我在雪地上奔跑。她摘下红围巾。红围巾风中飘扬，像火。

我喜欢下一场雪。

西藏西

我的这个念头，来自我和一条狗的对视。

它当然是中华田园犬，这样的狗才是一条真正的狗。它有豹子一样的身段，豹子一样的耳朵，通灵的鼻子。狗的灵魂在眼睛的深处。我在小说《留贼》中写过它。黄狗，凡·高的向日葵的那种颜色。这颜色，代表奔跑的激情，像在时间里奔跑的一束阳光。日落时分，我和它站在夜岚来潮的山岗上，我俩相互凝视。一条狗要真的看你，你不会低，也不会高，我看到了自己，我是个善良的人。我想，它是不是也这样打量一头野兽？那么，我是人是兽就不太确定。

我已经不记得它的名字，我也从不叫它的名字，也许它根本就没有名字。一条真正的狗为什么要有名字呢？比方叫它招财、来福，对得起狗吗？哪怕你叫它白比姆黑耳朵呢。

我和它去过很多地方。我喜欢去的地方，它都喜欢。我去二姨娘家，它跟着去。经过一些森林，庄稼地，几处村落，再沿西水往上游走，到一个叫上鱼潭的地方，这儿是二姨娘家。外祖父外祖母的坟也在这里。我母亲的出生地也在这里。也可以说，这里也是我的出生地。母亲在这里出生，然后，她带我到别的地方出生。出生地是真实的，又是想象的。因为我并没有关于出生的记忆。

我去祭拜外祖父外祖母的坟，黄狗就在一旁伏卧，像做个仪式。

二姨娘半瞎，二姨父去世早，她讨过米，所以很怕狗。我的狗其实对二姨娘很亲热。二姨娘家在河边，能吃到西水鱼。鱼骨头是猫狗最喜欢的。那时候，西水河里鱼真多。做饭时架锅，大表哥就从河里捕一条大青鱼来，像从菜园子里扯个萝卜一样。

后来，西水河鱼很少。以往的事就像撒谎一点也不真实。就像我和黄狗到过二姨娘家，我们离开，一切不见痕迹。只是说起来到过那里。那些踪迹，于这世界，已可有可无。后来，二姨娘也去世了。西水也再不是二姨娘在世的那条河。一个人从出生到死去，怕狗或者不怕狗，天晴落雨，河鱼的美味，都成过去。出生地是记忆性的，也终归终止和消失。

我之所以要写一条狗，并非因为它与我的命运有多么重要的联系。我们是两个生命。没有那次在山岗上的对视，我们也会活在各自的时间里，我写它，是因为它有一种超乎人类的记路本能。有“猫记百里，狗记千里”的说法。一条狗走多远，也能记住往回走的路。它没有人的那种标路记路的办法。狗是怎样记路的？它在岔路口会用鼻子闻一下，它的记忆力可能在鼻子上。我确定信任它的鼻子。它用鼻子辨识长路，也辨识别的事物。满世界对鼻子来说，只有香的和臭的。不怕香，不嫌臭，别的气味，也一闻知远近。我为此写过狗鼻子歌。

狗鼻子陪我上学放学，陪我拾柴，找山货。我久病的日子，它陪着我，跟我找名医张安子。因为是去求医，它不与主家的狗斗狠，不张牙，不竖尾。只是威武地站着，摆出狗的尊严。张安子给一位少妇把过脉，然后来问我的病情，没把脉和看舌苔，给讲了一些医德方面的话，给我开药，一截芦根，临从他的草药园采来。

我谢过名医张安子。他指着我的狗说，这狗真肥壮，黄狗肉比麻狗肉好吃。我对黄狗说：快走，我们回去。

回去到半路，天黑下来。灵官庙爬坡，冷冷的夜风。狗在前边探路。这里大军剿过土匪，水沟里躺了许多尸体，水是血水。天阴转晴时，还能听到机枪的响声从石壁里传出来。月光下，我和狗和我俩的影子成伙成众，不怕鬼。

走夜路，怕长鬼。长鬼见人，长高长大，倒下压人。有狗，长鬼会变矮，变成牛屎堆。一路上是见过牛屎堆的。它们是被狗降伏的长鬼。鬼有各种颜色，病死鬼是黑色的，吊死鬼是白色的，凶死鬼是红色的。有狗做伴的那些年，我没见过鬼。

上学。老师是地主子弟。山村小学的老师，有很多是地主富农子女。穷地方，有钱人家的子女才能读书。解放了，他们教穷人的子女读书。土改斗地主分浮财，那些先前的有钱人家，留下的财产就是读过的书。留着，再慢慢分给我们。

老师不喜欢狗，见到狗就皱眉头。二姨娘是穷人，讨过米，被狗咬过，怕狗。老师先前是大户人家，养狗看家护院，他怎么会讨厌狗？那次，乡邮员捎口信，他家出事了，太太要他回去处理。家里一钵子猪油让狗吃了。那年头，一钵猪油有多珍贵？吃油要油票，每个月才四两菜籽油。太太要他回家，是不是要把狗杀了？

狗跟着我上学，我开始没觉得有什么不好。后来老师家出了事，我不想它跟我上学，对它也讲不明白。走到叫桂花坪的那里，我把带到学校吃的中饭放在一块石板上，对狗说：在这里等我放学回来。

等我上完第一节课，它叼着饭篓子，在教室门口，见我出来，直摇尾巴。我到哪儿它跟哪儿，它不跟我进教室。它知道，那是它不能去的地方。

我读完小学四年级，它在教室门口趴了四年。它没听懂我学的功课，还是记住了每节课的时间，四十五分钟。不等下课铃响，它就会站起来摇尾巴。它还记住了学校的模样，灰瓦的木楼，秋千，几棵大枫树，一片紫竹林，还有半边篮球场，以及球场上的游戏，跳绳，跳房子，撬飞棒，踢毽子，捡子和牵羊羊，丢手绢。它会参加丢手绢的游戏，叼着手绢放在别人的身后。

后来，它突然消失了。以前，它也消失过几次，几次都是受伤回来的，一定与什么野物经过生死搏斗。黄毛染血，凡·高的向日葵变成了莫奈的落日。每次负伤，我都用金创药给它治伤，就是把青蒿叶或鱼刺蒿捣烂敷上。我会制金创药，是因为刀斧伤人是常见的事。

最后一次，它真的消失了。我想它不知什么时候会冒出来。没约定什么地方，它会在某个地方和我见面。

生活就像一条狗，有事无事汪汪叫。于是，人就学狗叫，这话，我是在去某处，在凉亭子里歇口气，听路人说的。这是胡说，我那条狗从来不叫，它不想被骂。想它以后也不叫，像时间一样沉默。

我有位朋友写诗，给我说两句：

乡下的狗子成群
见不相识的便狂吠

我很生气，怎么能这样写狗诗呢？不是说要生活吗？一个没有见过狗生活的人，就不要乱写诗。朋友也生气了，对我骂脏话：狗日的！好吧？狗日的，你去当兽医吧！

我知道，很多人写诗，是因为心理疾病，容易激动。除了高歌就是骂。我理解，心里不顺，写几句诗，可以原谅。不必拿他比王维或李商隐。朋友和我一样，没读什么书，能写几句诗已经很好了。这不怪我们，大家都很忙。

很忙。记性也越来越差。说记性让狗吃了，真的想狗把记性吃了。狗的记性好。

后来。后来已是从前。

从那位地主子弟那儿，分到的纸上浮财，散失殆尽。神话里的东西——阿拉丁神灯，龙王爷的聚宝盆，王母娘娘的枕头和仙女，马良的神笔，太上老君的丹药，张天师的拐杖，四大菩萨，封神榜上那些神仙……一个也没帮我。为了吃饭，我学了几年手艺。先学木匠、泥瓦匠、裁缝、钟表匠，再学耍猴、唱傩戏、草药匠，最后学会弹棉花，做弹花匠。本来还想学养蜂，偷蜜，却被师傅清理门户，罚我吃一个月蜜，真的是甜也难吃。后来一听到糖，马上昏迷，连翻白眼都来不及。

弹花匠，四处乱窜。吃百家饭。不等你看破红尘，红尘早把你看破了。你不做黑心棉，人家也防你像防流行病。

也没什么不好，就是少了一条狗陪着。以后也不会再有一条好狗的命了。中华田园犬，凡·高向日葵。往事就像谎言。曾经的生活，就像没人看管的牛，被盗牛贼顺手牵走了。

从一个地方到一个地方，去的时候都有名字，我就是找那些地名去的。离开的时候，再无某地的名字，不再记它。所有的地方，叫什么名字都一样，就是弹棉花，吃饭。弹花匠不是徐霞客，不必记地名。如果我是说书的，人名关口才有用。

到一处叫白帝城，千百万人口的大都市，满巷夕阳的地方，居然遇见儿时伙伴索马里。彼此相见一愣，都以为遇上鬼魂。

索马里先开口，他问：狗呢？

他以为我一直有条狗。我略弯腰前倾，让他看我背上的弹棉花行头。他又说：

有个手艺好，比我打零工强。

我说：这大码头，我正想找个落脚的地方。

他领我到他住的地方，也就是工棚。他住的那间，已有两人。两张床挤在一起，已无我的容身之地。

索马里指着那些刚建好的高楼说：

这些高楼，有的是房间，还没住人，你随便选一间住。你还可以用一间房弹棉花。我是包工头，可以做主。

索马里，索马里就是海盗。好像这些大楼都是他的。

他对一个小男孩说：这两天你不用上工，只去找人，要做棉被的都来。

这儿时的伙伴，真是一条好狗。

来的人不少。手艺就是饭，是衣服，是钱，也是一条好狗。白帝城，比母亲的出生地还好。要不是心里那个念头，我真可以一辈子在白帝城弹棉花。手艺就是一座城，朋友也是。

一个念头，真不是一门手艺。在日落的山岗上，与一条狗对视，我有了一个念头。一些念头，就是在对视中长出来的。说不清这念头是什么，但它不会是别的什么。它是白帝城吗？不是。也不是消失的那条狗以及往事。

索马里喝了些酒，在一边看我弹棉花。他说：兄弟，我就是你那条狗。以后，我到哪里，你就到哪里弹棉花，吃香的喝辣的。

他还说，他师傅的祖父修过皇宫，修过圆明园。英法联军的大火烧了七天七夜，还剩下石墙石柱不倒。他外婆家姓孟，孟姜女的孟，十八代以前修过万里长城。

如果是真的呢？这儿时的伙伴，让我荣耀和自豪。眼前这些高楼，是他一块砖一块砖砌的。用他砌土坎的大手，垒那么高大的楼房，像喂一头牛一样，一把草一把草地把白帝城喂得又肥又壮。

说着说着，他就抹眼泪，说这些楼房要是他的，他就让我选最好的，不用摇号。

工地上有许多狗。其实，只有一条母狗。煮饭的女工养的，母狗发情，就来了一群狗。工友们爱护这条母狗，决不让那些疯狂的公狗上它。不让母狗怀孕。白帝城完工时，杀这条母狗打牙祭。砖头，木棍，随便什么吓狗的物件，都成了这条母狗的避孕工具。这些避孕物件，也是后来的杀狗器械，一些物件的性能是通用的。

白帝城接的活儿绵绵不绝，像没完没了的扯不断的日子。我对索马里说，我要到别处去，会尽早离开。人就像河流，村庄和庄稼地，是让你经过的。

索马里说：不等几天？杀狗，吃了狗肉再走？

我说：兄弟，我不吃狗肉，饿死也不吃。

是的，哪怕吃狗能长记性，我也不吃。人活着，要有信仰。我不吃。吃狗肉，我就不算一条狗了。

索马里发动摩托，送我到白帝城的长途汽车站。他问我去哪里，帮我买票。我说自己买票，在白帝城，兄弟你帮我挣了不少工钱。其实，我也不知道去哪里，随便买张票，越远越好。有一千里就买一千里吧。怕近了，我会回白帝城，我舍不得索马里。

索马里又抹眼泪了。他刻意要消灭男人的自豪感。他给很多钱，怕我接不到活儿缺钱。又说，人到处跑，可能别处相逢，也许一辈子都见不到了。

索马里，兄弟，你真不是我亲哥哥。每次出门，哥哥给我一大包叮嘱，就是不给一毛钱。

那一票，真是万水千山。过乌江，过大渡河。我在汽车上，隔玻璃，也隔了时间，向项羽和十八勇士挥手。再过杜甫草堂，过武侯祠。四处的秋风啊，空城啊，山水啊，蜀道啊。镜照我的时间空间万物，我成为倒影。这倒影，被一秒一秒地拉长。长途是我，我就是长途。

再过都江堰。李冰在这里做官。我与他很熟，是在小学课本里认识他的。路过此地，我想见他。不是见他的不朽，是求他给碗水解渴。

行程未停。过岷江，牛奶一样的江水。路过时有塌方，坠石。想象山崩地裂的灾难，无处可逃。

过雪山，草地，长江黄河分水岭。沼泽地。不知那位用缝衣针做成鱼钩的炊事班长，他在哪里给受伤的兄弟喂鱼汤?

草地。一群牦牛。一群羊。一顶灰白色的帐篷。那挂彩色红绿黄白的，不知道是不是嘛呢堆。

我想我应该在这里停留。

帐篷人家，有母女俩。再就是牦牛和羊群。不见男人。

姑娘叫卓玛。卓玛对我喊：弹棉花的，我们不要弹棉花的，只要个男人，帮我们看牦牛和羊群。

我住下来。

卓玛对我说，你不是住这里，是住在帐篷里。

我不明白。她说，帐篷不在一个地方，是到处走的。

那家的男人，卓玛的阿爸，跟地震走了。他赶马车到下边买布买糖买盐。只马和马车回来，人没再回来。我说我明白，我有一条狗，出去了再没回来。卓玛瞪了我一眼。她说：狗是你阿爸吗？

我放羊和牦牛。三五天，或一两个月，帮卓玛母女搬帐篷。从有水井的地方搬到有水井的地方。

卓玛会唱歌。那语言不懂。听得出，她是唱金瓶似的小山。好听。这歌，我上小学时就会唱，我唱这首歌的时候，黄狗就竖起耳朵。我会对它多唱一遍，让它知道，我是好歌手。

卓玛说，这是一首情歌，给心爱的人唱的。

我让她再唱一首，这回她是用汉语唱的：

西藏西

太阳回家的路上

格桑花开

她在等一个人

…………

天冷。下雪了，我记得南方温暖的阳光。我要回到那里去。

那个晚上卓玛的阿妈做了很多好吃的，还有青稞酒。我们一边吃，一边听阿妈对我说话，我一句也没听懂。我让卓玛翻译给我听。

卓玛用汉语说：阿妈讲，她的女儿，卓玛，爱你，喜欢你。你，不要走。

卓玛钻进我的被窝，光滑的身子。

我说：会怀孕，会生孩子的。

卓玛说：女人都会怀孕，生孩子。我就是阿妈怀的孕，生的孩子。

我问卓玛：你就爱我了？

卓玛：嗯。

我说：爱有多久呢？

卓玛说：也许要等雪化了，也许一辈子。

我不再作声。爱是什么呢？也许就像一个人和一条狗，久了，再不能分开。爱可能就是对视，从眼睛深处长出的那个念头。

我喜欢一条狗，结果都是放羊。命就是这个命。

我放羊和牦牛。卓玛在歌唱：

西藏西

太阳回家的路上

格桑花开

她在等一个人

…………

春天来了。雪化了。格桑花开了。

那顶灰白色的帐篷不见了。卓玛呢?

怎么来，还是怎么回去吧。

我回到南方，我母亲的出生地。

老屋场长满蒿草。黄狗见我回来，扑上来亲我。它什么时候回来的?也许它一直守在这里。

我对它唱:

西藏西

太阳回家的路上

格桑花开

她在等一个人

…………

我喊卓玛——

卓玛——

哎——

卓玛是一条狗。

后记：小说长什么样

小说作为自在之事物，自有生命和长相，万物有形貌，也有其精神长相。

一篇小说拆开来，是字词句，还有标点符号和空白。我读过完全没有标点符号的几篇古文，读时自己断句，这得认真地对付每一个字词，还有它的韵律。这是一种有趣的阅读训练。我们的象形文字，每个字都有它的出处。事物是文字的母体，认知是文字的父体，一经形成文字结晶，它便自发地生长。古人有惜字如金的说法，每个字要用得恰到好处。其实，汉字比金子稀缺，一共才几万个，常用字才几千。

从古至今，著述者不会觉得文字不够用，你要考个状元，要语不惊人死不休，这些文字已足够。象形文字够用而且耐用，这文字的质量实在太好了。历代文人的书写，让汉文字变得气象万千。能借助它写作和阅读的人，是幸运的。中国文学，或可称之为文章学，要把文章写好，才算文学。这是与外国文学不同的地方。中国的小说，应该长成中国小说的样子。当我读过一些翻译小说——那些贴满各种主义标识的舶来品之后，再来读一些中国古典小说，它的语言是那样精妙，我甚至能想象古人用毛笔书写的那情致。也许，用毛笔写的书才那么耐读，几百年几千年地流传下来，我们对其如此依恋。也幸好，古人尚未能学贯中西。

一种语言，决定了一种文学。中国小说自有中国小说的传统。它当然不是发生在马克·吐温、乔伊斯、巴尔扎克、托尔斯泰之后，也不发端于希腊神话。不同的小说传统，对于一个作家来说，不是选择题，而是一种必然和宿命。

是的，是说我自己吧？作为一名汉语写作者，我需要我们的文学传统。在文字劳动中做最后的努力，以弥补先前的错失，对滥用汉字做一点修正。

我写作三川半系列小说，时间跨度二十余年，也不过只写了六十多万字。在这二十多年里，我时有问自己，为什么要写这样的文字？长年累月地，而且一直笔写。如果这样的劳动没有意义，还不如去栽几棵树，去养一池鱼。二十多年坚持下来，完全不是什么大的写作动机，是汉语言的诗性、乐性，以及不可言说的悟性，让我快乐和满足。在小说写作中，得到一些我想要的东西。因为用笔和稿纸的旧式写作方式，量少而缓慢。当然，这不意味着我放慢精神的漫游，也未减少冥想中的语言活动。我大部分时间与写作呈游离状态，长时间与写作中的小说失联。前一页稿纸已经发黄，然后再接着写。我让我的长篇小说呈一种断章式状态，让小说留下大的空白。这个空间，容得下想，也容得下悟。悟需要大的空间。禅修的人，总选在无人烟的山河空白处。我喜欢元散曲的结构。马致远的《天净沙·秋思》：枯藤老树昏鸦，小桥流水人家，古道西风瘦马。夕阳西下，断肠人在天涯。空间感大，且不讲逻辑。小说也不能讲逻辑。这首小令，放大了写，就是一部长篇小说。

在写作三川半系列小说的同时，还写了一部语言札记的书。也时不时在手机上做一些微笔记，也当然是手指当笔。

《三川半万念灵》这组笔记小说，就出自这些微笔记。小说原本叫“三川半万念录”，因打印出错，成为《三川半万念灵》。一字之差，各有其义。这就是汉字的妙处，总会给你一种意外的快乐。三川半，借指湘鄂川三省也，武陵山陵地，泛三峡地区。这个半，可大可小，三川半这个文学化的地理名词，来自一位民间老艺人的快板：三川半的岳母娘，一女要嫁七个郎……那一口韵味十足的川方言，融入我的长时间沉思。民间语言如何进入小说，而又不失其味？那古色古香的线装书语言如何口语化，又不失古意？用这样一种语言写作，会是怎样的小说？这正是我要的和要做的，做一位写小说的民间艺人，这个比较适合我。我原本有中原人的血统，也有大西南的基因。孔孟的庄严，楚骚之风，巫傩之气，成就了我的文化人格。我的灵魂拘谨而又渴望自由。怀古思己，悠悠而郁忧。常有思想的病痛。以小说为药，写作成为一种自助自救手段。把一生为伴的三川半草木生灵写成小说，与为邻，是为家。三川半，草木生灵家族的部落，和颜悦色的山水，生死无界的时空，善恶相生相济的伦理，人鬼神共享的世界。在这里，草木泥石，是人的一部分，是与人共生的群体。

三川半生长万物，也生长小说和诗歌。诗人于坚的诗里有一个植物名词，叫三峡玉米。这原来是拉美植物，与辣椒前后来到武陵山。最后成为传统种植。对辣椒，我们已深知其味。当然，没什么辣椒主义。它们到来的时候，主义这个词还不太流行。

关于《三川半万念灵》，朋友圈说到笔记体小说，作家何立伟就执此一说，很感谢立伟兄没提魔幻现实主义。

笔记体小说、志怪、传奇，远不是中国小说的源头。《诗经》、甲骨文，都具有中国小说胚胎形状。甚至结绳，可能就是往后的一部小说。好像是鲁迅的《中国小说史略》，是从志怪小说和《水经注》讲起。笔记体小说，有上百种，上万篇，存世不多。受评家所重，也受读者喜欢。我只读过《水经注》《酉阳杂俎》等几种。《水经注》是文学，也是科学。读《酉阳杂俎》很有一种语言上的亲和力。完全是巫傩文化的思维，那叙述的细节，仍在武陵山区日常生活中可见。李敬泽有文，《酉阳杂记》是一部黑夜之书。土家族有史诗《黑暗传》。有人多人吃兽，兽多兽吃人的话。我不是李敬泽，不知道他之所论。大概是说，《酉阳杂俎》是一部人鬼神万物生灵的混沌之书吧？

中国的小说传统是在某一个黑暗之夜或阳光大好的时候中断？但是，那些好书从未沉睡，它们在某一个地方醒着，如夜空的星月，经久耐读的时间之书。

故乡的河流，有时在地上，有时在地下。有如千年文脉，有时在明处，有时在暗处。汉语写作还在继续，会长出新的诗歌和小说。作为一名小说艺人，我说不好小说一定会长成什么样，但我以为，象形文字和汉语言是中国小说流的河床，母语就是宿命，这是一定的。